Trans+

Trans'

不在

不同的存在

小異　小小的奇異

不在系列
08

The Rite: The Making of a Modern Exorcist
現代驅魔師

作 者：麥特・貝格里歐 Matt Baglio
譯 者：陳敬旻
責任編輯：江怡瑩
美術編輯：蔡怡欣
校對：呂佳真
法律顧問 ：全理法律事務所董安丹律師
出版：小異出版
台北市105南京東路四段25號11樓
TEL：(02)87123898 FAX：(02)87123897
e-mail:locus@locuspublishing.com
www.locuspublishing.com
發行：大塊文化出版股份有限公司
台北市105南京東路四段25號11樓
讀者服務專線：0800-006689
TEL：(02) 87123898 FAX：(02)87123897
郵撥帳號：18955675
戶名：大塊文化出版股份有限公司

總經銷：大和書報圖書股份有限公司
地址：台北縣五股工業區五工五路2號
TEL：(02) 89902588 FAX：(02) 22901658
初版一刷：2010年10月
定價：新台幣300元
ISBN：978-986-85847-4-7

現代驅魔師

The Rite: The Making of a Modern Exorcist

麥特・貝格里歐
Matt Baglio ◎著
陳敬旻◎譯

獻給莎拉和挪亞

目錄

為維持敘事的流暢，作者已將內文的引證降至最低。除非特別在每章最後的尾註說明，否則文中出現的引言皆取自作者的訪談。

序幕

以後，天主就發生了戰爭：彌額爾和他的天使一同與那龍交戰，那龍也和牠的使者一起應戰，但牠們敵不住，在天上遂再也沒有牠們的地方了。於是那大龍被摔了下來，牠就是那遠古的蛇，號稱魔鬼或撒但的。那欺騙了全世界的，被摔到地上，牠的使者也同牠一起被摔了下來。

——〈若望默示錄〉第十二章第七至九節

在聖儀中，天主教會為順服主禱文，在古時便規定教會子民透過虔誠的祈禱文，可請求天主釋放信德之人脫離一切危險，尤其是惡魔的網羅。教會以真正獨特的方式設立驅魔師，他們仿效基督，可治療著魔的人，甚至奉天主的名命令魔鬼，好讓魔鬼可以離開，以免他們藉各種理由對人類造成進一步的傷害。

——信禮部政令，一九九八年十一月二十二日

三十五歲的女子躺在鋪了軟墊的摺疊按摩桌上，手臂和雙腿被兩名男子架住。她穿著黑色的Puma運動衫，深棕色的頭髮往後緊緊綁成馬尾。雖然不重，但她發出

哼聲掙扎時，卻有些結實健壯，兩名男子奮力將她抓穩。不遠處，另有一男一女觀望著準備介入。驅魔師站在幾呎外，一手拿著小十字架，另一手握著裝有聖水的銀罐子。他審視全場，必須做出決定。這次驅魔已進行了半個多鐘頭，每個人的臉上開始露出困倦的神情。他應不應該繼續？❶

突然間，女子轉頭，眼睛定在遠方牆上附近的一點。「不！」惡魔用深沉的喉音說，「穿黑衣的來了，不妙！」

驅魔師在片刻間感到一絲希望，從過往驅魔的經驗知道，這是惡魔描述聖女吉瑪❷（St. Gemma Galgani）的暗號。

「還有穿白衣的阿爾巴尼亞小個子！」惡魔呼喊。

「加爾各答的德蕾莎修女嗎？」驅魔師問道。

那惡魔在憤怒中釋放出一串瀆神的咒罵，然後開始採用嘲諷的幼稚語調。「吆，你看看！你看看，他們還互相擁抱問安呢！」接著又恢復深沉刺耳的喉音，「噁心！噁心！」

對躺在桌上的女子而言，那兩個身影猶如在夢中顯現。聖女吉瑪穿著一貫的黑衣，看來極像二十來歲的樣貌。奇怪的是德蕾莎修女看來也很年輕，或許只有二十五歲。

驅魔師瞥過肩頭看女子盯視的地方，但除了一堵空白的牆，什麼也沒看到。「我們來感謝聖女吉瑪和德蕾莎修女今天與我們同在。」他說。

「不，還有他，不，叫他走，把他趕走！」惡魔嚎啕大喊。

驅魔師不確定是誰到場，便補充道：「我向你獻上感謝，他也來了。」然後女子忽然挺身坐直，雙臂在面前攤開，彷彿有股看不見的力量架起她的雙臂。即使女子掙脫不了無形的掌控，但惡魔仍尖叫：「不要管我！」兩名男子進前將她往下拉，但驅魔師示意他們住手。「我們看是誰來了。奉耶穌及聖母的名，這個人是誰？」

「不——！」凶惡的喉音咆哮道。「Totus tuuuuus（全然屬你）！」

驅魔師發出會心一笑，認出了這句拉丁格言。「聖父若望保祿二世，謝謝你來幫助我們的修女。」他說。

「不，不」惡魔尖聲叫道。「你去死吧！離我遠一點！」

女子又在半夢半醒間看著若望保祿二世，他似乎頂多三十歲，全身穿著白衣，在她的額頭上祝福三次。

驅魔師想趁勢利用這明顯的援軍，便開始施壓。「跟著我說。永生的父，你是我的創造主，我愛慕你。」他對惡魔說。

「我操你！」那聲音回答。

「永生的父，你是我的創造主，我愛慕你。」驅魔師毫不妥協。

「我如果說了，炸彈就會爆炸！」惡魔大喊。

「奉聖母馬利亞及耶穌基督的名，我命令你跟著我說出來。」驅魔的神父再度下令。

剎那間，女子感到一股不可思議的愛如潮浪湧來，馬利亞朦朧的身影在她面前顯現，金白相間的面紗遮住了半張臉孔。女子以驚嘆的眼神看著身影靠近，更驚訝的是她看見馬利亞正含淚注視著她。

驅魔師監視著，惡魔再度發作。「不，不，不，不要哭！」他尖叫，女子的身體幾乎一陣抽搐。

接著女子在剎那間忽然回過神來，說：「只要馬利亞的一滴眼淚就夠了，」然後又進入先前的狀態。

驅魔師欣喜異常，知道馬利亞也在場幫忙。他立刻向馬利亞歡呼。室內的每個人都跟著歡呼，連桌上的女子也不例外。但驅魔師就是知道事情尚未結束。那惡魔一定是躲起來讓她複誦祈禱文。他心想。「跟著我說，永生的父，你是我的創造主，我愛慕你。」他對惡魔說。

女子翻騰尖叫著。「不！」惡魔厲聲說。「我不說，我絕不說，我絕不說，我不能說，這完全不合情理。」

驅魔師可以感覺惡魔愈來愈虛弱。他請室內的每個人都跪下。「永生的父，你是我的創造主，我愛慕你。」他吟誦，每個人也跟著複誦。

女子感應到惡魔的痛楚，也看見室內所有聖徒同聲回應。

「不，不，連其他那些人也跪下了，穿白衣的，穿黑衣的，穿白衣的小個子。」惡魔說。接著驅魔師發覺惡魔的聲音稍微變成被迫的尊敬語氣。「她，她（馬利亞），她也跪下了。」

這就是了，驅魔師心想。他快破功了。「奉耶穌基督的名，我命令你複誦這句話。」

女子奮力掙扎，但慢慢地，低沉沙啞的聲音開始從喉間發出。「永—生—的—父—我必須—愛—慕—你。」

驅魔師喜從中來，卻明白尚未結束，他叫惡魔再複誦這句話兩次。他說完時，驅魔師說出授任儀式中使用的祈禱文：「普天之下萬國萬民，齊聲讚美父、子、聖神（又譯聖靈）。三位一體，同榮同尊，萬有之源，萬福之本。」

「爲天主的榮耀而遭羞辱，不是因爲你發令，而是因爲天主發令。你死定了。」惡魔對著驅魔師說。

驅魔師毫不畏縮。他繼續說：「Che Dio sia benedetto（讚美天主）。」

「我走，但你要受永生的咒詛。」惡魔訕笑。「你和你的同夥人，你們都要受終生的迫害！」

✝

多數人聽到驅魔一詞，都會想到好萊塢電影炒紅的畫面，小女孩在折磨中扭動，身體扭曲成千奇百怪的姿勢，並開始以拋物線不斷噴出豌豆湯似的綠色嘔吐物。事實是：那樣的戲劇化場景，以及二〇〇七年一月在義大利羅馬爲那名女子驅魔的事件，其實都相當罕見。而且驅魔還可能滿乏味的，幾乎就像看牙醫——要在等候室裡待上一段少得可憐的時間，再拿一張卡提醒你下次約定的時間，才算完成。現實生活裡很少人明白驅魔過程中發生了什麼事，天主教的神父也是如此，他們很多人很快就會忘記有魔鬼的存在。

驅魔一詞本身是教會傳道的術語，來自希臘文exorkizo，意指「以誓言綑綁」或發出強烈的要求。驅魔的過程中，惡魔奉天主的名而受到控制，在特定的人或地方停止活動。天主教會的說法是：驅魔是由主教授權的神父所進行的法定儀式。在古代，驅魔是早期基督徒贏得異教徒改信基督以及證明信心無僞的方法。驅魔的力量本身來自耶穌，新約聖經中詳細記載耶穌所行無數的驅魔趕鬼事件，之後也吩咐門徒做同樣的事。

按照現代醫學驚人的進步——包括對神經及心理疾病有更精細的了解、心理分析的流行以及類似的優勢——驅魔儀式已經成了教會中令許多人尷尬的事，認爲這是迷信的遺毒，來自於大痲瘋和精神分裂等疾病被認爲是要趕出裡面的「魔鬼」的時代。

這種誤解多半來自驅魔的本質，也源於魔鬼的屬性在民間傳說中比在神學中更有立基點。有角的半羊身怪獸和在死寂的深夜蹂躪無辜的處女？篩掉靈魂的變形女妖徘徊尋找下一個受害者？沒有可用來教育神學生的魔鬼學課程，難怪神父們成群遠離這種驅魔的事。

這個議題的核心存在著邪惡的問題。它究竟是實際存在的現實，即稱之爲撒但的墮落天使（如厚約九百頁的扎實小書《天主教會教義問答書》❸中所言），還是在某種事物中缺乏善，沒有能力活出慈愛的造物主的計畫？

許多神父無法對與自身信仰相關的豐富歷史置之不理，同時又想擁抱將魔鬼視爲隱喩的當代現實觀，想要魚與熊掌兼得。其他人則相信傳統的教導，卻又寧願絕口不提。在最極端的一邊，有些神父乾脆一律否認惡魔的存在。

諷刺的是，當許多神父和主教似乎決心採取懷疑的態度時，一般大衆又迷戀起了神祕學，而被新的宗教如威卡教（Wicca）所吸引。根據美國宗教認同調查，威卡教在美國從一九九〇年的八千名成員，成長至二〇〇一年的十三萬四千人（至二〇〇六年爲止，該數目據說已上揚至八十多萬人❹）。新世紀與異教書籍的銷售量扶搖直上❺，相信天使和魔鬼的人數也同樣飆高（根據二〇〇四年的蓋洛普民意調查，大約有百分之七十的美國人說他們相信有惡魔）。這一切都與表示自己受邪靈影響的人數遽增相吻合。據義大利天主教精神病學家及心理學家協會指稱，光是在義大利，每年看驅魔師的人數就有五十萬人以上❻。

多年來，義大利有一小群直言不諱、工作過量的驅魔師，由阿莫爾特神父（Father Gabriele Amorth）領軍，試圖使天主教會更認眞看待自稱被附身的民衆日益增加的數量。他們說：首先要指派更多的驅魔師。然而，教會也必須確保新的驅魔師都經過適當的訓練。倡導者如阿莫爾特神父宣稱，以往有太多任命的驅魔師只是虛有其名，除此之外，這些「未經訓練」的驅魔師有些還因濫用職權，而給驅魔的儀式帶來惡名。其中最令人震驚的案例之一發生在二〇〇五年，當時一位羅馬尼亞籍的修女在修道院的一間房中，嘴巴塞住被綁在十字架上，發現時已經身亡，執行驅魔的神父則被指控爲謀殺❼。

信理部（Congregation for the Doctrine of Faith）盼望能修正這種狀況，便於二〇〇四年秋天寄了一封信給全球各個天主教主教轄區，從美國開始，敦請每位主教任命一位正式的驅魔師。

同時，在羅馬一間與梵蒂岡聯盟的大學開始彙整一門開創性的課程，叫做「驅魔與釋放禱告」，旨在教育一批新的核心驅魔師，提供教會對於惡魔及驅魔的正式教導。

一位傑出的美國神父回應了這個呼召，於二〇〇五年夏天前往羅馬接受驅魔師的訓練。在九個月期間內，他深入鑽研一個他從不知道的世界，完成了學業，也參與一位資深的義大利驅魔師進行了八十次以上的驅魔。結果，他的世界觀——和他在世界中的地位——都產生了劇烈的變化。後來他返回美國，決心使用這種嶄新的知覺來對付邪惡及邪惡明顯的存在，以幫助日常生活中的民衆。

註釋：

❶ 這場驅魔的材料主要有兩個來源：巴蒙特神父錄的驅魔錄音檔逐字稿以及受害者訪談，她在訪談中描述自己在驅魔過程中看到的畫面和感覺。

❷ 聖女吉瑪是傳說中少數曾在一生中被惡魔攻擊的人之一，因此，被附身的人常向她祈禱求取力量。一八七八年三月十二日出生於義大利的盧卡（Lucca）鎮附近，吉瑪有非常多神祕經驗。她在非常早年時，就將一生奉獻於熱烈的祈禱，並宣稱耶穌、馬利亞、她的守護天使都曾向她顯現。長年生病的她，二十歲就引發腦膜炎，並將疾病的痊癒歸因於已逝的聖主受難會（Passionist）嘉俾爾・波森提（Gabriel Possenti）神父，後列入聖品。二十一歲時，她身上出現耶穌的五傷痕跡，週四晚間顯現，週六早晨療癒，在傷痕深處留下發白的記號。她的一生中，經常感覺受到惡魔所折磨。在一則日記中，她描述惡魔如雨般擊打她的背部好幾個鐘頭。她死時二十五歲。

書裡這個案例中，這名女子總覺得自己與聖女吉瑪有強烈的關聯，還在蜜月期間探訪她在義大利盧卡的墓地。

❸ 這本書的第一版在一九九二年於法國出版，一九九四年譯為英文。《教義問答書》的創作始於一九八五年，當時教宗若望保祿二世在「梵蒂岡第二屆大公會議的靈」引導下，召集一批傑出的主教開會，「更深入研究其教導，俾使所有忠貞的基督徒更能堅守其內容，並推廣其知識與應用。」《天主教會教義問答書》，第二頁。一九八六年，教宗若望保祿二世將初稿委託給一

個有十二位樞機主教及主教的小組，當時爲首的是拉辛格（Joseph Ratzinger）樞機主教，他於二〇〇五年成爲教宗本篤十六世。此書被視爲所有可靠的天主教義之來源。

❹ Chas S. Clifton著《Her Hidden Children: The Rise of Wicca and Paganism in America》，第十一頁。

❺ 無數的心靈自助書籍已成爲近年來的暢銷書，例如艾克哈特．托勒（Eckhart Tolle）於二〇〇四年New World Library出版的《當下的力量：找回每時每刻的自己》（The Power of Now: A Guide to Spiritual Enlightenment），以及二〇〇八年Penguin出版的《一個新世界：喚醒內在的力量》（A New Earth: Awakening Your Life's Purpose），兩書銷售量皆已達數百萬冊。

❻ 見二〇〇五年十一月二十六日《每日電訊報》（The Daily Telegraph）伊莉莎白．戴伊（Elizabeth Day）的報導：〈上帝告訴我們要爲女兒驅魔。她的死我不後悔〉（God Told Us to Exorcise My Daughter's Demons. I Don't Regret Her Death）。

❼ ＢＢＣ二〇〇五年六月十八日報導〈修女被釘十字架，死於「驅魔」〉。這則事件最初見於二〇〇五年法新社的報導。二〇〇七年二月，神父因罪被判入獄十四年。見ＢＢＣ二〇〇七年二月十九日〈神父驅魔致死，被判入獄〉。

另一個著名的案例發生在一九七六年的德國，兩名神父被指控爲過失殺人，他們在爲一名年輕的女孩安娜莉絲．米卻爾（Anneliese Michel）驅魔時，女孩飢餓致死。這則報導爲電影《驅魔》（The Exorcism of Emily Rose）提供了故事大綱。詳見《The Exorcism of Anneliese Michel》，作者爲Felicitas D. Goodman。

第一章
羅馬

我們應當盡力緊密地與主聯合，讓我們在自己的生命中重現祂的生命，讓我們的思想、話語、行動可以宣揚祂的教導，好讓祂在我們裡面掌權，在我們裡面活著。

——查理・富高（Charles de Foucauld）

蓋瑞・湯瑪斯神父在二〇〇五年十月十三日早上七點四十五分踏上弗納奇街時，路上的交通早已壅塞不堪。一長排汽車與公車緩緩向騎兵門大道的十字路口移動，呈漏斗形進入隧道口，路的兩旁是四、五層樓高的建築物，一路沿著羅馬最高的山嶺之一甲尼可洛山的山腳前行。一名穿著像航空機長的交通警察戴滿花俏的肩章，盡力維持著秩序，指揮汽車通行，對比較蠻橫的機車騎士則吹出尖銳的哨音。當紅燈轉爲綠燈時，衆司機猛按喇叭，絲毫不浪費時間。

路的兩邊，早晨的通勤客朝梵蒂岡的方向匆忙移動，刺鼻的香煙味尾巴似的拖曳在他們身後。偶爾，通勤客鑽進小酒店喝杯早晨的卡布奇諾，義式咖啡機的轟隆聲也溢出到人行道上。

捲入這場混亂的蓋瑞神父站在街角，稍微花點時間欣賞這幅景色，彷彿外國的明信片甦醒過來了。這完全不像他在舊金山的家中經歷過的尖峰時間。這座城、這些車、這些人——似乎都像大型管弦樂隊般和諧。

即使穿著黑色的聖職服，他仍然毫無扞格地融入人群。畢竟，羅馬充滿了神職人員。根據某個統計，他們有一萬五千多人在城裡狹窄的街道上行走❶，這甚至還未包括幾千名戴著硬挺的白色羅馬領和身穿黑色裝束的神學生。此外，再加上這所有的小禮拜堂、男修道院、女修道院、上百間教堂，更別提梵蒂岡本身了，難怪蓋瑞神父封這座城為「基督教的主動脈」。

彷彿這樣還不夠看，教會信條最重要的守門員「信理部」的魁偉建築就矗立在對街。再過去，遠處由太陽照耀的聖彼得大教堂（Saint Peter's Basilica），其穹頂鬼魅似的飄浮在這些建築頂端的上方。這幅景象——蓋瑞神父從自己房間的窗戶往外看也看得到——時時刻刻都感動著他。在羅馬，他覺得自己是屬於某個比他更大的生命，比牧區神父所關心的那些日復一日的瑣事更大，而那些瑣事有時就把神父們淹沒了。「身為神父就得十八般武藝樣樣俱精。」他事後帶著一絲遺憾的語氣說。「不是說全都是行政工作，而是那些真的有讓你遠離更重要的事的傾向，譬如注重大家的禱告生活。」

五十二歲的他剛離職，之前在加州洛斯阿圖市的聖尼可拉斯牧區服務了十五年，其中十二年是擔任神父。他對聖尼可拉斯的工作無比的喜愛，也結交了無數朋友，但身為神父，累垮人的例行苦差事還是值得的。他不僅協助完全刷新教區學校內的幾棟建築物，還募到數百萬美元，將主任神父的老舊居所改建為先進的社區活動中心，大舉贏得牧區教友的歡心，教友們用他的名字為該中心命名。

自從一九八三年晉鐸為神父，蓋瑞神父已經擔任了二十二年的神職人員，這些年來，他看過——也經歷過——不少世面。一九九七年，他差點在一場嚴重的意外中喪命。那次他和朋友在優勝美地的丘陵上健行，不小心從六十呎高的懸崖跌落到一條河流的岩石上，竟然奇蹟似地生還，不過在痛苦艱辛的兩年復健期中，他有時也覺得簡直生不如死。

中等的身材和體型，日漸稀疏卻梳理整齊的棕髮，金屬框的圓形眼鏡，蓋瑞神父謙沖的外表就像是樂於使他人舒適自在的人。他的外型並不突出，卻散發出相當的自信，使人知道他熱愛自己的工作，並且遊刃有餘。

既然主教轄區的規定是要求神職人員在服務屆滿十五年時重新分發，蓋瑞神父便趁機把早就該休假的一年用在這個時候。擁有無數神學生和名聞遐邇的大學的羅馬，就為到此一遊的神父提供了獨一無二的機會。多年來，在羅馬的各個宗座大學（Pontifical universities）就讀——好比十四位前教宗及二十名聖徒就讀的額我略（Gregorian）大學——就是個讓人熱切追求的殊榮。這些學生多半是全職讀書，攻取許可證書（相當於碩士學位）或博士學位。然而也有少數幾位神父是因為某些原因而被主教轄區派到此地，或像蓋瑞神父一樣是用一年的休假期進修。爲滿足這種進修族群所開設的課程，是北美學院（North American College）的神學進修教育機構，北美學院是美國在國外最大的神學院，而神學進修教育機構從一九七〇年代開始，就是爲了履行梵蒂岡第二屆大公會議（Second Vatican Council）中一些更新神職人員的呼籲，才在北美學院提供爲期三個月的「休假進修」課程，給那些想跟上教會最新趨勢的神職人員。同時，參與的學員也有機會一遊羅馬，認識從全球各地來的神職人員。

早在四月，蓋瑞神父就已報名參加九月至十一月的進修教育課程，之後他就要橫越羅馬到天神（Angelicum）大學修幾門屬靈課程，那是由多明尼加人所經營的一所羅馬教宗大學。

他在二〇〇五年八月初次抵達羅馬時，發現這個城市很嚇人。不僅有語言障礙（他不會說義大利文），而且城市本身擁有大量的狹小街道，往來巡航也顯得極爲困難。如今在這個城市待了兩個月之後，他已經可以嘲笑自己早期的膽怯。他像當地人一樣熟悉公車體系，幾乎可以隨心所欲地悠遊各地。

除了北美學院和其他課程的時間之外，蓋瑞神父還有另一個重要的任務：他的主教要求他修一門課，好成爲驅魔師。事實上，當天早上他正要去上第一堂課。他擔心自己會遲到，便改走嘉斯沛里路，並且加快了腳步。

二〇〇五年冬天，蓋瑞神父在聖尼可拉斯的時間進入倒數階段時，驅魔是他最不關心的事。在每個月聚會一次的耶穌明愛神父互助小組❷中，他很驚訝地聽到他的好友凱文・喬伊思神父（Father Kevin Joyce）提到梵蒂岡寄信給美國的每一個主教轄區，要求各區任命一位驅魔師，而主教屬意由他擔任這個職位。

凱文神父又高又瘦，看起來勤奮好學，正是思慮周延沉著的神父形象之化身。但最驚人的或許是他的年輕與活力，儘管五十七歲了，看上去卻很容易讓人誤以爲是四十出頭。蓋瑞神父認識凱文神父已將近二十年，以他的背景而言（他有宗教教育博士學位，專長靈修），他似乎是驅魔師的理想人選。但凱文神父解釋自己打算婉拒這項任命。他最近才開始主持這個主教轄區的靈修中心，沒有時間兼任兩份職位。

主教轄區打算任命一位驅魔師的事讓蓋瑞神父毫無設防。邪靈和魔鬼附身的主題在他的教區中不常提及。前一年，他在彌撒中只講到惡魔兩次，其中一次還是敦促一位教友，請他不要再犯，以免嚇壞了孩子。普遍說來，這個主題在神父之間並不流行。

蓋瑞神父對惡魔並沒有什麼特別的矛盾情結，所以也沒有花太多時間在這方面。他知道講論邪惡行爲的概念和邪惡的「人」之間有著莫大的差別。有時好人也會做壞事，這點他十分清楚，但那些事是否是由惡魔所造成的，他也說不上來。回想起他在神學院學到的少許關於驅魔的事，他只知道自己對魔鬼附身的經文基礎相當穩固，除此之外，他的腦子是一片空白。在他擔任神父的這些年月，他沒有聽過一個被鬼附身或進行驅魔的案例。然而現在，他發現自己對這個古老而晦澀的儀式感到疑惑不解。如果被呼召，他會願意做那種事嗎？

在成爲神父之前，他從十四歲起就在喪葬業服務，所以有關站在室內對惡魔擺好架式的概念，以及可能看到的古怪或唐突的事，並不會嚇到他。事實上，他還是領有執照的屍體防腐員。那些年間，他看過滿恐怖的事，包括扭曲變形的屍體，有些還被燒得面目全非。他知道再怎麼噁心，也不會讓他嘔吐。幫助人是他決定要成爲神父的主要原因之一，而那不就是耶穌趕出邪靈並醫治患者時所做的事嗎？

在提交自己的名字以取代凱文神父後，蓋瑞神父終於在偶遇主教的一場神父會議中，得到關於任命的答案。主教聽聞蓋瑞神父願意承擔這個角色時喜出望外，告訴他在過去二十四年來，整個聖荷西的主教轄區內，只發生過兩宗可能涉及魔鬼附身的調查案。主教面帶微笑，以愛爾蘭口音再加一句：「我也希望我不用太早就把你傳喚過來。」

這場對話接近尾聲時，蓋瑞神父坦承自己希望受到某種正式訓練，接著主教便提供羅馬的驅魔課程。「這應該足夠你在休假的這一年有得忙了。」他說。

驅魔在義大利較廣爲人所接受，不像在美國天主教會，還得壓低嗓門才能談論。一九八六年，教宗若望保祿二世發表一系列談話，提醒信徒不要忘記被惡魔箝制的危險，其中一種就是眞實可能的「附身」。而最近在二〇〇五年九月十四日，教宗本篤十六世也在梵蒂岡接待一大群驅魔師，並鼓勵他們在「服務教會」時，不忘繼續分內的工作。

現今，義大利已經掀起了一場驅魔熱。不只是正式任命的驅魔師數量增加（據報約有三百五十到四百位之間），而且他們還在一九九二年成立一個類似公會的協會——國際驅魔師協會。此外，由於最近大量爆發的暴力犯罪皆與撒但教掛鉤，因此警察便聯合教會於二〇〇六年成立一個特殊小組，叫做反教派小組（Squadra anti sette，簡稱SAS），任務就是去調查這種現象。

大家對驅魔的興趣從一九九八年以來便穩定成長，而起初於一六一四年制定的《聖事禮典》（Roman Ritual）也終於更新，是按照一九六二至一九六五年的梵蒂岡第二屆大公會議的規定，其中要求每個教會的每一種儀式都要更新（附帶說明，驅魔的儀式就是這些最後的儀式之一）。新聞記者蜂擁而至，尋找報導的題材，而阿莫爾特神父就是最佳人選。身爲羅馬的官方驅魔師及暢銷書作者，阿莫爾特神父在義大利國內外已經是知名的電視人物❸。在書籍與訪談中，他對大量的事物都譴責爲撒但的作爲——包括哈利波特系列叢書❹——同時引發衆人注意他所指稱的勢力正在增長，是惡魔在世俗中行使的勢力，並且大幅轉向異教尋求答案。

在阿莫爾特神父的眼中，更糟的是驅魔師的困境。在二〇〇一年發行的天主教雜誌《三十天》（30 Days）的訪談中，他說：「我們這些奉命處理這個棘手任務的主內弟兄，被人當成瘋子一樣，就像狂熱分子。大致說來，他們甚至不太能見容於任命他們的主教。」❺他屢次因主教及神父的無知而申斥他們。「三百年來，拉丁教會幾乎已經全然丟棄驅魔的聖工（ministry）。」❻他說道。當問題在義大利的特定地區可能不妙時，他相信其他地方更是不堪設想。「有的國家連一個驅魔師都沒有，例如德國、瑞士、西班牙、葡萄牙。」❼他指稱，其他國家，如法國，所任命的驅魔師甚至連自己也不相信驅魔這回事。

二〇〇一年五月十八日，義大利的主教會議在梵蒂岡的全體集會中舉行，會中頒布一項正式聲明：「我們正目睹占卜、算命、巫術、妖術的重生，而這些常結合對宗教的迷信。在特定的環境下，迷信和魔法可與科學及科技的發展並存，但範圍僅限於科學與科技無法解答的終極人生問題。」

根據教宗若望二十三世共同體協會❽（Associazione Comunità Papa Giovanni XXIII）指出，大約有百分之二十五的義大利人（即約一千四百萬人）會以某種方式與異教有所牽連。例如，義大利南方有些團體仍奉行跳舞療法❾（Tarantism），他們相信人會因被蜘蛛咬齧而附身，而「解牌師」則塞滿深夜的第四台，兜售預言商品和「幸運符」。這不僅限於義大利。例如在一九九六年，法國國稅局透露上一年度有五萬名納稅公民宣稱自己的職業是治療師、（女）巫師，或其他與異教相關的類似行業❿。當時全法國也只有三萬六千名天主教神父。

然而，教會最關心估計的數字（有些人會說是誇大的數字⓫），這表示義大利境內有多達八千個撒但教派及六十多萬名異教成員。

✞

「驅魔與釋放禱告」課程是法拉利博士（Dr. Giuseppe Ferrari）的智慧結晶，他是位於義大利波隆納的天主教機構「社會宗教研究及資訊團體」（Gruppo di Ricerca e Informazione Socio-Religiosa，簡稱GRIS）的國家祕書長，該團體處理的是異教以及其他新興宗教。

根據法拉利博士所述，這個想法源於二〇〇三年，當時他會見一位來自伊莫拉（Imola）主教轄區的神父，那位神父告訴他，他的教會有愈來愈多神職同仁被川流不息的教友找上門來，因爲他們苦於被有關異教的問題纏身：不是想脫身卻無能爲力，就是覺得在某方面被魔鬼的惡勢力折磨。在很多案例中，神父們根本視之爲無稽之談，乾脆打發他們回去。

在深入研究教會對驅魔師的任命與訓練時⓬，法拉利博士便看到當時的狀況有多隨便，每個驅魔師只能自求多福。解決的方法很清楚：需要有可以訓練驅魔師的大學程度課程。

法拉利博士帶領一個有各路朋友及同僚的團體，包括幾位神學教授、醫生、驅魔師，共同擬定一份可行的課程表。學生們將習得多樣化的歷史學、神學、社會學及醫學主題，目的是超越驅魔術膚淺與感官知覺的面向。其目標很簡單：給神父們所需的知識，用以辨別撒但在何時何地活動。同時也給少數願意繼續進修成爲驅魔師的人（例如蓋瑞神父）所需的知識，以便戰勝撒但。

但要在哪裡教呢？恐怕得等到法拉利博士與聖座宗徒王后大學（Regina Apostolorum）的校長帕洛・史卡拉富尼（Paolo Scarafoni）神父聯絡時，其餘的部分才能逐次落實下來。

✞

二〇〇〇年，時髦現代的宗徒王后大學落成啓用，這所大學的校園具有大玻璃窗和直線條，與羅馬市中心的老式格調形成強烈對比。若不是成群的神父穿著黑色長袍來回走動，修剪整齊的步道和半山腰校園的不規則地面，很容易就讓人誤以爲是蓋瑞神父在矽谷家鄉的一家軟體公司的總部。這所大學由保守的基督軍團⓭

（Legionaries of Christ）經營，有些人也將它比爲主業會[14]（Opus Dei），大學的課程安排絕對抱持保守的右派觀點，遵照教會的階級制度，嚴格教導各樣議題，包括幹細胞研究。

這門課在一間先進的大教室中授課。如果現代化的外觀對研讀驅魔術來說似乎是古怪的環境，那麼明亮、未來派的內部設計就更讓人覺得奇特了。的確，穿著實驗服的技術人員在純白牆壁和天花板、大窗戶和天窗之間熙攘忙碌，看起來還比穿著棕袍、繫著繩索腰帶、穿著涼鞋的方濟會成員要更適得其所。

蓋瑞神父已經選擇花五分鐘從聖彼得火車站搭車、而非坐一個小時的公車寸步難行地卡在早上的車陣中，他成功地穿越地面，欣賞這個地方的整齊與精準。從室內爬上光線明亮的大理石階梯，讓他對此地的喜愛有增無減。等他抵達要上第一堂課時，已經有一大群人在教室門外聚集，友善地閒聊，檢視放在附近桌上的一疊學校廣告文宣。在他看來這似乎是不錯的結果，不過他很訝於看到新聞媒體也在場，一些電視攝影機已經在教室後面和沿著遠處的牆邊架設完成。

這門課的第一堂始於二〇〇五年春季班，當時造成不小轟動。媒體著迷於大學開設的課程竟是神祕的驅魔術，便強行出現，連標題也很聳動：「驅魔師重返校園」、「神父修習新的驅魔課程」。社會大眾其實很善待規劃課程的人，還放出風聲表示教會已不再以驅魔爲恥。

有了這番成果，校方決定於二〇〇五年冬季班及二〇〇六年春季班重新開設這門課，其中只有一些微小變動。原課程的所有教授都會回來，但這次的課程將可透過視訊會議傳到波隆納、莫德納（Modena）和其他幾個城市的衛星地點。最後一堂課，幾位傑出的驅魔師即將受邀分享他們的個人經驗並回答問題。而這次，課程不是僅限於神父，同時也開放給專業人員，例如心理學家及醫生，他們可能也想聽聽該如何分辨心理疾病以及被鬼附身。

當蓋瑞神父從主教那裡聽說這門課時，他也與同主教轄區的幾位基督軍團的成員聯絡，詢問是否可以和哪一位稍微談談。他們給了他一位神父的名字，那位神父就是這所大學裡的教員。蓋瑞神父在離開加州的前幾週打電話給這位神父，得以稍微了解對這門課該抱持何種期望。

雖然這門課排定要上四個月，從十月到二月，但這些準驅魔師一週只上一天課——週四上午八點半至十二點半——且只爲期十週。五堂課從十月中開始到十一月底，後半部的課程從一月到二月九日。或許他發現最大的麻煩是這門課只提供義大利文授課。起初他很失望，因爲他一直假定既然神父會從世界各地前來，校方就該提供一名翻譯給他。

然而，當他聯絡課程規劃人員，洽詢翻譯事宜時，對方卻幾乎是不假思索便告訴他，現場不會有翻譯。就這件事而言，今天沒有，下週也不會有。如果他連語言也聽不懂，那他要怎麼學習？

他垂頭喪氣，晃到很快就坐滿的幾排桌子旁。教室分成兩個區域，主要是長桌子，幾乎像教堂裡的長椅。教室前面有個升起的講台——研討會和座談會中常見的那種矮矮長長的講台——後面還有黑色螢幕。講台旁邊是一個十字架，後面的牆上是一幅基督以荊棘爲茨冠（又譯「以荊棘爲冠冕」）的新寫實主義畫作。一面牆上有整排著色的窗戶，往下看是一個圓形的大草坪，草坪中央有一棵橄欖樹。

幾分鐘後，教室裡的閒聊聲靜了下來。一排神父和官員默默上場走到講台後面。由課程規劃人帶頭，每個人站著用義大利文念誦主禱文，然後是聖母經。課程就要開始了。

第一位講員是蓋瑞神父不認識的主教，不過課堂上顯然有很多人認識他。他的名字叫做安德烈・吉瑪（Andrea Gemma），七十四歲，是德高望重的驅魔師，也是極少數幾位實際執行過驅魔的主教之一。他也寫了一本頗受好評的書《我是主教驅魔師》（Io, Vescovo Esorcista）。

吉瑪閣下講課時，蓋瑞神父努力想聽懂，卻像鴨子聽雷般。他不時會聽到熟悉的單字，但他還搞不清楚是什麼意思時，主教就已經講到別的地方去了。一陣子之後，他放棄了，變得只專注於漫遊走道之間、用龐大的電視攝影機對著衆人臉孔的媒體人員。休息時間，他被一些講英語的記者追上，把早晨剩餘的時間花在巧妙回答關於驅魔的問題上，他同時也坦白告訴他們，他自己對這種事一無所知。

之後，他坐在返回羅馬的火車上時，感到很失望。他什麼都沒學到，第一天那種馬戲團似的性質也讓他納悶，上這整門課會不會是在浪費時間。這對他的訓練是個不祥的開始。不過他還是希望第二堂課會有所改善。

註釋：

❶John L. Allen Jr.著《All the Pope's Men》，第六十一頁。

❷根據查理・富高的教導而形成的小組。查理・富高於一八五八年生於法國斯特拉斯堡，年少時喪失信仰，在北非的軍中擔任軍官，並於一八八三年前往摩洛哥探索。回到法國後，他展開耶路撒冷的朝聖之旅，在耶路撒冷成爲強調緘口苦修的特拉普會修士（Trappist）達七年。一九〇一年按立，他渴望能在「最被離棄的人」當中活出耶穌的生命。他將時間花在非洲的沙漠裡，打下建立宗教家庭的地基，以福音書爲核心。然而，他在互助小組創立之前，便於一九一六年遭匪徒殺害而遇難。今天，耶穌明愛會延續著查理・富高的渴望，要「活在天主的同在中，同時也活在人群裡」。

小組成員每月聚會一次，分享經文，在聖體前禱告，也分享人生觀。網址：http://www.jesuscaritasusa.org。

❸阿莫爾特神父最近一次曝光是在二〇〇八年六月六日。他的兩本書：《驅魔師自述》（An Exorcist Tells His Story，一九九九年出版）及《驅魔師：更多內情》（An Exorcist: More Stories，二〇〇二年出版），都是歐洲的暢銷書。阿莫爾特神父曾是多種平面媒體的專題報導人物，包括二〇〇七年十二月三十日，尼克・匹薩（Nick Pisa）於《每日電訊報》報導的〈梵蒂岡將創造更多驅

魔師對抗「邪惡」〉（Vatican to Create More Exorcists to Tackle "Evil"），以及二〇〇二年一月一日在《紐約時報》的報導。

❹ 二〇〇二年，阿莫爾特神父首度告訴義大利ＡＮＳＡ新聞社：「在哈利波特背後隱藏著黑暗之王邪惡的特色。」他也描述這些書企圖區分「善良」及「邪惡」的魔法，但「這種區分並不存在，因爲魔法向來是引導人轉向惡魔」。這種惡罵馬上被收錄，在無數的期刊與網站上流傳，其中最著名的是二〇〇二年一月一日在《紐約時報》的一篇文章：〈神父不畏撒但或哈利波特〉（A Priest Not Intimidated by Satan or by Harry Potter）。及至二〇〇八年一月十五日，一位義大利學者在教廷的官方報《羅馬觀察報》（L'Osservatore Romano）中公開講述哈利波特系列叢書，說這些書落入了「古老的諾斯底誘惑，欲以神祕的知識混淆救贖與眞理」。阿莫爾特神父除攻擊哈利波特之外，也有人引用他的話，說他曾說希特勒和史達林都是被惡魔附身。二〇〇六年八月二十八日尼克・匹薩於《每日郵報》的報導。

❺ Stefano Maria Paci首次刊登於《三十天》雜誌的報導〈The Smoke of Satan in the House of the Lord〉，二〇〇一年六月，第三十頁。

❻ 同上註，第三十至三十一頁。

❼ 同上註。

❽ 一九六八年由唐・歐瑞斯提・班繼（Don Oreste Benzi）成立，該協會的創立是爲了幫助「絕不可能自己成功」的年輕人。如今分會廣布十八個國家，該協會爲改善邊緣人而服務，包括前毒癮、妓女、異教的受害者。網址：http://www.apg23.org/cgi-bin/pagina.cgi。

❾跳舞療法詳見《Ecstatic Religion: A Study of Shamanism and Spirit Possession》，作者I. M. Lewiss，第三十六至三十八頁，以及第八十至八十三頁。

❿Marlise Simons著〈Paris Journal; Land of Descartes Under the Spell of Druids?〉，《紐約時報》一九九六年四月三十日報導。

⓫因爲教派的祕密本質，所以很難知道這些數字是否反映出準確的樣貌。在《撒但教派》（Sette Sataniche）一書中，義大利的精神科醫師馬斯特羅納迪（Vincenzo Maria Mastronardi）和心理學家路卡（Ruben De Luca）便指出，想要知道現存的撒但教派的眞正數字幾乎是不可能的（第九十二頁）。有些學者讓事情變得更複雜，他們在將特定的信仰分類爲「撒但」（包括巫毒和威卡）時，又拋出了一張大網。根據一位專家的說法，撒但教可被視爲一種極端的憤世嫉俗：「那是將世界視爲叢林、只有強者能生存的一種看法。所有的限制都遁形的世界，壞的示範等著大家來學，電視的完美榜樣與不計代價追求極端和力量，彼此互相拉鋸。」（語出Carlo Climati，由記者Nicholas Rigillo於〈Satanic Murders Just the Tip of an Iceberg, Claims Roman Church〉一文中引用，文章來源：澳洲網站「The Age」，二〇〇五年一月五日。）

⓬葛摩拉佐（Gramolazzo）神父告訴我，國際驅魔師協會多年來也一直在尋找機會開班授徒，卻遲遲無法規劃成形。

⓭由馬素爾（Marcial Maciel）神父於一九四一年創立於墨西哥，基督軍團是目前在全球成長最快速的天主教組織之一，在二十多個國家設有分部，還有一個大型的平信徒運動叫基督國度（Regnum Christi）。基督軍團因致力於增進羅馬教廷所示意的「基督的社會議程」，而多半被

視爲「右翼」，向來受到梵蒂岡的強力支持，尤其是教宗若望保祿二世。自由派人士將這個團體視爲現代化的對比，由梵蒂岡第二屆大公會議護航。欲知基督軍團詳情，請上網：www.legionariesofchrist.org/。

⓮譯註：天主教機構，意指天主的事業，由西班牙的聖施禮華（Josemaria Escriva de Balaguer）於一九二八年創辦。其使命在於傳揚工作，明白日常生活的境遇都是增長接近天主、服務他人、改進社會的時機，使會友在自己的工作崗位上善盡職責，朝成聖的目標前進，並帶領周圍的人一起進天國。

第二章
召喚

在我們天主教徒的想法裡，司鐸的授品典禮在天主及教會的眼中，是對一個人極端、完全的重整，帶出在本體上與基督「相同規格」的身分認同。這個神職的身分是一個人的核心、本質，影響著他的存在，因而也影響他的行動。

——樞機主教杜蘭（Timothy Dolan），
《第三個千禧年的神父》（Priests for the Third Millennium）

時間往前推至九月，一旦克服羅馬最初的衝擊，蓋瑞神父就能相當輕鬆地適應北美學院的生活。該學院創立於一八五九年，一九五三年遷到位於甲尼可洛山頂的現址。龐大的六層樓建築——還有自己的禮拜堂、大會堂、媒體室、圖書館、教室及餐廳——似乎就像羅馬市中心的小型綠洲，由一大片保全牆和警衛室擋開了擾攘的街道。整個綜合校區大得足以容納三百位神學生，並有鄰近的花園和千金難買的聖彼得大教堂美景。難怪蓋瑞神父花了好幾天探勘校園。

安息年的課程讓神父們忙碌緊湊也是實情，早上六點半醒來望彌撒，接著是早餐和一路到中午的課，下午還有更多堂課，然後是晚禱及晚餐。之後蓋瑞神父或許還會抽空跑到圖書館，在網路上察看運動賽的得分數。他是激進的運動迷，擁護舊金山四九人隊和巨人隊。

他與這個課程中多數的神父都相處得宜，那些神父多半與他年齡相仿，來自全美各地。照例會有幾個是比較「反社交」型的，這種事總是讓蓋瑞神父大惑不解，他自己對「神父身分認同」的概念，用「出現在衆人面前」來描述最爲貼切，但是他不會讓他人的漠然離群壞了自己的興致。

住在北美學院的一件樂事，是能和住在當地的神學生擦肩而過。就像安息年課程的神父們，這些神學生也代表跨越全美各城鎭的橫切面。蓋瑞神父管他們叫「孩子」，是因爲他們多半只有二十五、六歲。這些人是教會裡的金頭腦，也是將來有一天可能成爲令人景仰的權威律師或甚至主教（有些人暱稱北美學院爲「主教學校」）的神父。蓋瑞神父漸漸習慣一個月和這些神學生出去吃兩次午餐，和他們分享一些他在這些年來學到的嚴格教訓。

✝

即使在年幼時期，蓋瑞神父也知道自己想當神父。他的母親安娜梅·湯瑪斯還記得兒子十一歲時，在他們南舊金山家中的廚房，假裝在說彌撒——高舉一小塊圓形的奇妙牌麵包，表情莊重，說：「這是我的身體，爲你們而捨棄的……」蓋瑞的小弟大衛當年六歲，也記得哥哥當年做這件事有多認眞。一切都要完美無缺——廚房的餐桌上蓋了一條白色毛巾代表祭壇，聖經放在正確的位置，蠟燭也排得井然有序。蓋瑞逼弟弟當祭壇侍童。大衛最重要的任務是做聖體，他得知聖體必須是平的而且是正圓形。他沒把握該怎麼做，蓋瑞便傳授一招自己的商業機密，說：「用餅乾模型。」

蓋瑞神父於一九五三年十一月二日在加州舊金山出生，父母都是舊金山人。安娜梅的娘家姓氏爲馬漢尼，在教會區（Mission District）的藍領愛爾蘭天主教家庭中長大。雷蒙・湯瑪斯是與東歐天主教有些關係的克羅埃西亞移民之子，在當今的卡特羅丘（Catrero Hills）長大。

蓋瑞四歲時，全家搬到南舊金山，一般人也稱之爲南市（South City）。當時南市還是發展中的社區，是個鮮明的藍領城鎮，居民多爲義大利後裔，因二次大戰到此定居。他們搬家的那一年，蓋瑞的弟弟大衛出生，之後是妹妹喬安。雷蒙在南市的工作是電工師傅，做的多半是私人承包業務。等孩子們長大，可以上學了，安娜梅便擔任一間學校的祕書。不管怎麼看，蓋瑞神父都有滿正常的全方位美式童年。他打小聯盟、修草坪、上萬靈天主教文法學校（All Souls Catholic Grammar School），一直擔任祭壇侍童到八年級。

十之八九，蓋瑞的家庭都會等到最後才離開教會，蓋瑞的爸爸常拿這件事來取笑他的母親。對蓋瑞而言，神父讓他感到很自在；他在神父周圍感到無比的熟悉。他還有一層更直接的熟悉關係：他有一個伯伯是神父，一個表哥是耶穌會士。

五、六年級時，他們全班都會在公告欄上貼出長大後想當什麼的圖片，蓋瑞選了一張神父的圖片。他把這件事告訴父母時，他爸爸只是聽過就算了，心想兒子長大後終究會丟棄這個念頭。他爸爸想錯了，但蓋瑞滿十四歲時，確實曾有一個偶然的機會讓他偏離目標好一陣子。

他的母親帶他到諾曼林肯盧斯太平間（Nauman Lincoln Roos mortuary）參加一場葬禮。儀式結束後，林肯先生走向蓋瑞，問他是否願意在殯儀館兼差。蓋瑞幾乎毫無猶豫就答應了。他在諾曼林肯的工作雜七雜八，包括：洗車打蠟、割草坪、接電話、爲喪禮插花，甚至帶人上教堂。他發現這份工作馬上就有報償。他喜歡葬禮中的宗教成分（擔任祭壇侍童的那些年，他參加過許多場葬禮）。與神父的角色相去不遠，殯儀館館長的工作也是安慰人心——尤其心愛的人死後的那段期間是生者需要最多幫助的時候。

等幾乎準備好要走喪葬業這一行時，蓋瑞開始注意到神父的職位可能不是他原先以爲的樣子。一九六〇年代晚期和一九七〇年代，天主教會隨著梵蒂岡第二屆大公會議，發生了激烈的動亂，會議中倡導教會對現代世界打開窗戶。因此，許多神父開始與一度吸引他們成爲神父的傳統失去聯繫，造成慘不忍睹的效應。神父們開始大量離開教會。在蓋瑞就讀的朱尼佩羅塞拉高中教書的整個修女團也解散了。在這場普遍的混亂中，蓋瑞開始對自己選擇的職業感到幻滅。

一九七二年，他註冊就讀舊金山大學，這是一所耶穌會士經營的學校，位於舊金山市中心。他和朋友羅伯特·伊根是南市中第一批上大學的孩子。蓋瑞心想將來有一天自己可能會經營殯儀館，於是便主修企管。

學費是一年一千六百美元，由蓋瑞自己負擔，他在學期間在餐廳打雜工，一個月賺二百五十美元，暑假則在殯儀館打工。因爲財務吃緊，所以他住在家裡，用二千美元向鄰居買了一台一九七一年份的鐵鏽色雪佛蘭Camaro通勤。

當蓋瑞日漸成熟，他在殯儀館的責任也變了。他滿十八歲時，開始第一次「清除」，這是殯儀館用語，表示收拾屍體。說也驚人，儘管參加了那麼多喪禮，在殯儀館待了那麼久，他仍然沒有實際看過裸露的屍體。這具屍體屬於一位在舊金山綜合醫院死去的病患。到今天爲止，蓋瑞還記得那屍體的景象，赤裸躺在殯儀館的金屬台上，令他反胃想吐。最後，他習慣了，但從事清除的經驗一直未能成爲例行公事——尤其在他必須開車回館清除屍體，又有滿室悲慟的遺屬眾目睽睽地觀看時，更不容易。

同時，在舊金山大學的最後一年春季班，幾個互相認識的朋友陷害他和羅莉·德瑞斯科（現在是羅莉・阿姆斯壯）盲目約會，她是舊金山州立大學護理系的新鮮人。他們倆隨即爆出火花，而且開始約會，通常都是和朋友成群去看球賽。「他就是有這種能力，把其他人放在優先順位，讓他們覺得自己很特別。」羅莉回憶道。

然而，有時蓋瑞在殯儀館的工作也會打亂他們的計畫。羅莉記得有幾次她都打扮好了，蓋瑞卻在最後一分鐘才取消約會，因爲他要清除。儘管失望，她還是撫平受傷的自我意識，告訴自己，如果他要成爲殯儀館館長，那她最好現在就習慣這種事，不要等到將來。

一九七五年，蓋瑞從舊金山大學畢業，馬上進入爲期一年的舊金山殯儀館學院，目的是取得屍體防腐員的執照。他繼續住在家裡，同時也念殯儀館學院，輕輕鬆鬆就交到朋友，還得到一個諢名。他修的一門課是不同教派奉行的殯儀服務。因爲蓋瑞長年浸淫在天主教的傳統下，所以有人問他是否願意教其他同學。不久，每個人都開始叫他「湯瑪斯神父」。

他在學校的表現優異，只花九個月就完成學業，之後便在南市的一家殯儀館實習上班。一九七七年，蓋瑞二十四歲時，取得了屍體防腐員執照，並轉到洛斯阿圖市的一家殯儀館。這家殯儀館提供了宿舍，於是他今生第一次自己一個人住。

在殯儀館學校時，他發現一個算是「人體系統的奇觀」，特別是在呼吸系統，那是屍體防腐員用來把血瀝乾，注入防腐液的地方。他沒有因自己目睹的畫面而覺得噁心，反而是在死亡不斷的暴露下，有助於「提升」他的靈性生活。經常在嵌入眼蓋（邊緣爲齒狀、讓眼睛保持緊閉的小型塑膠裝置）時，他會發現自己盯著死者無神的眼睛看。他第一次凝視時，就看出有東西不對勁，一種神采不見了。對蓋瑞而言，這就是清楚的證據，表示有永生，靈魂會在死時離開肉體。

在洛斯阿圖市的時光，一種蓋瑞以爲早已消失的感覺重新折磨著他。他又開始認眞考慮神父的職位。儘管有一份高報償的職業，但他內心深處還是覺得自己命中注定要做不一樣的事。他開始問自己一個困難的問題：他爲自己勾勒的禮儀師人生是天主的意圖嗎？

還有和羅莉的關係也要納入考慮。最後他知道，如果他繼續抱持懷疑，對她就太不公平了。幾週後，在九月的一個下午，他和羅莉開車到洛斯加圖市的凡松納湖濱公園野餐。羅莉沒想太多，雖然她或許早就該看到牆上的字。五個月來，蓋瑞一直在暗示她，自己想要當個神父。然而，羅莉的心卻不作此想。事實上，她還期望能在八月的二十一歲生日那天收到一枚戒指。在公園裡，兩人往外漫步到草地上的蔭涼處，俯瞰著湖面。在他們望著湖水，坐了幾分鐘時，各自卻看著不同的世界，盤算著迥然不同的未來。蓋瑞看到的是自己一個人，身爲神父把自己奉獻給獨身的一生和服務天主。羅莉則看到自己身爲人母，也是殯儀館館長的妻子。一時之間，蓋瑞轉過頭面向羅莉，他們的世界就此互相牴觸衝撞上了。雖然錯愕不已，但羅莉也明白自己不能擋住蓋瑞的路。

與羅莉分手後隔年，蓋瑞進入一段掙扎期。他繼續在喪葬業界工作，同時又要判定天主是否召喚他擔任神父。

✝

一九七八年夏天，他開始定期與心靈導師詹姆士・歐修納斯（James O'Shaunessy）會面，想明白「若此身全屬天主又如何呢？」然而，申請神學院的決定，卻一直到他在洛斯阿圖的聖約瑟神學院（Saint Joseph's Seminary College）聽了一場如何辨認聖召的演講後，才出現。在那裡，一位信奉聖母馬利亞的神父講到人如何能辨認正確聖召的方法：「一部分是強烈的願望，一部分是因爲服務人群而興奮，還有一部分是無能回應各式各樣的刺激，只能順從內心的方向。」這些話在蓋瑞的心中產生巨大的衝擊。當天他就決定進入神學院了。

當蓋瑞順道拜訪父母的家，告訴他們這項消息時，蓋瑞的父親大爲震驚，告訴兒子說，他要當神父是「頭殼壞去」，因爲其他人正打算跳出來。蓋瑞向父親擔保，如果他不喜歡就會離開。雷蒙不置可否，他明白自己無法改變兒子的決定。另一方面，蓋瑞的母親卻「欣喜若狂」。她知道他正在履行自己的聖召。

蓋瑞於一九七九年進入聖派屈克神學院（Saint Patrick's Seminary）時，正逢多變的時局——教規在近年來變得鬆散，新的院長霍華・伯雷希納神父上任，重新建造了一種秩序感，而他本人也以鐵腕維護秩序。因此，蓋瑞神父不大記得神學院有什麼好玩的。

他眞正愛做的少數事情之一是有機會在牧區工作，讓他可以和人群互動，也讓他初嘗未來這一生擔任神父會是什麼滋味。蓋瑞不像一些神學生偏好沉迷於知性的追求，他喜愛實務工作。他是個天生的溝通家，精於人類的互動關係。

第三年，他開始在聖荷西的歐康納醫院每週工作十五個小時。他還特別要求調到「安寧病房」。他這一生多半都在接觸死亡，但在歐康納醫院的經驗卻是截然不同的。一向意識到自己擔任神父的職責是減緩苦痛，他想知道當人在最脆弱也最需要安慰的時候該怎麼說。不像有些神父會避開苦痛，蓋瑞經歷到這些是眞正需要叫神父到場的狀況。最後，在安寧病房的時間教導他死亡有時可能是一種孤單的經驗，通常最好什麼都不要說。

✞

蓋瑞在一九八三年三月晉鐸爲神父，當時正值二十年來最強烈的暴風雨襲擊聖荷西之時。蓋瑞的父母被困在高速公路上，他們勇闖豪雨颶風，以爲最後抵達大教堂時可能空無一人。然而，他們卻很訝異地看到會場擠滿了人，即使暴風雨的威力已經在稍早減弱（且奇蹟似的在典禮開始前十分鐘又再度發威）。

羅莉這幾年一直在注意蓋瑞的進展，雖然她仍因他們倆分手而感到受傷，但是她太關心蓋瑞，不想錯過他的授品典禮。此時她剛結婚，便帶著丈夫前來。想到要在一個地方看到那麼多親友就讓蓋瑞緊張。為他舉辦的兩小時授品典禮，只有另一位神父匆匆露了個臉。接著一排人魚貫走出教堂時，蓋瑞瞧見羅莉在門邊，便停下來給她一個擁抱。她在眾人的注目中脹紅了臉，並介紹丈夫鮑伯給他認識，鮑伯向蓋瑞握手，接著蓋瑞又回到那一排人的行列。

在天主教會的脈絡中，神父比較接近一種身分而非工作。這不是神父可以隨便轉頭就去休假的事。正如教宗若望保祿二世寫道：「神父憑著祝聖禮（consecration）接受聖召，付出無私的愛，把『羊群』的需要放在自己的需要之前。」

蓋瑞神父似乎在非常早年便已經將這種與人共處的慾望內化。現在既然他是神父，對這個角色的奉獻就有了新的意義。因為這個授品典禮，讓他覺得自己有責任擁抱人類的種種美麗與醜陋。他已經知道自己對死亡並不彆扭；如今他期盼能幫助教區的居民面對人生的多種試煉。

第三章 重回校園

魔鬼無所不在，致使邪惡的事物在自然律則之下發生。在說這些話的人身上發生：我不接受愛、兄弟姊妹的愛、神的愛。也在許多地方、許多屠殺、每場謀殺、自然界的天災、每個集中營、所有邪惡中發生。有時魔鬼會現身，這很怪異，但也有附身的案例。但他不讓自己被看見的時候其實危險多了，這種時候只能由驅魔來處理。

——巴朗忠神父（Pedro Barrajon），二〇〇五年十二月二日德國《世界日報》（Die Welt）訪談摘錄

蓋瑞神父第一次聽到驅魔課程，就想知道這種課該如何規劃。顯然課程規劃人員已經仔細而有系統地制定完成了。

法拉利博士就這個構想與史卡拉豐尼神父（Father Scarafoni）聯絡後，兩人便開始合作擬出教學大綱，並且選擇師資，目標是除去一切錯誤的資訊，讓神父能夠重新學習教會對這些事務的實際教導。然而，除了開門見山的魔鬼神學課程之外，課

程規劃人也想確保這些準驅魔師能面面俱到，便決定納入精神病學家及犯罪學家教授的課程。學生們將會上到撒但學及青年文化、如何辨別諸靈、魔鬼的力量，以及教會對於天使與魔鬼的種種教導，這門課將由一位基督軍團的神學家來擔綱。此外，驅魔師還會接受傳喚去討論自己的事工並分享實用的訣竅。不幸的是，國際驅魔師協會拒絕了史卡拉豐尼神父的請求，因此不會在學生面前現場從事驅魔。

上完第一天的課程後，事態對蓋瑞神父而言有了戲劇性的進展。他從宗徒王后大學搭火車回來，一下車便在北美學院的長廊裡追蹤，尋找能爲他翻譯的神父。但在糾纏了主角一週之後，他死心了。他以爲第二次上課可能和第一天一樣浪費時間，卻仍然在十月二十日早上搭火車出門，希望能證明自己是錯的。果然，課程規劃人員已經在倉卒之下，找到一位非常適任的基督軍團神學生爲他翻譯，用麥克風和耳機溝通。雖然不夠完美（有時神學生必須節略才能跟上速度），但接聽系統的運作卻滿順利的。

✞

蓋瑞神父不久之後得知了驅魔其實是耶穌福音信息的中心時，感到十分詫異。事實上，在初代教會裡，大家以爲每個基督徒都有驅魔的能力。

回到北美學院，當他開始多認識一些神父和神學生時，他很快就明白，不但自己對驅魔的眞正本質有所誤解，連其他人也不例外。當他分享自己是個稚嫩的驅魔師時，也料想到會有不一的反應。有些人恭維他。但也有另一群人回答道：「你不應該告訴我們的。我們不可以知道。」他大惑不解，於是便聯絡自己的主教，問自己的任命是否眞的是某種「官方祕密」。主教說這是他第一次聽說有這種事。因爲忠於自己開放的天性，蓋瑞神父認爲主教轄區的神父應該要知道，這樣有問題才能來找他。

第三群的成員則對於他的啓示，只給了他一個白眼，無關痛癢地說：「我不相信那種事。」天主教神父不相信惡魔或驅魔或許是很奇怪，但對於在梵蒂岡第二屆大公會議的餘波中晉鐸的蓋瑞神父而言，那根本不用大驚小怪。

✞

直到一九六〇年代，教會整體都相對一致地相信惡魔是一種邪靈，是天主創造的墮落天使，賦有一定的力量和自由意志。

在初代教會裡，惡魔被視爲一大群魔鬼的首領，牠們抵擋由使徒及其他追隨基督的信徒所代表的「忠心共同體」。之後，聖奧古斯丁會用「兩個城市」❶彼此較勁來提到這種衝突，這是天主在測驗天使時形成的。因此，基督徒必須時常儆醒抵擋敵人，牠們汲汲營營於毀滅人類來報復天主。在這場戰爭中，惡魔的主要武器是誘惑；然而，正如新約中所見證的，牠也可以在特定的情況下直接攻擊個人，控制一個人的身體。當這種事情發生時，唯一的解決之道就是驅魔。

既然撒但是創造物，因此也臣服在天主的力量下，那麼驅魔便只有在奉天主的名、藉由教會的權柄來執行時，才有效力，這權柄是基督賜給教會的。「耶穌將祂的十二門徒叫來，授給他們制伏邪魔的權柄，可以驅逐邪魔，醫治各種病症，各種疾苦。」（〈瑪竇福音〉第十章第一節）

新約中充滿了耶穌驅魔的故事❷，不僅證明了他的神性，也是確鑿的證據，表示他來是爲了擊敗撒但的王國，並且迎接新的王國。「如果我仗賴天主的神驅魔，那麼，天主的國已經來到你們中間了。」〈瑪竇福音〉第十二章第二十八節）

或許在四福音書中，最戲劇化的驅魔案例就是革辣撒的附魔人（〈馬爾谷福音〉第五章第一至二十節）。耶穌下船來到一個叫革辣撒的城鎮附近時，立刻被一個從墳墓裡出來的人接近。城裡的人試圖用「腳鐐和鎖鍊」來綑鎖他，但他在喊叫中「掙斷了」枷鎖。他總是大喊大叫，又用石頭打傷自己。他一看到耶穌便大聲呼叫：「至高天主之子耶穌，我與你有什麼相干？我因著天主誓求你，不要苦害我！」耶穌便命令邪靈離開那人，又問他的名字，得到的答案是「軍旅」。接著邪靈懇求耶穌「不要驅逐他們離開此地」，而是讓他們能到附近吃食的豬群裡附身。耶穌准許他們，那「約有二千」的豬群便「從山崖上直衝到海裡，在海裡淹死了」❸。

雖然耶穌在當時不是唯一的驅魔師❹，但是他的方法獨樹一格。他不像同時期的人用繁複的儀式和道具，而只是命令魔鬼離開，有時甚至用第一人稱發令。事實上，耶穌的驅魔被視爲過於極端，而被敵人控告是靠魔鬼的力量（〈馬爾谷福音〉第三章第二十二至三十節），耶穌回應這個控訴時只是說魔鬼不可能驅趕出魔鬼❺。

這些驅魔事件對耶穌的門徒具有強大的影響力。福音書作者馬爾谷認爲這簡直是嘆爲觀止，便記錄耶穌行使的第一個神蹟爲驅魔（〈馬爾谷福音〉第一章第二十三至二十七節）。

耶穌死後的那些年，驅魔成爲信徒使人改變信仰並傳揚信心的重要工具❻。幾乎所有的使徒性神父（緊跟在使徒之後的作家們）都寫過這個主題。最早期的基督神學家之一殉道士游斯丁（Justin Martyr），就在《與脫利風談話錄》（Dialogue with Trypho）一書中陳述：「任何因奉耶穌的名而被命令的魔鬼……都會被制伏並且擊敗。」

驅魔的重要性在早期的浸禮中是很清楚的，準基督徒要連續多日接受一系列正式的驅魔儀式，同時棄絕撒但（棄絕撒但仍用於今天的浸禮）❼。

儘管有這種初期的重要性，但「自由派」與「保守派」的神學家卻在一九六〇年代爆發了一場強烈的爭議，辯論惡魔這號人物是否該照字面意義接收。既然教會定義真理是透過兩項鮮明的成分——神聖的啓示（經文）與傳統，由教會的教誨權或教導的權威來確實詮釋——於是雙方便交叉使用歷史與聖經的證據來支持自己的說法。

對自由派而言，不能理解的是，在科學昌明、人類理性已清楚顯示這些信仰的基礎多半已過時淘汰時，教會還會繼續相信「看不見的靈」[8]或惡魔是有位格的「人」[9]這種事。「我們不能用電燈和收音機，生病的時候也不能轉而就醫，」布特曼（Rudolf Bultmann）在一九六九年寫道，「同時又要相信靈界和新約告訴我們的那些奇蹟。」[10]他們瞄準聖經，分析提到惡魔的段落，指出哪些地方使用象徵的寓意——福音書作者使用文學手法，強調邪惡掌控著這個世界。耶穌的反應清楚顯示至少他相信惡魔，但這點被海格（Herbert Haag）、艾爾塞爾（Bas van Iersel）、凱利（Henry Aansgar Kelly）[11]等批評家揭穿，聲明他只是在做相當於現代的公關術，目的是使訊息「變笨」，好讓自己的要點清楚地傳達給民智未開的社會。

對保守派而言，這些詮釋不僅誤解了經文，也完全漠視使徒性神父們所記錄的悠久傳統。如果教會過去從未出現束縛惡魔存在的聲明，那是因爲沒有必要，惡魔的存在向來是毋庸置疑。他們說：駁斥這些教導就是對教會的可信度表示懷疑。彷彿是爲了強調這一點，教宗保祿六世在一九七二年十一月十五日針對這件事，向一般大衆發言，說：「邪惡不只是缺乏了什麼，而是一個活躍的媒介，是活生生的靈體，拒絕承認這種眞實的存在就是違反聖經以及教會的教導。」[12]

雙方的立場似乎都有其限制。自由派的觀點在許多方面都延續了啓蒙時期的思維，將耶穌的驅魔貼上寓言的標籤，對每個自稱基督徒的人而言，更是引發了煩擾的紛歧。如果耶穌的確（如每個基督徒所相信的）是天主的兒子，如果邪靈這種東西根本不存在，那他為什麼要把錯誤的訊息灌輸給門徒，命令他們趕出邪靈？[13]

同時，對保守派而言，在傳統的立場上為信仰辯護，的確合乎教會神父的立場，但在當時一般神父眼中，卻是中古時期的作為，已經與現代社會脫節。

結果會是這個最後的觀點勝出，因為愈來愈多的神父發現自己受到的影響，不光是現代世界價值觀的接受度日益增加，還有梵蒂岡第二屆大公會議的結果所持的一種存在的相對論[14]。在不一定要拒絕教會的正統教導下，多數神職人員都認為惡魔的概念是個插曲，「認眞嚴謹」的神父才不會浪費時間思索這個主題。總括而言，就是波特萊爾的名言復甦：惡魔終於說服這個世界說他已不復存在[15]。

✞

課程中，蓋瑞神父也因著他人引介和自己一樣的新手驅魔師而獲益。他們多半是義大利人，而且不懂英語。然而，有位神父是從美國來的方濟會修士，他展現了極大的助益。

達尼爾神父（化名）原籍新英格蘭區，最近才被派至耶路撒冷的聖殿駐紮。他的棕袍上帶著聖職的象徵：一個紅色的十字架周圍有四個小十字架。他的袍子、極短的平頭以及鬍鬚，讓他看似另一個時代的人。可是，細察之下，新英格蘭背景的蛛絲馬跡便顯露無遺——袍子下有梳棉的藍色牛仔褲、勃肯涼鞋、領尖磨損帶扣的綠色襯衫。

在一次下課時間，達尼爾神父向蓋瑞神父解釋促使他來修這門課的原因。那年夏天，他在羅馬東邊的阿布魯佐省（Abruzzo）的一間聖殿有過一場膽戰心驚的經歷。有一天，他在聖殿聆聽懺悔時，一名女子來找他，問他是否相信有魔鬼附身的事。儘管他缺乏這種事情的第一手資料，卻仍然表示他相信。那女子回答：「好，因爲我正在受這種折磨，我想要懺悔。」他不太明白她的意思，卻仍然由祝福開始，並繼續聽她的懺悔。他馬上看到事有蹊蹺，她開始抽動又反覆不斷地清喉嚨。接著事態惡化，突然間她開始發出咕噥聲，zitto（閉嘴）一字不由自主地從她緊閉的嘴唇中脫口而出。當他該說結束的祝福詞，並且寬恕她的罪時，他大爲詫異，因爲她臉上的肌肉完全扭曲變形，讓他再也認不得她。之後，她的下巴全然鬆脫掉落，臉又轉到一邊，留下她的嘴巴變成傾盆大口的印象。此時，達尼爾神父幾乎嚇壞了，但他保持冷靜，繼續奉耶穌基督的名祝福那名女子，最後她便起身衝出了教堂。

他驚魂甫定、回神之後，對剛才目睹的事萌生好奇之心。爲了得到答案，他自願幫助在聖殿服務的當地驅魔師。不多時，他就恍然明白自己看到的只不過是冰山一角——還有一整個他從來不知道的世界存在著。因此，當他秋天轉調到羅馬開始攻讀博士時，他便請求上層准許他與一位驅魔師實習。托馬索神父（Father Tommaso）便收下他，托馬索神父是在長年與驅魔淵源頗深的聖階教會⓰（Scala

Santa）服務。

聆聽著達尼爾神父的遭遇，蓋瑞神父沒有理由懷疑這位方濟會修士的眞誠。達尼爾神父絕非自誇，而是不可思議地謙卑，甚至自我貶抑——幾乎是彷彿連他自己也不敢相信眞實發生的事。達尼爾神父的經歷，只會讓蓋瑞神父明白自己對於魔鬼附身的事知道得有多麼少。在他可以自行驅魔之前，他必須多學點東西，知道自己要對抗的是誰或是什麼東西。

註釋：

❶由聖奧古斯丁在《天主之城》（The City of God）中發展而成的概念。書中，他將「羅馬帝國逐漸式微的榮耀及其公民對世俗的追求」與「天主之城的居民偏愛心靈之路、遠避所有世俗享樂，而即將贏取的獎賞」做出對比。

❷耶穌的四次驅魔皆有詳細的描述：㈠葛法翁會堂裡的人（〈馬爾谷福音〉第一章第二十一至二十八節；〈路加福音〉第四章第三十三至三十六節）；㈡革辣撒的附魔人（〈馬爾谷福音〉第五章第一至二十節；〈瑪竇福音〉第八章第二十八至三十四節；〈路加福音〉第八章第二十六至三十九節）；㈢敘利腓尼基婦人（〈馬爾谷福音〉第七章第二十四至三十節；〈瑪竇福音〉第十五章第二十一至二十八節）；㈣附魔的兒童（〈馬爾谷福音〉第九章第十四至二十九節；〈瑪竇福音〉第十七章第十四至二十一節；〈路加福音〉第九章第三十七至四十三

節）。

❸雖然這個故事將此人稱爲革辣撒的附魔人，但瑪竇卻將這次驅魔的位置定於加達辣的鎭上，比革辣撒更靠近加里肋亞海。關於這次驅魔，多處提到有明顯的誇大。例如：布魯斯・齊耳頓（Bruce Chilton）便在《抹大拉馬利亞》（Mary Magdalene）一書中暗示，「軍旅」其實是羅馬和當時羅馬帝國在猶太人眼中所代表的所有「邪惡」的替身，第三十八至四十頁。

❹猶太人也相信驅魔，如住在巴勒斯坦（約西元三七至一〇〇年）的歷史學家約瑟夫（Flavius Josephus）所記錄。在他描述的一次驅魔中，猶太驅魔師厄勒阿匝（Eleazar）用植物的根部綁在一枚聖戒上，從當事人的鼻子中引出魔鬼。見約瑟夫的著作《猶太古史》（Antiquities），第四十六至四十八頁。

❺法利賽人指控耶穌驅魔是仰賴「魔王」貝爾則布（Beelzebul，又名Beelzebub），此舉相當於指控他行巫術。有些學者說Baal Zebub（意指「蒼蠅王」）實爲敗壞的Baal Zebul（至高主）。此說首見於〈列王紀下〉第一章第二至十六節，表示外族的王。有些學者也曾提出當時的驅魔，有些驅魔師的確會呼叫貝爾則布的名字。見布魯斯・齊耳頓的《抹大拉馬利亞》，第二十九頁；及Douglas L. Penney和Michael O. Wise所著的《By the Power of Beelzebub: An Aramaic Incantation Formula from Qumran (4Q560)》，第六二七至六五〇頁。

❻聖依勒內（Saint Irenaeus）於西元二世紀說：「藉由呼求耶穌的名字……撒但就從人身上被趕逐出去。」特土良（Tertullian）在《護教書》（Apology）中寫道：「讓一個明顯被魔鬼附身的人被帶到閣下的裁判所，當基督的門徒吩咐邪靈說話時，邪靈就會毫不遲疑地坦承自己是魔鬼，因

為他在其他地方曾妄稱自己是神。」（第二十三章）俄利根在護教著作《駁克里索》（Against Celsus）中，抗辯異教哲學家克里索認為基督徒透過魔幻儀式來完成驅魔的觀點，陳明：「驅魔的力量在於耶穌的名，我們稱呼他的名，同時也是宣告他生命中的事實。」俄利根甚至宣稱耶穌的名大有能力，即使非基督徒使用也能成功（猶太驅魔師便曾在〈馬爾谷福音〉第九章三十八至四十一節中見識過）。

❼傑佛瑞．波頓．羅素（Jeffrey Burton Russell）在《黑暗王子》（The Prince of Darkness）中引用特土良的說法：「若天主子所以顯現……是為消滅魔鬼的作為，則他是透過浸禮，藉由釋放靈魂而除滅魔鬼。」羅素也指出直到二〇〇年，浸禮前還有一系列與洗禮本身區隔的驅魔儀式，顯示早期基督徒相信惡魔對人有掌控權，因為人有原罪（第七十二頁）。特土良又約於西元二〇〇年將正式的棄絕撒但併入洗禮。早期教會的確在準受洗人（新信徒）身上及被附身的人（著魔人）身上所做的驅魔，有所區分，這是今日仍然堅守的信仰，在洗禮時從事「簡單」的驅魔，對著魔人則進行「隆重」的驅魔。關於驅魔在洗禮儀式中的重要性，詳見傑佛瑞．波頓．羅素的著作《撒但：早期的基督教傳統》（Satan: The Early Christian Tradition），第一〇〇至一〇三頁，及H. Kelly的《The Devil at Baptism: Ritual, Theology, and Drama》。

❽《天主教會教義問答書》，二八五一，「邪惡並非抽象事物，而是指有位格的人、撒但、惡者、敵擋上帝者。」第七五三頁。

❾撒但已開始從大眾的思想中淡出，甚至在更早的啓蒙時期，伏爾泰和休謨等批評家攻擊基督教的根基時便是如此。其後，心理分析的時代來臨時，惡魔的概念又吹起另一股旋風。佛洛伊

德稱之為「簡直是壓抑、無意識的驅動力之化身」，對榮格而言，則是神祕、心理的象徵或原型，榮格稱之為「陰影」。

❿ 引自布特曼的《New Testament & Mythology》，第一一〇頁。

⓫ 海格的重要著作為《Abschied vom Teufel》（一九六九）及《Teufelsglaube》（一九七四）。艾爾塞爾於一九六八年寫出一本名為《天使與魔鬼》（Engelen en duivels）的書，凱利的神學著作為《惡魔、魔鬼學與巫術》（The Devil, Demonology, and Witchcraft，一九六八）。在Arturo Graf更早的著作《惡魔的故事》（The Story of the Devil，一九三二）中，作者寫道：「惡魔已經死了或即將要死，而且快死了，他不會重新進入天堂的國，而是重新進入並融入人的想像，那也是他最早孕育出來的地方。」第二五一頁。

⓬ 針對一般大眾的講題為〈將我們從邪惡中釋放出來〉（Liberaci dal male），教宗發表演說，連同其他議題，提到了邪惡的神祕以及抵禦惡魔。

⓭ 這個問題似乎更切題，因為驅魔的信念在耶穌的時代絕對是普遍的觀念。例如：撒都該人不相信天使和靈，由此可推論出他們也不相信魔鬼附身。聖經也在耶穌醫好特定的疾病如瞎眼及大痲瘋，以及他趕出邪靈之時，做出清楚的區別。舉例說明，在他只是施行醫治時，在魔鬼附身案例中的任何症狀都沒有彰顯出來（如超乎常人的力量，或是魔鬼直接對耶穌說話）。

此外，許多驅魔評論家都只是假定所有的疾病皆歸因於「邪靈」的存在。好比希臘名醫希波克拉底（Hippocrates）就在其論文《聖疾》（The Sacred Disease）中寫道：心病都有自然的成因。關於當時一般人所知的「聖疾」癲癇，他寫道：「這不是我的意見，比其他疾病更加神聖或更加脫俗，而是自然的成因，其神聖的起源是由於人的缺乏經驗，也由於對其獨特的性質感到奇異。」（The Sacred Disease I, W. H. S. Jones and E. T. Withington, Hippocrates, 4 vols., Loeb Classical Library, 1923）。

⓮存在主義對個人詮釋的強調破壞了本體眞理的基礎，而阿奎那說本體眞理形成一樣東西的「本質」。正如約翰・尼可拉（John Nicola）在《惡魔附身與驅魔》（Diabolical Possession and Exorcism）中寫道：「倫理中的相對論迫使個人不是以法律的通則、而是在具體的道德環境裡，判斷一個行爲的道德性」，第七十七頁。如此一來，神父們變得比較不受傳統拘束，而更傾向於順從他們自己的詮釋。

⓯「我親愛的兄弟們，聽到啓蒙主義的進展吹噓時，別忘了，魔鬼最厲害的詭計就是說服你相信他不存在。」〈Le Joueur généreux〉，一八六四年二月七日；Cat Nilan英譯，一九九九年。

⓰多年來皆由康楱多・亞曼提尼神父使用。他是耶穌苦難會的神父，也是一九六〇、七〇、八〇年代的羅馬首席驅魔師。

第四章 認識敵人

如果天主這位全能的父，這位井然有序的美好世界的創造者，關心他所有的創造物，那麼邪惡為什麼會存在？針對這個問題，因為既迫切又不可避免，既痛苦又神祕，所以沒有便捷的答案能說得完備。只有整體的基督信仰建構了這個問題的答案：創造的美意、罪的戲劇性發展、與人相遇並立聖約的天主滿懷耐心的愛、他的兒子為救贖而使聖言成了血肉、他恩賜的聖神、他召聚教會、聖體的力量、他向蒙福的生命發出的呼喚，邀請所有自由的創造物預先同意，正因為如此，這些創造物也得以預先拒絕，其原因是個恐怖的謎題。基督信息的每一個面向多多少少都是回答邪惡的這個問題。

——《天主教會教義問答書》三〇九

愛的能力已經從魔鬼心理學中被殲滅了。魔鬼知道卻不去愛。作惡成功的樂趣和人類向敵人復仇時的感覺相同——都是一種充滿恨的樂趣。

——福爾提亞神父（Father José Antonio Fortea），《驅魔師訪談錄》

惡魔的概念隨著時代演變，主要是一種用來解釋全能慈愛的天主所創造的世界中存有邪惡的方式❶。

惡魔一詞來自於希臘文diabolos，意指「敵手、毀謗者、抵擋者」。當希伯來聖經在西元前二〇〇年被譯爲希臘文（人稱七十士譯本❷）時，希臘人就普遍用這個詞來取代希伯來的原字satan，意指「控告者」。

在舊約（寫於西元前一〇〇〇至一〇〇年間）中只提過幾次惡魔，而且甚至還不是前後一致的擬人化角色。有些神學家，例如阿奎那（Thomas Aquinas）便推測這是因爲摩西是「對未開化的人民說話」，不想提倡任何可能引誘他們拜假偶像的信念❸。其他神學家則指出，舊約中缺乏前後連貫的魔鬼學，是因爲以色列人有嚴格的法律禁止魔術❹。撒但最顯著的樣貌在〈約伯傳〉，但有些學者已指出，他的名字其實只是職稱❺。他仍然可以進入天庭，似乎還以天主代理人的身分行事，有點像是「檢察官」。在這個角色中，他說服天主給他力量折磨約伯，要測試約伯的忠心（〈約伯傳〉第一章第六至十二節）。

然而在新約中，惡魔扮演的角色大得多了。在基督來臨的時代，由於原罪，所以「全世界都臥在那惡者手下」（〈若望一書〉第五章第十九節）。爲了醫治這個裂縫，天主便差派他的獨生子。〈對觀福音書〉直接反覆地述說這個概念。「天主子所以顯現出來，是爲消滅魔鬼的作爲。」（〈若望一書〉第三章第八節）

新約充滿這兩邊的拉鋸戰。撒但在曠野中直接試探基督（〈瑪竇福音〉第四章第一至十一節；〈馬爾谷福音〉第一章第十三節；〈路加福音〉第四章第一至十三節），並透過他的信徒間接攻擊他，藉著試探（〈瑪竇福音〉第十三章第十九節），藉著施予身體上的傷害（〈路加福音〉第十三章第十一節），也藉著附身（〈馬爾谷福音〉第一章第二十三至二十八節）。耶穌教導門徒主禱文[6]，並且藉著驅魔正面迎擊惡魔。

相信諸靈或天主與人之間的媒介，幾乎存在於每個宗教。例如：亞述人就有數不盡的書（寫在泥板上）獻給咒文和召靈，藉以驅走邪靈[7]。

根據希臘文，想到魔鬼（daimones）時可能是善良的，也可能是邪惡的。例如眾所周知的，蘇格拉底便把自己靈感泉源的功勞歸給daimon。

對天主教徒而言，相信天使是一條信仰條款，是根據教會的神聖啓示及教導。「〈使徒信經〉[8]宣告天主是『創造天地的主』。〈尼西亞信經〉[9]則清楚表明這項宣告包含『有形無形之萬物』」[10]。

天使的創造在無數個聖經段落中得到證實。聖徒保祿寫信給哥羅森教會的人：「因爲在天上和在地上的一切，可見的與不可見的，或是上座者，或是宰制者，或

是牽領者，或是掌權者，都是在祂內受造的：一切都是藉著祂，並且是爲了祂而受造的。」（〈哥羅森書〉第一章第十六節）

天使占有自然界的秩序或存在的階級，目的是爲了反映天主的榮耀。正如十三世紀神學家阿奎那在講論天使的巨著《神學大全》（Summa Theologica）中所釋：「必定有一些無形無體的創造物，因爲天主在受造物身上的主要意圖都是好的，這也在於與天主本身同化……因此宇宙的完美應該要有智力發達的受造物。」[11]

對許多神學家而言，似乎是自然而然就相信有更高的智慧比我們更優越，尤其是細思著存在於世界上井然有序的自然和不同程度的智力，從單細胞生物一直往上到人類時，更是如此。「如果（人）形成最後的環節，那就是最驚人的了。」[12]道明會的雷卡邁（Pie-Raymond Régamey）寫道。

《天主教會教義問答書》教導信徒撒但是好天使[13]，由天主所創造：「惡魔和其他魔鬼的確是由天主創造，爲天生善良的生物，但他們因自己的作爲而變得邪惡。」

天主創造具有自由意志的天使，作爲愛的表達，好讓這些天使也愛他，並且使（他們自己）類似天主[14]，而天主就「是愛」（〈若望一書〉第四章第十六節）。簡單說來，根據天主教的傳統，愛對受造物而言是一種形而上的必要，因爲唯有透過愛，這樣的生命才能認識自己完整的潛力。既然不是自由慷慨付出的愛不算是眞的愛，這就表示天使（以及人）需要有選擇的能力。然而，天主知道自己一旦給人這種自由，就可能被用在善惡兩方面。教宗若望保祿二世說：「藉著創造純粹的靈作爲自由的生命，天主的旨意便只能預知天使可能會犯罪。」[15]

創造之後，天主先考驗天使，才准許他們進入至福的景象（在天堂直接經歷天主）。許多天使仍對天主保持忠心，但有一小群由撒但帶領的天使「叛變」，選擇把自己放在天主之前[16]。

這些天使犯罪後，立刻被剝奪了恆久的恩典，並且被判「永罰」（〈瑪竇福音〉第二十五章第四十六節）。神學家稱這種刑罰爲「失落的痛苦」[17]。墮落的天使們與唯一能給他們幸福的源頭——天主——斷絕了關係。在這個「地獄」中，魔鬼永遠受到折磨，並繼續在扭曲他們本性的仇恨中冥頑不靈。

根據基督信仰的傳統，撒但是頭號的墮落天使，是天主的創造物中最明亮也最完美的。聖經明示撒但的位階比其他墮落的天使更高：「魔鬼和他的使者」（〈瑪竇福音〉第二十五章第四十一節）、「魔王」（〈路加福音〉第十一章第十五節）、「那龍和牠的使者」（〈若望默示錄〉第十二章第七至九節）。

自從俄利根（Origen）將墮落歸因於驕傲後，撒但的名字就與路西法緊緊相連。這個名字取自〈依撒意亞書〉的一節，以隱喻來描述巴比倫王。「朝霞的兒子——

晨星！你怎會從天墜下？傾覆萬邦者！你怎麼也被砍倒在地？你心中曾說過：我要直沖霄漢，高置我的御座在天主的星宿以上」（〈依撒意亞書〉第十四章第十二至十三節）。有些神學家辯駁這種聯想。的確，有些驅魔師如阿莫爾特神父便說，路西法與撒但是兩個截然不同的魔鬼⑱。然而，儘管如此，將路西法與惡魔聯想在一起的傳統持續不斷，連天主教會也維持「路西法」象徵惡魔墮落的狀態，不是正派的名字。

天使們「墮落」後，天主創造了物質世界，包括第一批人類。當這件事發生時，撒但將怒氣轉向人類，並且如若望保祿二世所述：「在人類身上植入不順服、對抗及敵擋天主，成了撒但存在的動力。」⑲〈創世紀〉便述及撒但如何以蛇的外型，誘惑亞當和夏娃犯罪。

由於這個罪和人類轉身不理天主，便賦予撒但在某種程度上得以統治人類⑳。聖經中稱他為「這世界的元首」（〈若望福音〉第十二章第三十一節）和「今世的神」（〈格林多後書〉第四章第四節）。

✞

在早期的教會中，天使的本質造成了一些混淆。殉道士游斯丁於西元二世紀寫道，他認為比起善良的天使，墮落的天使有更稠密的身體㉑，其實他們本身就是一種食物（〈聖詠集〉第七十八章第二十五節）。天使這個名詞也會騙人。該詞衍生自希伯來文的mal'ak或希臘文的angelos，代表「信差」或「使者」，顯示他們的功能大於本質。

今天，教會教導大家天使是無形的靈體。聖奧古斯丁說：「天使是他們的職位名，而不是他們的本質名。如果你尋找他們本質的名字，那就是『靈』；如果你尋找他們職位的名字，那就是『天使』：他們的身分是『靈』；他們的行爲是『天使』。」[22]

多年來已經有許多關於「構成純粹的靈之本質會是什麼」的推測。人稱阿奎那爲天使博士，雖然他在這個主題上的著作不屬於天主教官方教會，但多數的天主教神學家都依循他的教導。阿奎那解釋，純粹的靈不是由物質和形體所構成，而是由本質與存在，行爲與潛力所構成。他建議，早期教會神父感到不足的是重要性不足與智力協調[23]。因爲天使全然屬靈的本質，所以他們是完整的存在，占有「在天主的創造物等級中，最初也最高的地位」，更接近天主的模樣，天主就是純粹的靈，而不是人，人是靈（靈魂）與體（身體）的混合物。

每個天使都是個性鮮明的存在，被賦予智力與自由意志[24]。然而，阿奎那解釋，這不代表天使的構成元素只有智力，而是他們的知識是由智力產生，相形之下，人的靈魂是透過智力與感官而獲得知識[25]。正如神學家樂畢歇（A. M. Lepicier）所言：「天使具有無比的穿透力，因此能一眼就將整個科學界一覽無遺，正如我們一眼就能將映入眼簾的景物一覽無遺一樣。」[26]

就驅魔師的職務而言，或許阿奎那劃分的最重要區別是：既然天使（或魔鬼）不占空間，因此也無法像人一樣有形有體。如此一來，魔鬼就不可能在任何地方，而是在物體上作怪，正如有人斷言他們會移動物體（例如猛烈甩門，或把一張椅子滑過室內）[27]。天使沒有形體，表示他們不會以任何移動方式從甲地移到乙地，而是突然轉移活動，從一個點或一個地方跳到另外一處。有些神學家把這種動作比做人的思維，可以瞬間轉移思緒，穿越漫長的距離或達致任意的對象[28]。

既然教會的教導是天主從不拒絕自己的創造物，連他們使用他的恩賜來作惡也不例外，就表示惡魔仍保有之前的天使形體及力量。不過正如聖奧古斯丁所建立的觀點，天主並沒有讓撒但爲所欲爲，否則「人人都必死無疑」。神學家規定惡魔及墮落的天使主要在兩方面受到行爲的限制：他們受限於自己的本質是受造物，也受限於天主的旨意。

惡魔在本質上的限制

天主教會的教導是無論惡魔比人類厲害多少，都仍是有限的受造物。例如，惡魔無法施展眞正的奇蹟，因爲奇蹟的定義是超越所有受造物的能力範圍。要施展奇蹟就需要「超自然」的力量，而撒但只有「異自然」（preternatural）的力量[29]。然而他可以創造奇蹟似的外表，因爲他的力量能讓他超越人類的限制㉚。

惡魔也受限於無法知道內心的祕密，這是僅向天主開放的區域，而天主是全知的，神學家這麼說道。然而，根據驅魔師的說法，惡魔用優越的觀察力就能看出我們在想什麼，正如醫師檢查脈搏就能對人的健康有所知悉。

驅魔師說，惡魔不能預知未來。然而，他可以根據對人類的認識與身爲靈體所具有的力量，精確地「預測」將來會發生什麼事，而裝出通靈的能力㉛。

惡魔在天主旨意上的限制

第二個限制惡魔的力量來自天主的旨意。基督信仰的傳統已做出重要的區分：「惡魔的地位是天主所造的較低等生物」，而非「撒但是邪惡之神的錯誤名聲」（這是許多撒但教所持的觀點）。因此，天主教會強調即使惡魔因爲有天使的身量而比人類更有力量，但除非天主允許，否則他什麼也不能做。〈約伯傳〉證明天主可以限制惡魔的事實：「上主對撒但說：看，他所有的一切，都隨你處理，只是不要伸手加害他的身體。」（〈約伯傳〉第一章第十二節）

許多人都曾問：爲什麼天主允許惡魔傷害我們？這個問題不容易回答，但天主教會的神學家如阿奎那曾試圖顯示：天主允許惡魔作惡，終究是爲了撥亂反正㉜。

惡魔獲准作惡的方式有兩種典型的類別可由驅魔師破解：常見的與異常的。

惡魔的常見活動

惡魔的常見活動是引誘。引誘基本上只是吸引人犯罪。爲了要犯罪，我們首先就必須明白，無論我們犯下什麼舉動，都是道德上的惡，否則我們就會因爲無知、而不是因爲罪，而感到罪惡感。聖徒保祿在給羅馬人的書信中說：「因爲我不明白我作的是什麼：我所願意的，我偏不作；我所憎恨的，我反而去作。我若去作我所不願意的，這便是承認法律是善的。實際上作那事的已不是我，而是在我內的罪惡。……我有心行善，但實際上卻不能行善。因此，我所願意的善，我不去行；而我所不願意的惡，我卻去作。」（〈羅馬書〉第七章第十五至二十三節）驅魔師主張，惡魔就是在引誘我們反對人性本善的能力上特別活躍。然而，神學家就指出，若假定一切誘惑都來自惡魔，那就錯了。正如阿奎那說：「惡魔不是所有罪行的起因：因爲罪不盡然出於惡魔的煽動，有些也要歸因於自由意志和肉體的腐敗。」[33]天主教會的教導是克服誘惑爲靈魂堅固恩典與美德的正常管道。

惡魔的異常活動

任何比誘惑更具威力的邪魔活動都屬「異常」。多年來，驅魔及釋放的領域中，已經用無數個名稱來描述惡魔和魔鬼直接折磨人的各種方法。一九九八年公布新的驅魔儀式時，義大利主教會議敦請國際驅魔師協會列出人人皆可使用的名稱，惡魔的異常活動因而被歸爲四大類：㈠攪擾；㈡壓迫；㈢執迷；㈣魔鬼附身[34]。

攪擾

攪擾（Infestation）是魔鬼在一個場所（例如鬼屋）或物體上的活動。

這種狀況下可以發生的各種現象範圍極廣，包括無法解釋的聲音或雜音，好比腳步聲、碰撞聲、大笑聲、尖叫聲；室內溫度驟降或感覺一陣沒來由的冷風；東西突然消失，又出現在屋裡的另一處；感覺有怪東西在場；難聞的味道；電流中斷或電器突然壞掉；畫作神祕地砰砰作響或從牆上掉落；門窗自行開關；盤子或其他東西升空，在屋子裡亂飛。

一位驅魔師敘述自己去爲一間房子祝福，看到神祕的血跡出現在各種東西上面，包括塞在抽屜裡的衣物，甚至一套仍用塑膠套封存的全新床單。同樣的案例，還發現一串用華麗的玻璃珠串起的念珠被掛在門後，每個珠子都被移動過了。之後到了晚上，珠子還被磨成細粉，整整齊齊地在屋外堆成一小堆。

另一個案例中，一名女子將蛋糕烤好，放在廚房的桌上，但當她再次走進廚房時，蛋糕卻已神祕地高高放在碗櫃上，而廚房裡根本沒有其他人。

驅魔師說，大致而言，會發生這種擾亂有幾種原因，包括屋子裡有被詛咒的東西，或房屋本身受到詛咒；用來作爲神祕活動如降靈會或某種犯罪活動如賣淫或毒品交易的場所；進行撒但儀式的基地；毛骨悚然的謀殺或當地曾發生自殺的行爲。驅魔師說，通常攪擾會彰顯是因爲人被邪靈攻擊而引發，而不是歸因於邪靈附著在屋子裡。

典型的作法不是展開驅魔，而是驅魔師做個簡單的祝福，當場舉辦一場彌撒。

壓迫

壓迫（Oppression）又稱爲「肉身攻擊」，時常採取的形式有：對個人神祕的猛烈攻擊，或身上突然出現難以理解的擦傷。有些人的皮膚上會出現奇怪的符號或甚至字母，也有人聲稱被無形的力量推下樓或推下床。聖經證實惡魔有對肉體施加傷害的力量。例如，在〈路加福音〉中，耶穌醫治一個因病魔而傴僂著、不能直立的女人（〈路加福音〉第十三章第十至十六節）。這種直接的攻擊很典型地針對與神親近的人，例如聖徒。聖加大利納（Saint Catherine of Siena，一三四七至一三八〇）、聖女大德蘭（Saint Teresa of Avila，一五一五至一五八二）、聖若翰・維雅納（Saint John Vianney，一七八六至一八五九）、聖女吉瑪（Saint Gemma Galgani，一八七八至一九〇三）只是其中幾個，他們都是在生命的某個時刻中被魔鬼壓迫的對象，聖徒保祿也是，他那「在身體上給了我一根刺」（〈格林多後書〉第十二章第七節），通常被視爲是由魔鬼所造成的[35]。

正如在〈約伯傳〉中，這種攻擊的受害人也可能在工作、健康、人際關係中受害。目的是驅使這些人轉向孤立和絕望，如此他們才可能轉而離開天主。

執迷

執迷（Obsession）已經被稱為「魔鬼的誘惑」，涉及對心思意念強烈而持續的攻擊。大體而言，這些攻擊包括隨機而執迷不悟的想法，雖然那些想法通常很荒謬，但因為過於強烈，致使當事人無法釋放自己。受害人感覺被完全統治他們的想法的定見所折磨。這些想法能讓受害人覺得自己失去了理性，進而惡化成悲傷和絕望。正如義大利的驅魔師弗蘭契斯柯・巴蒙特神父（Father Francesco Bamonte）指出：「有些是促使人傷害他人的想法和衝動，有些是讓人以為只有與撒但立約才能脫離麻煩或帶來成功，有些是褻瀆聖體，有些是驅使人自殺。」[36]執迷經常影響一個人的夢境，恐怖的夢魘也很常見。

附身

魔鬼附身（Possession）也稱為「不自主的附身」[37]，顯然是惡魔最驚人、也是最罕見的活動。有些驅魔師相信自己從未見過惡魔全然附身，但有些人則覺得這種現象屢見不鮮。然而，幾乎所有的驅魔師都異口同聲相信，比起往常，現在將會有更多人被附身[38]。

在魔鬼附身中，惡魔對人的身體取得暫時的控制，並在當事人不知情之下，透過他的身體講話和行動。不過這種控制不會永無止境地持續，而是只有在「緊要關頭」才會產生，即受害人進入出神的狀態時。大致說來，當緊要關頭過去後，受害人不會記得透露了什麼事（少數人在苦難中有意識，也會記得）。由於這樣「失去控制」，因此無論發生什麼，大家都不會怪罪當事人。然而，當事人有自由意志，就要在沒有出神的狀態下，爲自己的行爲負責，因此，神學家說：魔鬼附身不可能使他們無罪開脫。

在非緊要關頭時，受害人也可能沒有問題似地繼續下去。然而這不代表他們沒有被魔鬼影響。「被附身的人可以在思緒中繼續受到魔鬼的影響，」另一位義大利驅魔師說，「因爲聖神使人認識神聖的事物，如良好的感覺、愉悅的知覺、身體安泰的狀態、內在平和鎮靜的狀態、對事物的直覺，而邪靈也可以做出相同的事，只是反其道而行，好比惱怒、焦慮、絕望、仇恨，或自殺的想法。」[39]

在緊要關頭時，惡魔可以用各種方式彰顯：違逆理性解釋的肉體扭曲變形；非自然的力量；通曉隱藏的事物；開口講或聽得懂外語的能力。在較激烈的案例中，魔鬼會透過當事人說話，聲音通常很奇怪或不自然，充滿了憤怒和仇恨。

被附身者的家中也可能發生奇怪的事件，像是有奇怪的動物出現或消失。例如：一個十八歲的女孩有天晚上因臉上被摑了一巴掌而突然醒來。她四處張望，發現只有自己一個人。然而當她搜尋房間時，她注意到變形的蟲子（例如缺了觸角或翅膀）開始出現在牆上。驚嚇之餘，她大叫媽媽，她的母親也看見了蟲子。兩人接著試圖用一隻鞋子撲滅，但蟲子卻像遊魂般不斷出現在牆上。

另外要說明的重點是，驅魔師說在魔鬼附身的例子中，個人的靈魂並沒有被占領，只有身體。基督徒之間有一個很大的激烈爭論是：領受恩典的人是否也有可能被附身。根據天主教會的說法，答案是肯定的（眾聖徒的生命即爲見證），因爲靈魂維持在恩典的狀態，身體卻已經被接管了。唯一的例外可能是人「邀請」邪靈來附身，例如在撒但的儀式中。「在這種狀況下，」一位義大利驅魔師[40]說，「存在於靈魂的工作就完成了，這表示此人的意志完全認同惡魔，也將自己完全交給了惡魔。在這種狀況下，此人就變得經常被附身，就像是在人間行走的惡魔。」[41]

註釋：

❶邪惡被視爲缺乏在正常情況下應該存在的善。神學典型地將邪惡分爲兩類：生理上與道德上。生理的邪惡例子就是有害的事件，如意外、疾病、災難。但道德上會產生惡，是因爲人在知曉的情況下選擇作惡。教會中，道德上的惡被視爲比生理上的惡更根本，因爲它衍生於人自由意志下的選擇。換句話說，當犯了道德上的惡時，我們會刻意犯罪。詳見《天主教會教義問答書》，三〇九至三一四，第九十一至九十三頁。

❷譯註：Septuagint，由埃及亞歷山大城的猶太人團體展開，將希伯來文聖經的五經部分翻譯成希

臘文，稱之爲「七十士譯本」；所謂「七十士」是源於猶太人傳統的說法：七十二位長老花了七十二天時間翻譯五經，結果他們翻譯的七十二份譯本竟一模一樣！後來有另一說法，把這個數目簡化爲七十，所以今天稱這譯本爲「七十士譯本」。

❸阿奎那在《神學大全》中寫道：「奧古斯丁說（De Civ. Dei xi, 50）在最初的萬物創造說之中，天使並沒有被忽略，而是被定名爲「穹天」或「光」。因爲摩西是對一群未開化的人民說話，但他自己仍然無法了解無形體的本質，所以天使若不是被忽略，就是被定名爲有形體的萬物。如果當時洩漏了在有形的本質外還有其他生物體，就可能向他們展現拜偶像的機會，這是他們的傾向，也是摩西特別要保護他們不受沾染的事。」（《神學大全》I, 61:1）

❹蓋布列爾·南倪，《天主的手指和撒但的力量：驅魔術》，第十五頁。

❺這個主題俯拾可見，例如傑佛瑞·波頓·羅素的《黑暗王子》，第三十三頁；《撒但：早期的基督教傳統》，第二十六至二十八頁；另見Edward Langton的《Essentials of Demonology: A Study of Jewish and Christian Doctrine, Its Origins and Developmnet》。

❻譯註：主禱文：我們的天父，願祢的名受顯揚；願祢的國來臨；願祢的旨意奉行在人間，如同在天上。求祢今天賞給我們日用的食糧；求祢寬恕我們的罪過；如同我們寬恕別人一樣；不要讓我們陷於誘惑，但救我們免於凶惡。阿們。

❼古代的世界充斥著對魔鬼的恐懼。除了亞述人之外，巴比倫人也相信邪靈有複雜的階級系統。例如：他們有負責過濾土壤及摧毀作物的咆哮北風神帕祖祖（Pazuzu）。另外還有莉莉圖（Lilitu，中古傳統中女巫的始祖），是一種半人半鳥的生物，「會在夜間遊蕩，將人的體液吸

乾。」見傑佛瑞．波頓．羅素的《黑暗王子》，第十五至十六頁。

❽譯註：使徒信經：我信上帝，全能的父，創造天地萬物的主。我信耶穌基督，上帝的獨生子，我們的主；因著聖神成孕，從童女馬利亞所生；在本丟彼拉多手下遇難，被釘在十字架上，死了，葬了；下到陰間；第三天從死裡復活；後升天，坐在無所不能的父上帝的右邊；將來要從那裡降臨，審判活人、死人。我信聖神；一聖基督教會，聖徒相通；罪得赦免；肉身復活；並且永生。阿們。

❾譯註：尼西亞信經：我信獨一上帝，全能的父，是創造天地和有形無形之萬物的。我信主耶穌基督，上帝的獨生子，在萬世以先為父所生，出於上帝而為上帝，出於光而為光，出於眞神而為眞神，被生而非受造，與父一性，萬物都藉著祂受造；為救我們世人從天降臨，因聖神從童女馬利亞成了肉身而為人；又在本丟彼拉多手下為我們釘在十字架上，受害，埋葬；照聖經的話第三天復活，升天，坐在父的右邊；將來必從威榮中降臨，審判活人，死人；祂的國度永無窮盡。我信賜生命的主聖神，從父，子，而出，與父、子同樣受尊敬，受榮耀，祂曾藉著眾先知說話。我信使徒所立的獨一聖而公的教會。我承認為赦罪所立的獨一聖洗；我望死人復活和來世的永生。阿們。

❿《天主教會教義問答書》，三二五，第九十五頁。

⓫阿奎那就此主題寫下大量的著作，詳見《神學大全》I, 50, 1; I, 14, 8; I, 19, 4。

⓬道明會雷卡邁，《何謂天使？》（What Is an Angel?），Dom Mark Pontifex英譯，第二十至二十一頁。

⓭見《天主教會教義問答書》，三九一，第一一〇頁。

⑭ 教宗若望保祿二世，〈創造自由天使的主〉（Creator of the Angels Who Are Free Beings），對一般大衆傳授天使的教理，一九八六年七月二十三日，見《羅馬觀察報》英語週報。一位神學家說：「純粹的靈就是純粹的愛……愛創造了他們，也控制著他們，他們的完美在於他們形似天主。」道明會雷卡邁，《何謂天使？》，Dom Mark Pontifex英譯，第四十二頁。

⑮ 教宗若望保祿二世於一九八六年七月二十三日對一般大衆傳授教理，標題〈創造自由天使的主〉，取自Global Catholic Network (EWTN)網站。

⑯ 雖然聖經中沒有直接處理「罪」或墮落天使的經文，但早期的使徒神父們卻富含各種理論：殉道士游斯丁（死於西元一六三至一七六年間）認爲這個罪是色慾，而依勒內（死於西元二〇二年）則認爲是嫉妒。隨著時間的推演，最廣爲接受的理論可能是由俄利根（生於西元一八五年）所公布的，墮落的天使因驕傲而犯罪，使他們自認爲可以把自己放在天主之前。但阿奎那也說：這個驕傲不是指他們能夠變成天主，因爲那是不可能的，所以是指他們想要「和天主一樣」，成爲可以用自己的力量獲得至福的生物（《神學大全》I, 63, 3）。因爲天使具有崇高的本質，所以他們一旦犯罪，就再也無法回到原來的決定。阿奎那大量探討這個主題，將天使的墮落等同於人類的死亡：「如今很清楚的是人所有的罪行，無論輕重，在死前皆可得到赦免；死後便無可寬恕且永遠長存。」（《神學大全》I, 64, 2）

⑰ 取自《天主教百科全書》（Catholic Encyclopedia: The New Advent）：「失落的痛苦（poena damni）代表失去福樂的景象，完全與來自天主的全能靈魂隔絕，無法在祂身上找到最起碼的平靜與安歇。」

⓲聖經中沒有提到撒但與路西法有關。在《撒但：早期的基督教傳統》中，傑佛瑞．波頓．羅素提到這種關係最可能是由俄利根在將「提洛的王子和龍」與「撒但」連結時所建立，第一三一至一三三頁。據阿莫爾特神父說，路西法在魔鬼中是極爲普遍的名字，而撒但卻很罕見；阿莫爾特神父的看法是，在驅魔的過程中，如果受害人的眼睛往上翻，就代表路西法或他們那群黨羽，如果往下翻，就表示當事人是被撒但或其黨羽的成員附身。

⓳教宗若望保祿二世於一九八六年八月十三日對一般大眾傳授教理，取自《羅馬觀察報》英語週報。

⓴特利騰大公會議（The Council of Trent，一五四五至一五六三）確認這個說法爲教會的教義元素。「第一個人亞當在早期的樂園中干犯天主的誡命後，立刻失去了已經建立的聖潔與公義，且因犯下這種罪行，而招致天主的懲罰與義憤以及隨之而來的死亡，因這是天主早已告誡過他的。死亡是指人立刻成爲俘虜，受到對死亡有統治權的對象所統治，也就是惡魔，而亞當也因犯下這個罪過，而承受身體與靈魂的雙重墮落。凡不承認上述說法的，就讓他被革出教門。」取自永世電視台（Eternal World Television）網站，「特利騰大公會議V，一五四六年六月十七日。」http://www.ewtn.com/library/councils/trent5.htm。

㉑詳見傑佛瑞．波頓．羅素的《撒但：早期的基督教傳統》，第七十三頁；以及Pascal P. Parente所著的《The Angels》，第二十至二十三頁。

㉒《天主教會教義問答書》，三三九，第九十六頁。

㉓阿奎那在《神學大全》I, 58, 1-7提到天使的智力。

㉔阿奎那說：「只有被賦予智力的生物才能具有自由判斷的行動。」（《神學大全》I,59,3）

㉕在《神學大全》I, 54, 3中，阿奎那寫道：「天使被稱爲『智力』和『頭腦』，是因爲他所有的知識都是智能上的，而靈魂的知識有一部分是智力，一部分是敏感度。」

㉖樂畢歐，《看不見的世界》（The Unseen World），第二十七頁，取自Pascal P. Parente的《The Angels》，第二十九頁。

㉗阿奎那在《神學大全》I, 52, 1大量提到這個概念。「說身體在一個地方是根據空間量度的接觸而應用在這個地方，但天使沒有這種量度，因爲他們是虛擬的量度，因此說天使在一個有形體的地方，是藉由天使的力量以任何形式處於任何地方。」

㉘Pascal P. Parente的《The Angels》，第三十八頁。

㉙異自然（preternatural）衍生自拉丁文prœtor，指在自然的常規之外，有別於超自然，超自然（supernatural）是來自於拉丁文supra，指在自然的常規之上。如此看來，天使的能力雖然仍受到自然世界的侷限，卻可說是在人類的理解力之外，而天主的能力卻是超乎自然。

㉚阿奎那寫道：「因爲即使一個人做出超越另一人的力量與知識的事，也會讓人對於他的作爲而感到奇妙，所以在某種程度上，也是對那人施展了一項奇蹟。」（《神學大全》I, 114, 4）

㉛阿奎那在《神學大全》I, 57, 3中提到這個概念。「這個知道未來事件的方式存在於天使身上，比存在我們身上的要多得多，因爲他們更靈通也更圓滿地了解事物的起因。」

㉜「天意竟然允許惡魔活動是很大的奧義，但『我們也知道：天主使一切協助那些愛祂的人，就是那些按祂的旨意蒙召的人，獲得益處』。」（《天主教會教義問答書》，三九五，第一一一

頁）阿奎那將惡魔的工作稱之為自然秩序的一部分：「用另一種方式，間接法，因為遭受襲擊的人就是操練抵抗逆境。透過邪靈而帶出人可以取得的福祉是適宜的，以免他們不再為自然秩序而服務。」（《神學大全》I, 64, 4）

㉝ 阿奎那，《神學大全》I, 114, 3。

㉞ 重要的是要知道根據國際驅魔師協會（IAE）的說法，這些類別並不會構成一連串的事件，最後自動導致附身，有些作者也有這種說法。

㉟ 生於西耶納（Siena）的聖加大利納（Saint Catherine）為神祕主義者，據說曾領受地獄、煉獄、天堂的景象。據稱惡魔用各種形式對聖加大利納顯現過，包括一度以光明天使出現來引誘並攻擊她。她也大量書寫辨別諸靈的文獻。

強力改革聖衣會（Carmelite order）的聖女大德蘭（Saint Teresa）生於西班牙的阿維拉（Avila），在默想方面是公認的一流作家，之後成為教會僅列名三位的女聖師之一。大德蘭為神祕主義者，遭受魔鬼的景象以及她歸因於惡魔的身體上的攻擊。有一次惡魔用黑色的小「生物」攻擊她，她則用一罐聖水加以擊退。

聖若翰・維雅納（又稱Curé d'Ars）於一七八六年在法國里昂附近出生。他是教區神父的守護聖人，據說有異自然的恩賜能得知過去和未來，也有醫治的恩賜。據信，維雅納也曾遭惡魔攻擊，惡魔會整夜用吼叫和高聲的噪音騷擾他，在著名的一次意外中還使他的床起火燃燒。他一生的最後十年間，每天花十六至十八個鐘頭在懺悔室中。

㊱ 弗蘭契斯柯・巴蒙特，《魔鬼附身與驅魔》，第七十六頁。

㊲人類學家將魔鬼附身視爲不由自主的現象，有別於各種儀式中據說薩蠻（shaman）或巫醫會邀請附身（通常目的是爲了透露知識或醫治）。言語不清（或說方言）的操練亦然，在這種情況下，個人據說是被聖靈附身。

㊳阿莫爾特神父比較今日的文化氣氛和羅馬帝國式微時的衰敗所得。

㊴這句話引自與義大利驅魔師蓋布列爾・南倪神父的個人訪談。欲進一步認識南倪神父，請見第六章。

㊵同上註。

㊶當事人不是眞的被魔鬼接管，而是他的行爲與魔鬼同流合污。例如：他充滿驕傲、仇恨、憤怒，或參與不法活動、罪行。在這種狀況下，驅魔師說，魔鬼不需要讓人知道他在場。只有在當事人渴望翻轉生命時，魔鬼才會彰顯，阻止這種行爲。

第五章
魔鬼開門

我親愛的溫伍德：

一切顯然都進行得非常順利。我特別高興聽到兩位新朋友已經使他和他們那一整掛的人相識。我從檔案室中發現：這些都是十分可靠的人，穩定、一貫的嘲笑分子與俗人，沒有犯過什麼顯著的罪行，正安靜自在地朝我們父親的房子前進。

——魯益師（C. S. Lewis）《地獄來鴻》
（新譯《大榔頭寫給蠹木的煽情書》，The Screwtape Letters）

連根拔除
人類，使人間和地獄
混合捲入，做盡壞事來激怒
偉大的造物主

——米爾頓，《失樂園》

遭到褻瀆的教堂上還有撒但塗鴉的畫面——666和上下顛倒的十字架——用噴漆塗抹在牆上，充滿了講台後面的白色大螢幕。

「這些照片是在羅馬外面一間廢棄醫院的小教堂拍攝的。」馬可・史妥拉諾（Marco Strano）博士以低沉的男中音斬釘截鐵說著，他是與州立警察合作的犯罪學和心理學家，也是個沉思的禿頭男子，熱切的眼神襯著一排濃密的黑睫毛而更加顯眼。史妥拉諾博士在這些毛骨悚然的畫面旁，顯得從容不迫——這些詳盡的撒但圖騰、自殘、支離破碎的店面被犯罪現場的黃色膠帶擋住的圖片，接連越過螢幕。

因爲百葉窗合攏了，燈也關了，所以蓋瑞神父懶得做筆記，而是往後一坐，試圖消化這一切。

近年來，撒但的祕密邪教數在義大利一直攀升，幾個立場鮮明的撒但謀殺案已擄獲義大利新聞界的注意。二〇〇一年，三名少女在北義的一個鎮上將一位修女刺殺身亡，作爲撒但儀式的一部分。二〇〇五年秋天，撒但搖滾團體「撒但的野獸」（Bestie di Satana）有幾名成員接受審訊，他們暴虐謀殺一名樂團成員及兩名女性友人，其中一名被射殺後活埋。近至二〇〇七年，米蘭附近的一個鎮上，一名失憶症的男子漫步走進警察局，身上滿是微小的刺痕，已經失去三公升的血。之後，他的血在七十哩外被人發現，以撒但的書寫形式濺灑在他公寓的牆上。即使男子不記得自己隸屬任何祕密邪教，但警方仍在那裡發現一些顛倒的十字架和其他撒但的象徵。

根據報導，數以百萬計的人都與全球的祕密邪教有所牽連，並且數量持續增加，因此驅魔術課程將爲新手驅魔師解釋各個分支。

✝

專家表示，現代的撒但主義借用幾個歷史上的傳統，其信條難以界定。他們沒有統一的信念系統，同一個團體的成員有些可能涉及更抽象的操練，而其他人則是爲了肉體而做。

西元二世紀中，諾斯底教派（Gnostics，又稱靈知派）大力倡導撒但是個類似神的生命體，具有一定的力量。諾斯底教派後來被教會斥爲異教徒，他們相信物質的世界惡貫滿盈，不可能是良善的天主所創造的。因此，他們提議二元系統，表示天主是遙不可知的，撒但才是這個有形世界的創造者。之後，到了中世紀，卡塔爾教派（Cathars，又稱純淨教派）再次援用這個理論，甚至進一步說，天主教會是惡魔所建立用來誤導人的[1]。如此強調物質世界是由撒但建立，其目的不在於崇拜撒但，而是要更戮力抵擋撒但。但這個觀點很容易被特定的團體所濫用，將惡魔放在與天主同等的地位[2]。

十八及十九世紀，緊跟著美國及法國革命之後，正當啓蒙主義盛行時，撒但反叛天主的慾望被當作呼求自由的籌碼。在有些人眼中，過於威權的教會被指控爲壓抑人的自然肉慾。因此，無數個團體出現，其中包括惡名昭彰的地獄火俱樂部（Hellfire Club），以浪蕩的戴虛德爵士（Sir Francis Dashwood）爲首，儘管他未必定相信擬人化的撒但是眞實的，卻仍奉行享樂的生活型態，其中涉及理所當然的縱慾狂歡，和奉惡魔的名所做的其他放浪形骸的事❸。

根據曾著書探討祕密邪教的巴蒙特神父的說法，撒但教有兩個主流❹。第一個是「人稱」（有位格）的，這些行家確實相信撒但是有形的實體，是可以向他禱告的神，如果向他獻祭，他也會授與某些特權，如金錢與名聲。第二個主流是「非人稱」（沒有位格）的，這些新手認爲撒但代表更大的力量或能量，是宇宙的一部分，可以加以發展，並用來服務信徒。

在「人稱」與「非人稱」的撒但主流中，兩派都將個人高舉至超過一切，並頌揚七大死罪❺。正如巴蒙特神父所說：「了解他們的關鍵就是知道他們的格言：『爲所欲爲；這是唯一的律則』。」❻除了這個基本觀念之外，這些團體本身可以非常多元。

布翁奈托神父（Father Aldo Buonaiuto）是教宗若望二十三世共同體協會的成員，已經與前祕密邪教成員合作了好些時候。他的身材不高，自有一派學士的俊俏和生長快速的鬍渣。他的外表及溫和的作風似乎與這個崇拜惡魔及謀殺的世界格格不入。不過，身爲祕密邪教書籍《邪教魔手：巡遊撒但世界》（Le mani occulte: viaggio nel mondo del satanismo）的作者，他在這個主題上是公認的專家，最近也受邀與反教派小組（SAS）合作。

工作期間，布翁奈托神父已在撒但邪教內為不同的族群命名。第一個他稱之為「青春強酸」，多半由年輕人組成，進入撒但崇拜的表象，即享樂的生活形式，攙雜著毒品、自殘、戀童、自殺，甚至謀殺以獻人祭。第二類叫做「撒但勢力」，他宣稱是較精緻的族群，成員是非常富裕及影響力深遠的人，據說是出賣靈魂給惡魔，以換取獲得權力及財富的承諾，接著用錢與權來擔保永無止境的糾紛——戰爭、飢荒、經濟不穩定等諸如此類的事。第三類他稱之為「撒但啓示」，正如名稱所暗示，我們知道這一類人將徹底毀滅生命視為目標（這是意料中的事，而他也宣稱這是最危險的一支）。

✞

類似「撒但的野獸」這種團體的存在是無可否認的，他們也聲稱是以惡魔的名義殺人，但更大的問題在於：這些團體背後眞的還有更頭痛的問題，還是他們只是一群強烈躁動的孩子？

類似一九八〇及一九九〇年代初，使美國人心惶惶的「撒但大恐慌」❼（satanic panics），當時的案件如麥馬汀幼稚園審判案❽（McMartin Preschool trial，一群老師被控在儀式中性侵學童）最後證實為虛妄不實，但有些評論家想知道，天主教會是否也可能對少數的孤立事件過度反應？

義大利也有過不遑多讓的醜聞，雖然榮登頭條，卻無法發報。例如，一九九六年，一個叫做「撒但的孩子」（Bambini di Satana）的撒但教首領馬可・狄米崔（Marco Dimitri），被控在一場疑似撒但教的儀式中，強暴一名兩歲的男童和一位青少女，後宣告無罪。類似的案例在二〇〇七年羅馬附近的瑞格弗拉米鎮（Rignano Flaminio），也經歷一場自家的麥馬汀型醜聞，一家育幼院的十五位孩童控告六名成人，其中包括幾位老師，在撒但教儀式中性侵他們。然而，涉及若干兒童心理學家的冗長調查，卻無法提供任何證據。

史妥拉諾博士個人並不相信有些歸因於撒但教的社會轟動犯罪案——如獻人祭、非法器官交易、奴隸——已經到了引人想像的地步。他反而認爲這些團體有許多都只是叛逆，是年輕人吸毒，或許也涉及一些輕微的罪行，如惡意破壞或偷竊。他說他們多半「連自己在做什麼都不知道」。

然而布翁奈托神父有不同的想法。過去五年來，他一直負責義大利的一個邪教熱線，勸告想脫離邪教的個人及家庭成員。「說他們是孤立的團體，說一個十六歲的孩子突然醒來就決定成立一個團體，這些都不是事實。一定是有人允許他們，他們有一個領域，一定有人用那種教義創立團體。」他說道。這條熱線打開了布翁奈托神父的眼，讓他看到一個許多人無法想像確實存在的世界。「最令人震驚的事情是，這些年輕的孩子有些才十六歲，卻能從受苦和使他人受苦當中，得到那麼大的快感。他們慶祝死亡。即使你聽到有些『撒但的野獸』成員所說出來的話，你也難以相信。他們在傷害人的時候是歡欣鼓舞的。」據布翁奈托神父所稱，該熱線一天大約接聽二十通電話，從叛逃的前邪教成員到只想引發注意的人，範圍無所不包。要與這些團體一刀兩斷可能很難，部分原因是這種毀滅型的生活方式會令人上癮。「迷幻藥、音樂、性和暴力加在一起，形成一種心理上的依賴。」他說道。

然而，即使他深信撒但邪教引發一股威脅，但他也很快指出，與這些團體相關的窮凶極惡不一定都與魔鬼有關。「我們必須清楚：撒但邪教的世界是一回事，魔鬼附身又是另一回事。撒但崇拜多半是外在的東西，是一種文化運動，使人犯下如詐欺和極端案件謀殺的罪行。這些團體中有些人根本不相信惡魔，卻用惡魔來當作幌子，加害敏感的人。另一方面，惡魔附身則是個人的事，如果影響到一個人，就會影響到人的內在及靈性層面。」

像巴蒙特這樣的驅魔師會說：這當然可能導致連鎖效應。如果一個人要進入這種團體施展魔法或舉行特定的儀式，就可能開放這個人讓魔鬼攻擊。或者，巴蒙特神父聲稱，個人也可以和魔鬼簽訂「合約」，因而打開與他「直接接觸」的門戶。

✞

根據驅魔師的說法，各種因素都可能導致一個人被附身❾。

神學家說，首先要注意的是：除非天主允許，否則不會發生魔鬼附身的事。聽起來可能自相矛盾，但教會的說法是：因爲天主不希望邪惡停留在任何人身上，所以只會在立意良好的前提下允許（類似誘惑）。在靈命非常成熟的人如聖徒身上，天主允許撒但測試那個人，希望肉體的試煉能給予他們的靈魂聖潔的恩典。根據聖克里索斯托（Saint John Chrysostom）所言：「被附身的人可以從自身的情況中獲得雙重益處。首先他們可以變得更聖潔也更善良；其次，他們在地上償還了自己的罪債，就能在主面前顯爲純潔。」[10]

魔鬼附身本身並非邪惡，這種事不算是罪。此外，人的本性中顯然沒有肉體上或與生俱來的特質，能使人有易於被附身的傾向。魔鬼附身不會傳染。人不可能和被附身的人坐在同一間房或住在一起就跟著被附身。驅魔師說，大致說來，人不是向惡魔開門，就是成爲向惡魔開門之人的受害者。教會說，有些方法是人可以做到的：

與邪教牽連（occult ties）：根據教會的說法，與異教有所牽連是一種偶像崇拜的形式，違反了第一條誡命，是與魔鬼接觸的常見管道。

巴蒙特神父在其著作《魔鬼附身與驅魔》（Possessioni diaboliche ed esorcismo）中，列出下列可能敞開門招致魔鬼附身的潛在邪教活動：參與降靈會；經常找巫師或術士（教會對「善意」及「惡意」的法術一視同仁）；使用避邪物或護身符，尤其是法師送的法寶；超自然冥想、使用水晶球及其他例如新世紀強調「出竅」經驗的修行；占卜或自動書寫的修鍊；修鍊撒但儀式，特別是與魔鬼「歃血為盟」。聖經對涉及巫術和占卜的危險說得很清楚（也很生動）：「在你中間，不可容許人使自己的兒子或女兒經過火，也不可容許人占卜、算卦、行妖術或魔術；或念咒、問鬼、算命和求問死者；因為凡做這些事的人，都是上主所憎惡的。」（〈申命紀〉第十八章第十至十二節）

《天主教會教義問答書》也直接譴責神祕邪教。「舉凡占卜的形式都要棄絕：向撒但或魔鬼求助、私通亡靈，或其他誤導人能『揭露』未來的修鍊……所有魔法或巫術的修鍊，即人試圖用來馴服邪教的力量，用來為個人效勞，而有超自然的力量去勝過其他人——即使是為了恢復自身的健康——也嚴重違反宗教的美德。」⓫

然而，正如巴蒙特神父所解釋的，只是參與解牌或使用扶乩板（Ouija board，又譯通靈板）未必會招致附身。不過他說，反覆從事這種活動，就可能使人開始走上附身的路，可能是透過更嚴重的罪，也可能是經由他們自己的行為。

北美學院的一位美國神父職員講述幫助一位來找他的十六歲少女的經驗。這個女孩尚未受洗，當她在玩扶乩板時，接觸到一個叫尼克的靈，激發她做出危險的事情，例如在暴風雨中開車卻不用雨刷。但是事態愈趨惡化，一天晚上她醒來，卻有種排山倒海而來的感覺，像被一層濃厚的黑暗所籠罩，要把她肺中的空氣擠壓出來。這位神父沒有受過驅魔訓練，便說了一段簡單的釋放祈禱文，問題似乎就此消失了。

詛咒（a curse）：詛咒透過魔鬼的介入而造成他人受苦。詛咒使婚姻破裂、造成經商失敗、招致疾病、邀請附身等等。驅魔師說詛咒可以各種方法實行，多半是由術士或巫師念魔咒或舉行魔幻儀式的結果。有時一個人（藉吸取受詛咒的物體而）直接受到影響，有時則（藉擁有受詛咒的物體而）間接受到影響。

一位義大利驅魔師認識一位非常富有的人，多年來她設法出售房子卻沒有成功。大家會來看房子，離開時充滿了熱情，也準備要買，卻都離奇地從未再回來結束交易。驅魔師主持了許多場彌撒，房子卻依舊賣不出去。一天，一位饒富魅力的修女來訪，告訴驅魔師有東西藏在一面牆裡，除非該物件移除，否則房子不可能賣得出去。於是屋主便問前夫是否在牆裡放了什麼東西。她的前夫是藝術家，起初很不情願，但最後終於承認在建造房子的過程中，他曾在一面牆後放了一幅畫（爲的是獻給邪靈，希望能藉此獲得賞識）。當屋主拆毀有問題的那面牆時，她發現牆裡嵌了一幅魔鬼的肖像畫。驅魔師說，屋主將那幅畫焚燒後一週，就有四個不同的人出價要買那棟房子。

在所有的案例中，驅魔師說，意圖是詛咒中最關鍵的部分。最有力的詛咒（即造成最大的傷害）是用眞正的背棄所發出的詛咒——當受害人與攻擊人之間有家族或血緣關係時，例如詛咒孩子的家長。

驅魔師說，有些徵兆指向慢性憂鬱或疾病、不孕、家庭及婚姻破裂、財務困難、家族的自殺史或不自然的死亡等詛咒。驅魔師很快指出：經驗上述其中一種或多種狀況，並不代表一個人被詛咒，所有的案例都必須評量其他條件，才能判定魔鬼的活動。

最早被詛咒影響的通常是發出詛咒的人，驅魔師說[12]。被拋棄的情人去找法師，對甩掉他的女孩發詛咒，他自己也可能落入爲了其他原因而再回去找法師的危險模式，例如獲取幸運符來追上新的女友。據驅魔師的說法，這不但可能導致破產，在極端的案例中也可能被附身。

對許多人而言，相信詛咒可能顯得牽強附會。然而，施加和解除咒語在許多土著文化中都廣爲流傳，其中包括已經擁抱基督信仰的文化。例如海地主要是天主教國家，但巫毒教卻很盛行。

獻給魔鬼（dedication to a demon）：這個類別處理的人隸屬於撒但邪教，特別是藉獻身或奉獻家族成員給魔鬼以駕馭邪惡力量的邪教。奉獻孩子的案例正如詛咒，不能怪受害者。據說家長們有時會在追思彌撒中，提供新生兒（甚至胚胎）給撒但。然而，巴蒙特神父很快便指出，這種由惡魔回贈的任何「禮物」幾乎都是稍縱即逝，具有使人「目眩神迷」的效果，好讓他們將自己完全奉獻給惡魔，變成像奴隸一般。

罪性頑強的一生（a life of hardened sin）：正如教會的定義，決定犯罪就是作惡而非行善的自由意志選擇。根據《天主教會教義問答書》的說法：「罪首先就是得罪天主，與他的關係產生破裂。」因自己的行爲而被附身的一個罪人是加略人猶大，聖經描述是撒但入了他的心。然而根據神學家的說法，罪本身通常不足以造成附身。然而特定的罪（如崇拜假神）就可能打開門讓魔鬼附身。驅魔師說，罪也可能是得自由釋放的障礙。據說魔鬼可以抓住一項明確的罪（例如不願意饒恕）並繼續強化，直到當事人變成那特定罪行的奴僕為止。當事人在棄絕這項罪之前，不會有機會打破這種奴隸身分而得到自由。驅魔師說，在這些溫和的附身中，眞誠的交談與好好的懺悔，通常就足以釋放當事人得自由。

✞

蓋瑞神父上了這些課的其中一堂，不久，他便與原籍美國中西部的一名神學生談話，這名學生在進神學院之前有過驚嚇的經驗。兩人於一天下午碰面，在四河噴泉（Trevi Fountain，又譯特雷維噴泉）附近一家忙碌的咖啡店來份帕尼諾（panino，義大利烤三明治）。在忙碌的午後用餐人潮中，他們在櫃台找到一處空位，神學生將自己的經歷告訴蓋瑞神父。

這位神學生在青少年時，和朋友們相處覺得無聊，於是就在當地的書店買了一本魔咒書，然後在線上採購一些原料。首先他們決定念咒召喚一個特定的靈。令他們大吃一驚的是，當他們念出咒文（需要與魔鬼立約才能獲得最大的效力，但他們尚未立約）時，一道火焰浮現，先在客廳中間飄浮後才消失。另一個事件中，一隻巨大的烏鴉出現在廚房的窗戶外，但平時鄰近地區並沒有烏鴉出沒。害怕之餘，他們念了截然不同的咒語要讓烏鴉消失。然而，根據神學生的說法，烏鴉並沒有飛走，而是消失無蹤。他明白當時的狀況超乎自己的理解，便在隔天把那本魔咒書丟掉了。

這個故事讓蓋瑞神父想到：當他回到聖荷西時，會有什麼東西在等著他？他從這門課知道祕密邪教在義大利很猖獗，而且還在成長當中。或許讓蓋瑞神父更警覺的是：在主要的中西部城市的大片郊區裡，孩子們相對富裕，又有很多空閒的時間，祕密邪教散布得比人們所知的更爲廣泛。他是否在自己的教區內錯過了警告的徵兆？

對蓋瑞神父而言，撒但邪教的講堂中最有趣的，是民眾被這種世界吸引的一系列原因。傳統的原因是史妥拉諾博士自豪且不離嘴邊的——就是搖滾樂和缺乏堅強的家庭組合；但或許最令蓋瑞神父好奇的是新興媒體。隨著網路時代的來臨，不僅更多孩子與異國團體有所接觸，而且，正如有一堂課的講員說道，電腦本身——賦予能力的工具——也扮演了重要的角色。

寫過好幾本書探討撒但崇拜與青春文化的卡洛・克里瑪堤（Carlo Climati），也自創「新隔離文化」（new culture of isolation）的說法，用來描述時下的年輕人如何時常覺得與家庭、朋友、社會分割，而將電腦視爲「朋友」，以鍵盤和螢幕取代眞正有血有肉的隔壁鄰居。

無論是眞是假，這樣的概念都使蓋瑞神父對自己原先的牧區感到好奇。他很清楚科技爲人的生活帶來龐大的進展，但這對靈性層面有什麼影響？人幾乎想要什麼都只要按一下滑鼠就行了，不難看出使用電腦也可能給人一種全能的感覺。沒有適當的基礎，不疑有他的孩子們在時下會不會比以往更容易受到引誘，而使用這些設備尋求邪教知識，進而可能使他們向魔鬼敞開大門？

有一次一位教區居民呼求他，請他在她的女兒做噩夢、在沒有窗戶的房間牆上看到陰影之後，爲她的房子祝福。當然，他在祝福之前先和這個女孩談過話，但他處理這種情況的方式正確嗎？現在他就知道，要問她是否曾涉獵任何像扶乩板的東西，或試過念出從網路下載的咒語。

同時蓋瑞神父也不想指著電腦或一疊塔羅牌說：「看吧！」而讓大家偏執或貶低他們的問題。他發現問題的關鍵不是扶乩板或塔羅牌本身，而是人想透過那些東西去尋求知識的慾望。這種現象多半表示出脆弱的信仰生活。正如課程中的一位講員說：「信仰減少時，迷信就長大。」對蓋瑞神父而言，這話說得不假。

✝

聖馬利亞之家（Casa Santa Maria）是十六世紀的修道院，位於羅馬市中心。該建築物在拿破崙占領該城時，曾充當法國人的基督受難馬廄。但在一八五九年，教宗庇護九世（Pope Pius IX）將它送給美國的眾主教，他們又改建爲原始的北美學院。北美學院搬遷到現在的地點時，聖馬利亞之家成爲美國神職人員在羅馬讀書時的住所。

蓋瑞神父在十一月底搬到聖馬利亞之家，當時他剛結束在北美學院的延伸教育課程。夾在一邊的神劇廣場（Piazza dell'Oratorio）和另一邊的彼洛塔廣場（Piazza della Pilotta）間，五層樓的聖馬利亞之家——幾乎和都市的半個街廓一樣大——偷偷藏在遠離羅馬的嘈雜街道之處。若不是金色的匾額貼在外表鏽色的牆上，大概不會有人知道它的存在。

然而，一旦置身室內，景觀就截然不同了，裡面有裝飾的噴泉、微風輕拂的長柱廊、開闊的庭院，提供幾近禪風的寧靜。蓋瑞神父毫不費力地在新家安居下來，周圍還有來自各地英語系國家的七十五位神父。

至於在北美學院，大多數的學生都是神父，也都有緊湊的行程表，整個早上在附近的額我略大學或在自己的房裡，埋頭苦讀教會法。午餐（pranzo）是一天當中的大餐。眾神父在覆有壁畫天花板的大食堂裡用餐，由穿著白夾克、打領帶的服務生服務。之後餐廳員工會在隔壁的飲茶室擺出一盤盤的餅乾。

對多數神父而言，他們日常生活的中心是在大餐廳隔壁的羅馬式小教堂內做彌撒。對蓋瑞神父而言，在小教堂內和他的神父同伴們慶祝彌撒，是一種難以置信的喜樂經驗。

蓋瑞神父已經認識幾位美國來的神父，也很快就成爲朋友。但是因爲所有人的時間都很緊湊，所以沒能多加交際，這是蓋瑞神父一直會感到惋惜的地方。「在那裡很好玩，但除非你和人有所聯繫，否則很容易就迷失在那個地方，或死了好幾天才會有人發現。」爲了與這種被迫的孤寂奮戰，幾位神父成立了一個團體（貼切地命名爲「寂寞之心俱樂部」），每週聚會一次，一起出去吃晚餐。蓋瑞神父很開心地加入了。

✞

既然他只修兩門課——深秋才開始在天神大學上一週兩堂的東方靈性大師課程——所以他有很多時間閱讀驅魔術的書。

他常去的幾家宗教書店都在協和大道上——寬廣雄偉的大道，從聖天使古堡（Saint Angelo Castle）到聖彼得廣場（Saint Peter's Square），路上滿是梵蒂岡的辦公室、教堂和宗教紀念品店。許多書都是義大利文或拉丁文，但有幾間書店，例如Ancora，就有不錯的英語書區藏在樓上一個類似閣樓的空間裡。他很快就發現，雖然要找到阿奎那哲學的書很容易，但要找到驅魔的書就沒那麼簡單了。

他的研究反而多在北美學院的圖書館內完成。圖書館位於這棟宏偉神學院的二樓，具有羅馬最大的英語書藏量（六萬四千冊以上），包括龐大的參考書籍、神學、教會史等區。

優雅而務實的蕾貝嘉修女是插畫家諾曼・洛克威爾（Norman Rockwell）筆下的圖書館員化身——服裝保守、泛白的金色短鬈髮、眼鏡用棕色的長帶子繫掛在頸上。她是印地安納教區的本篤會修女，蓋瑞神父走過圖書館門時，她已經在北美學院服務了十一年。但在那些年間，她不記得有人問到驅魔的書。「蓋瑞神父告訴我，他被任命爲驅魔師，但是他對這個東西一竅不通，」她說，「我以爲驅魔並不是眞有其事。」

儘管如此，因爲她的本性樂於助人，所以也樂意幫他找出幾本。

講到驅魔術，那些書多半都有些過時了，有些是一九三〇年代寫成的。因爲本性多疑，所以蓋瑞神父偏好由不會隨處看到魔鬼、或把全世界的邪惡都歸咎在惡魔頭上的作家所寫的書。有一本書《惡魔附身與驅魔》（Diabolical Possession and Exorcism）由約翰・尼可拉神父（Father John Nicola）所著，他是美國神父及神學家，多年來擔任美國天主教會主教的驅魔顧問，也是一九七三年的電影《大法師》（The Exorcist）的技術顧問。尼可拉神父的書因抱持審慎的態度而雀屏中選，書中描述科學與宗教必須併肩合作，又說驅魔應視爲最後逼不得已的方法。尼可拉神父寫道：「無論何時，只要我表達出恐懼或不願意當驅魔師，我就收到大家的信，要我放心，說他們曾經成功趕出許多魔鬼，而且只要倚靠基督的大能，就沒有必要怕魔鬼。我確信他們想的和我想的是截然不同的東西。莊嚴的公開驅魔術很少在現代的

西方世界執行。眞正執行時，就和世界上陰森醜陋的東西一樣地陰森醜陋。」⓭

當這種段落和他在講堂上接收到的資料串連起來時，就在魔鬼的範疇上給蓋瑞神父更加清楚的認識，至少抽象概念很清楚。

註釋：

❶卡塔爾教派是一個二元教派，主要支配十二世紀的義大利北方及法國南方。受到諾斯底教派的影響，卡塔爾教派基本上也相信物質世界過於邪惡腐敗，不可能是天主創造的。爲了解釋善惡兩者的存在，卡塔爾教派反而推論眞正的天主只創造靈，而惡魔則創造物質世界。由此推論，卡塔爾教派便相信舊約的天主太過殘酷，不可能是眞正的天主。爲予以回應，天主教會也在第四屆拉特朗大公會議（一二一五年）中，將卡塔爾教派歸類爲異端。第四屆拉特朗大公會議制定教規，明述惡魔的確是由天主所創造，不是獨立於天主的首領或實體。欲知卡塔爾教派詳情，見傑佛瑞．波頓．羅素的《黑暗王子》，第一三五至一三六頁，以及第一六四頁。

❷傑佛瑞．波頓．羅素及布魯克斯．亞歷山大（Brooks Alexander）合著，《巫術、巫師、異端、異教史》（A History of Witchcraft, Sorcerers, Heretics and Pagans），第六十一頁。兩位作者寫道：「此事（卡塔爾教義的錯誤詮釋）發生的證據來自十四世紀的義大利，當時異端相信是惡魔創造了物質世界。既然惡魔是世界的創造者，就比天主更有力量，應該在自己的位子上受人崇拜。」

❸地獄火俱樂部的詳情見Geoffrey Ashe二〇〇一年的著作《The Hell-Fire Clubs》。

❹《我該拿這些魔術師怎麼辦？》（Cosa fare con questi maghi?），二〇〇〇年Ancora米蘭出版。

❺七大死罪：驕傲、貪婪、色慾、憤怒、嫉妒、貪食、懶散。

❻弗蘭契斯柯・巴蒙特，《魔鬼附身與驅魔》，第四十六頁。這句名言的另一種說法是「隨心所欲」，說的人是自稱爲「巨獸」的柯若利（Aleister Crowley）。

❼根據作者Michael Cuneo的說法，有多種因素促成了這個現象，其中包括著重個人魅力風格的釋放事工遽增，加上心理治療的成長，都在一九八〇年代產生。幾樁造謠式的證據——有些事後還被拆穿是捏造的——如Michelle Remembers的案例詳細描繪濫用儀式的恐怖現象，也助長了火勢。詳見Michael Cuneo的著作《American Exorcism》，第五十一至五十五頁及第一九五至二〇九頁。

❽這個罕見的事件在幾本書中有詳細的說明：Paul及Shirley Eberle所著的《The Abuse of Innocence: The McMartin Preschool Trial》（一九九三）；Debbie Nathan及Michael R. Snedeker所著的《Satan's Silence: Ritual Abuse and the Making of a Modern American Witch Hunt》（一九九五）；Jeffrey S. Victor的《Satanic Panic: The Creation of a Contemporary Legend》（一九九三）。

❾這部分的資料由與巴蒙特神父、阿莫爾特神父、南倪神父、葛摩拉佐神父、戴爾敏神父、Fra Benigno、傑若米・戴維斯神父、卡米內・德・斐利彼神父的訪談中彙整而成。

❿見《Patrologia graeca》，編者P. J. Migne，LX，第二九三頁，取自Corrado Balducci的《The Devil》，第一一九頁。

⓫《天主教會教義問答書》，二一一六，第五六九至五七〇頁。

⓬聖經中，耶穌在門徒雅各伯及若望希望「叫火自天降下」，以懲罰拒絕接待他們的撒馬黎雅人

時斥責他們。此一概念的詳情，見Francis MacNutt的著作《Deliverance from Evil Spirits》，第九十七至一一九頁。

⓭約翰·尼可拉，《惡魔附身與驅魔》，第九十五頁。

第六章
奉我的名

惡魔利用他擁有的一切可能在世界上作亂，希望竭盡所能帶最多的人和他一起進入永恆的詛咒。這是因為他對天主和人類懷有怨恨。他會用各種方法毀滅世界上的好人，但天主、馬利亞、天使、眾聖徒的作為會保護我們，限制惡魔的作為。

——弗蘭契斯柯・巴蒙特神父

蓋布列爾・南倪（Gabriele Nanni）神父還記得自己頭一次看見驅魔術的情景。那是在一九九七年，當時他剛晉鐸爲神父，正在羅馬東邊的拉奎拉市（L'Aquila）附近的教區服務。一對結婚的夫婦向他尋求協助。每天都有奇怪的事發生在那位婦人身上，而且自從他們結婚後，她的問題就每下愈況。她有各種疾病纏身——腹痛、頭痛和要命的關節疼痛。止痛藥物又接連失效，一大票先診斷爲一種病、後又診斷爲另一種病的醫生也幫不上忙。更奇怪的是，她家中的物品開始自行移動。有一回一個鍋蓋升到爐子上空，然後砰地一聲掉到地上。就神學角度而言，南倪神父相信魔鬼附身的事實，但他對這種事毫無經驗。他決定帶這對夫婦去找主教轄區的驅魔師。

和那對夫婦在驅魔師的辦公室外面等候時，南倪神父記得自己聽到裡面的人發出的大叫聲。當時他才領悟：那種咆哮和尖叫聲是來自於魔鬼。

輪到那對夫婦時，南倪神父驚愕地看著，因婦人的手臂和雙腿激烈地揮舞，眼睛往上翻，只露出眼白。當場顯然有什麼事正在發生，但他不確定自己看到的是否為魔鬼的工作。然而，每週回診一個月後，那個「聲音」終於顯現，惡魔用極深的恨意詛咒驅魔師。魔鬼也用不自然的方式扭曲婦人的身體，將她的雙手扭成打結的爪形。還有一回，她往地上一撲，將身體往後延伸，形成了圓形。

這些經驗在南倪神父的身上產生了深遠的影響。首次目睹魔鬼的那一晚，他清醒地躺在床上，無法成眠。他對自己看到的景象「難以磨滅」、「感到畏怯」，同時有上百萬個疑問。他的眼睛已經被打開，看到一個新的現實世界，給他在神學院就讀的神學一種「逼眞」感。「當你在這些經驗之外時，你對靈界就只有一種抽象的概念。」南倪神父說。「許多神父講論神學上的事物，他們有信心，卻是知識分子。靈對他們而言，是眞實存在卻難以當成人的東西，通常靈對他們只是概念。」根據南倪神父所言，如果這種事被納入考量，則許多神學討論都會有不同的結果。「透過成爲驅魔師，我了解信仰比我們以爲的要多上很多……有一個幾近客觀存在、幾近實體有形的〔層面〕。」南倪神父無法擺脫這種強烈的印象，便去找主教，詢問自己是否可能被任命爲驅魔師。

高大、文質彬彬、膚色淡白、一頭灰色短髮的南倪神父四十六歲，給人的印象是世故老練、博學多聞——若有人給他穿上一套西裝，或許他會更像銀行總裁或執行長，而非傳統的黑袍神職人員。一九五九年生於弗利（Forlì），他最後拿到波隆納大學的哲學學位，並獲宗座拉特朗大學（Pontificia Università Lateranense）教會法典的博士學位，論文寫的是規範驅魔術的教會法。他會講好幾種語言——義大利文、法文、西班牙文——也是二〇〇四年由羅馬教廷出版的《天主的手指和撒但的力量：驅魔術》（Il dito Di Dio e il potere di Satana: L'esorcismo）一書的作者。他也因近來大量迸發的撒但式謀殺案，而時常上電視評論，甚至曾在國家地理頻道製作的驅魔紀錄片❶中露臉。

有耐性、好沉思、受過高等教育的南倪神父是新潮流的一部分——巴蒙特神父也包括在內——這股潮流對應大衆流行媒體主打的擾攘基本教義派，而形成完美的對照組，那些基本教義派煽動群衆並引發恐懼，做了一大堆抹黑驅魔師形象的事。課程規劃人請他擔任講員，主要就是爲了這個原因。

一如往常，課堂開始時由學生站立念聖母頌❷和主禱文。對蓋瑞神父和其他將繼續深造成爲驅魔師的少數幾位神父而言，今天的課程將提供千載難逢的機會。以往一向對著一大群人講話的南倪神父十分泰然自若，也習慣有麥克風。

《天主教會教義問答書》中只提過驅魔一次，在一六七三段落中，除了其他內容之外，又明述：「當教會公開並帶著權柄，奉耶穌的名請求一個人或一個物品受到保護，不受邪惡力量的控制，並從他的管轄中退去時，便稱爲驅魔……驅魔是透過耶穌託付給教會的靈界權柄，目的是驅除魔鬼或從魔鬼附身中得到釋放。」根據教會的說法，驅魔就是聖儀（sacramental），依照定義表示它代表與教會仲裁相關的效果❸。

經認定的驅魔只有兩種類別：「簡單型」和「重大型」。《天主教會教義問答書》中陳述：「在簡單的形式中，驅魔是在受洗的慶祝儀式中執行。鄭重的驅魔術又稱『重大驅魔術』，只能由神父帶著主教的許可而執行。」❹（一六七三）

今天，許多人將驅魔術與每個基督徒都能念誦的釋放祈禱操練搞混了。根據基督釋放神父法蘭西斯・麥克納（Francis MacNutt）的說法，驅魔「是正式的教士祈禱，使人從邪靈的轄制中釋放，重獲自由」，而釋放「是一種過程，主要是透過祈禱，來釋放受到邪靈壓迫或攪擾卻沒有被轄制的人」❺。

任何神父都能執行驅魔，這種說法嚴格說來雖然正確，卻不是每一個神父都應該驅魔。《禮典》（Ritual）的第十三條方針明示：主教只能任命一位「在生命的敬虔、學習、審慎、完整上皆卓然出衆的」神父。此外，「這位神父……應該在教區首

長（Ordinary）的引導下，有信心並謙卑地執行這份慈善的工作。」❻

有了這種種條件，早期的基督信仰沒有官方任命的驅魔師就可能顯得有些奇怪。接下來的想法就是任何基督徒都能執行驅魔術，因爲這股力量是具體源自於基督的，且「信的人必有這些奇蹟隨著他們：因我的名驅逐魔鬼」（〈馬爾谷福音〉第十六章第十七節）。然而，漸漸地，由於驅魔在洗禮的儀式中所扮演的角色擴張，又與他們感知的弊病奮戰，驅魔師的聖秩就建立了。最早提到驅魔師的職務，或許是在教宗高爾乃略（Pope Cornelius，二五一至二五二）寫的一封信中，在羅馬教會中有五十二位驅魔師、讀經員和門房❼。約西元四世紀時，教會採取一系列措施，在任命程序上給主教更多的控制權。四世紀中的老底嘉會議（Council of Laodicea）制定一條教規，明定除非由主教委派，否則禁止所有人進行驅魔❽。

由主教任命的重要性來自祈禱的力量與教會結合，也來自驅魔師的順服。正如國際驅魔師協會的現任會長葛摩拉佐（Giancarlo Gramolazzo）神父所說：「我一向用這套說詞：違逆的王子是惡魔，而你是用順服來打敗他，不是用自己的人格，也不是靠魅力。」根據葛摩拉佐神父所言，如果神父要執行驅魔卻沒有主教的許可，則祈禱因耶穌基督的名仍會產生一定的作用，但對魔鬼卻不會有相同的效果，因爲基本上，驅魔師會在違逆的狀態下用《禮典》祈禱，而魔鬼也知道。「有些神父曾試圖在沒有主教的許可下執行驅魔，而魔鬼對他們說：『你做不來的，你在主教轄區外，而且你沒有得到許可。』」葛摩拉佐神父說。

一開始，實際的驅魔「儀式」滿簡單的，由按手、呼求耶穌的名、十字架記號和禁食所組成。之後，在西元三世紀加入對人吹氣的操練，又稱「排氣」（exsufflation）[9]。事實上，教會神父並不依靠複雜的公式，而是強調簡單的重要性。亞歷山卓主教聖亞大納修（Saint Athanasius，約死於西元三七三年）在給馬塞林（Marcellinus）的一封信中註明：使用複雜或冗長的召喚的驅魔師，要承擔被魔鬼奚落的風險[10]。

《拉丁教會規章》（Statuta Ecclesiae Latinae）是約於西元五〇〇年頒布的教會法規集，其中包含最早的法定驅魔公式[11]。多年來，該儀式主要以小冊子（libelli）的形式在各地發展——內容只有寥寥幾頁。最後，在各種普遍濫用（驅魔師納入自己的手勢、咒文，甚至藥物）的組合，以及中世紀逐漸加重的迷信風氣之驅使下[12]，各種多元的公式編纂爲《聖事禮典》（Roman Ritual），於一六一四年首度發行[13]。

自此，《禮典》歷經幾次調整，包括一九五二年的微調及一九九八年的整修[14]。一九九八年修訂的禮典，拉丁文名爲De exorcismis et supplicationibus quibusdam（論驅魔及確鑿的祈求），由一段開場白開始，緊接著是指導方針，之後驅魔師就要念誦聖徒的連禱文、幾項真理及閱讀詩篇，如果驅魔師願意，也可以布道。《禮典》的核心在於驅魔祈禱文本身，此處分兩部分，即爲衆人所知的「反對」（deprecatory）、「祈使」（imperative）。驅魔師說這兩者的差別極爲重要。在反對的祈禱文中，驅魔師懇求天主代表那個人介入，祈禱文的開始爲「聖父，願你垂聽……」，而在祈使的祈禱文中，驅魔師自己奉耶穌基督的名命令魔鬼離開那個人。「撒但，我嚴令你……」或「我趕逐你」。因爲祈使的慣用語不算是祈禱文，而是命令，而且明顯暗示這個慣用語是命令，所以《修訂版禮典》規定，驅魔師只有在「確實肯定」他所祈禱的那個人被附身時，才可以使用祈使的祈禱文[15]。

從頭到尾依照《禮典》可能要花四十五分鐘到一個鐘頭。然而，實際上有少數驅魔師會這麼祈禱，他們通常混合自己選擇的幾篇詩篇，或「自發的」驅魔祈禱文（「虛假的靈，我趕逐你」），一切都根據他們自身的經驗。

「我從來沒有完全沿用在《禮典》書中規劃的方式。」加拿大籍的驅魔師戴爾敏（François Dermine）神父說。「不能就那樣念一段聖經，然後再念連禱文。它會自然出現，視當事人的反應而定。我記得有一次有一個人，我一開始祈禱，個案中的當事人就被附身了，眞的沒有時間念聖經或那些東西。你必須祈禱。」

阿莫爾特神父相信每個驅魔師都必須找到自己的強項和弱點，以及最有效的方式。他舉了這個例子：「我認識一位驅魔師，他在聖裘凡尼羅通多（San Giovanni Rotondo）一帶驅魔，他也是爲活在幾百年前的方濟會馬迪奧（Matteo）神父申請列入眞福品的人。他一天到晚向馬迪奧神父祈禱，當他在驅魔儀式中召喚他時，魔鬼就變得異常憤怒。以我個人而言，我試著召喚過幾次馬迪奧神父，但什麼動靜也沒有。這表示每位驅魔師都會學到自己最有效的方法。」另外，因爲每個魔鬼據說都有不同的反應，所以驅魔師要能找出祈禱文的哪個部分最能重挫魔鬼。然而這不表示驅魔師可以只說或做自己想要的部分。

至於最近，國際驅魔師協會一直小心提醒驅魔師要堅守《禮典》。「只按著《禮典》祈禱，對驅魔師會比較好。」葛摩拉佐神父說。

驅魔師必須記得，用《禮典》祈禱的方式不要和施法術混淆在一起[16]。這一點很重要，原因是「如果驅魔師這麼做，就會像用咒趕咒，或者用鬼趕鬼」。南倪神父解釋。這樣會抹殺整個儀式的目的，更別說不把教會放在眼裡了。

另外還要考慮暗示的危險。許多驅魔師都承認驅魔所暗示的本質，因此執行時偏好用委婉的措辭。例如，他們不用驅魔一詞，而是說「祈福」，也從來不告訴人他們被附身了，而是說他們被某種負面的思緒折磨。除此之外，許多驅魔師也偏好用拉丁文祈禱《禮典》，以避免自動聯想。「我認為大家聽不懂比較好。」戴爾敏神父說。「如果我祈禱的方式讓那個人聽得懂，有時就要冒著引發某種反應的危險。如果眞的有魔鬼，無論如何魔鬼都會聽懂的。」

最後，葛摩拉佐神父說，最基本的要求是驅魔師要有信心。「祈禱文的力量不在於公式，而在於信心——我對於教會信心的信心。我可以喜歡祈禱文，祈禱文也可以很美，但它的效力取決於信心。」

驅魔術一開始，魔鬼都不願意暴露身分。「對他而言，被發現就是失敗了。」巴蒙特神父說。如果魔鬼很強，就能在一個人裡面隱藏很久，甚至允許參與彌撒和其他充滿祈禱的活動（躲藏不一定表示靈在人體內的某個陰暗角落，而只是代表沒有彰顯）。

正如一位義大利驅魔師喜歡說的：通常，如果驅魔師「堅持」，驅魔祈禱文就會刺激魔鬼，最後也會把魔鬼逼出來。南倪神父描述這個程序如何奏效，他說：「就像拳擊手可以接受迎頭痛擊，卻仍站著沒有倒地。他們變強是因爲他們有能力吃下那一拳，但無論如何他們仍會被打中，藉著持續挨打、挨打、挨打，最後他們身體的承受力就會崩潰。魔鬼也是如此。如果你繼續堅持到底，魔鬼遲早會開始放棄並現身彰顯。」

在這整個過程中，魔鬼會盡全力阻撓驅魔師。魔鬼會企圖說服受害人自己只是心理失調，若這個說法無效，也可能實際阻礙當事人接近驅魔師。車子神祕拋錨或來電取消約好的會面——凡此種種，驅魔師說，當事人都不知情。

當魔鬼終於被逼出來時，當事人會失去意識，進入恍惚狀態。此時，所有的言行舉止都由魔鬼控制。在這種時候，當事人的眼睛通常會上下轉動（魔鬼無法承受看著神聖的物體，包括神父），雙手大都屈曲成爪形，當事人也會被掌管，而對著神聖或聖潔的東西憤怒。大體而言，當事人醒來後什麼也不記得。然而，有時當事人會在驅魔儀式中有意識，也可能記得一些透露的事，但一般而言都會覺得彷彿由某種「外來物」掌管著。有些驅魔師，如阿莫爾特神父，就描述由外來物掌管就是著魔的例子，而牽涉到人從恍惚中現身卻完全失憶的案例，則象徵完全的魔鬼附身⑰。

根據南倪神父所言，一旦開始用《禮典》祈禱，就有五個陷阱是新手驅魔師應該保持警覺的：㈠魔鬼遲遲沒有反應，企圖矇騙驅魔師以爲起因與魔鬼無關；㈡魔鬼假裝在彰顯後消失，愚弄當事人，以爲自己已經得到釋放（爲此，有些驅魔師會要求一個釋放的記號）；㈢魔鬼在被附身者的身上製造心理疾病的徵狀，藉此混淆驅魔師；㈣魔鬼顯示邪咒的存在及驅魔師可除去邪咒的方式（驅魔師千萬不能從事迷信活動）；㈤魔鬼允許受害人領聖餐，作爲釋放的表示⑱。

許多人假定在驅魔的過程中，魔鬼會透過當事人說話，其實並不盡然。據阿莫爾特神父表示，魔鬼喜歡講話是錯誤的觀念。事實上，除非驅魔師命令他們說話，否則他們幾乎從不開口。然而，有些魔鬼會說話混淆驅魔師，或在驅魔的過程中威脅驅魔師，使他無法專心念祈禱文。阿莫爾特神父就被反覆威脅過許多次⑲。「今晚我要把你丟到床下！」或「我要把你的心吃掉！」對此，他回覆道：「少來，我有保護我的護守天使。」

然而，在虛張聲勢之外，驅魔師眞正的危險是在身、心、靈方面受到魔鬼的攻擊，這可能在驅魔的過程中，甚至之後。

✞

因爲驅魔師所扮演的獨特角色，所以會面臨各種道德及心靈上的困境，而使他們遭受魔鬼力量的攻擊。或許當中最明顯的是性的引誘。驅魔是具有高度張力的衝突，常發生在狹窄的空間裡，涉及許多從當事人而來的痛擊和呻吟，而當事人幾乎都是女性[20]。女性受害人數之所以較多有幾項理論：女性較憑直覺，會接觸自己的心靈面；惡魔把女性當作標靶，特別用她們來引誘男性；抑或如巴蒙特神父所暗示的，這可能只是因爲較多的女性願意尋求驅魔師。

有了這種性別機能，一般會建議驅魔師必須伴有一位女性助手在室內（這項列於一六一四年《聖事禮典》的指導方針裡）。驅魔師說，魔鬼既然是狡猾的敵手，就會不擇手段讓驅魔師分心，使他不能念祈禱文，其中包括友好的性表示。據戴爾敏神父的說法，驅魔師在碰觸女性爲她祈禱時，也必須使用正確的判斷力，務必對性方面的張力保持高度警覺。

驅魔師也可能在自尊方面遭受攻擊。這種自尊可能來自驅魔師幫助過的人對驅魔師產生仰慕之情，也可能來自驅魔師認爲自己比較優越，因爲他與超自然有所聯結，或他相信自己有一些個人「力量」可以釋放人得自由。驅魔師絕對不該稱自己爲聖潔的人，或建立異教般的信徒。這表示他絕不能靠服務收費，否則就會使他成爲江湖術士或信仰治療師。

相對地，雖然許多驅魔師都可能被受害者所仰慕，卻也時常被神父同儕所揶揄。

驅魔師對親近也必須同樣謹慎。在許多個案中，驅魔師都是這些經歷深切的痛苦與折磨的人唯一的希望，他們對驅魔師（或驅魔師對他們）變得過於依賴，反倒會引發眞正的危險。這裡的風險在於受害者可能耽溺其中，或者對驅魔師發展出一種誇張的喜愛。驅魔師說，有鑑於此，最好與這些人保持些許距離。

魔鬼也會透過恐嚇及恐懼使驅魔師灰心，通常是藉由力量的展現來完成。曾有這樣的一樁案例，達尼爾神父（他在二〇〇六年成爲驅魔師）所有的簡訊都在一天早晨從手機裡完全消失。他剛簽訂新的方案，心想那一定是電信公司的問題。不過當天晚上，當他用同一支電話給予祝福（驅魔師聲稱電話祝福也具有效力）時，對方的聲音變了，魔鬼出來奚落他：「你喜歡今天早上我和你玩的那個小把戲嗎？」當達尼爾神父表達疑惑時，那粗啞的聲音嘲弄道：「如果你念一個我告訴你的祈禱文，我就把所有的簡訊都歸還給你。」

另一位在芝加哥的驅魔師在知道自己即將由主教任命的前一天，在半夜被一種恐怖的聲音吵醒，那聲音就像火車在他的房間裡失事一般。他張開眼睛，看到床腳的電視從架上升高了幾呎，然後砰地撞到地上，錄影機裡的帶子也突然冒出來橫越房間。同時，儘管他的窗戶都是緊閉的，但房裡的窗簾卻猛烈地移動。

有時這些徵狀還可以更直接。二〇〇六年，一位美國中西部的驅魔師在和一位他認爲被附身的年輕人說話時，他聽到一個粗啞的聲音——彷彿從天外飛來——說：「滾開！」

一位義大利驅魔師講到一樁涉及聖神同禱會（Catholic charismatic prayer group）成員的事件，這個團體認爲自己有特別的「恩賜」可以趕出邪靈。在驅魔的過程中，同禱會的成員們按手對惡魔說話，命令他屈服。在沒有預警之下，惡魔轉向他們說：「你們是誰？」接著就拿起一個書架往他們身上丟，讓他們全都負傷進了急診室。

驅魔師也看過發生在外面的事，超越驅魔本身的限制之外。南倪神父記述，有些驅魔師的車燈就在要通過山路上特別危險的轉彎處時神祕地熄滅。阿莫爾特神父在自己的著作《驅魔師自述》（An Exorcist Tells His Story）中，敘述一位驅魔師在魔鬼威脅他要拿他當獻祭之後，他的車如何在他開車回家的路上著火[21]。南倪神父用電話祝禱時，他房裡的燈泡就在他的頭上爆裂。

在極端的例子裡，驅魔師可能會受到嚴重的傷害，不過最後這一點也許有些誇大，特別是在媒體中[22]。驅魔師鮮少受傷。南倪神父記得一個案例：一位驅魔師正要離開西西里一個著魔人的屋子時，被一股無形的力量鏟進迎面而來的卡車裡，差點要了他的命。當被問到天主爲什麼允許這種事發生時，南倪神父似乎不爲所動。「我們都必須背負自己的擔子。」他說。在這個例子裡，驅魔師復原後，回到那間屋子，釋放那個人得自由。

面對這一切，驅魔師唯一可用來保護自己的盾牌就是信心。「信心的價值連城，」阿莫爾特神父說。「驅魔師的信心，接受驅魔者的信心，爲那個人、他的家庭和朋友祈禱的助手的信心。」

「我在祈禱和信心中執行驅魔所學的，比在研究中所學的還多。」葛摩拉佐神父說。「閱讀研究的書變成比較理論的東西，這樣無法進入信心的世界。然而執行驅魔時，你必須進入這個世界，你要與超自然接觸。」

✞

他們下課後走到火車站時，蓋瑞神父與達尼爾神父討論當天課堂中較細的要點。或許是因爲他有屍體防腐員的經驗，或者因爲他從一九九七年健行的瀕死經驗中存活，所以他不太擔心魔鬼對他進行身體上的攻擊。要說他有害怕什麼事，那就是對一個不需要驅魔的人執行驅魔。這門課教了他很多東西，他明白要使自己的恐懼止息，唯一的法子就是實際參與驅魔。

註釋：

❶《Is It Real?》驅魔系列，第一季，第八集，二〇〇五年八月二十九日。

❷譯註：聖母頌：萬福馬利亞，妳充滿聖寵，主與妳同在，妳在婦女中受讚頌，妳的親子耶穌同受讚頌，天主聖母馬利亞，為我們罪人祈求天主，求妳現在和我們臨終時。阿們。

❸據《天主教會教義問答書》所說：「聖儀是神聖的記號，與聖事（sacrament）有相似之處，特別象徵著靈性本質上的效果，可透過教會的轉禱而獲得。」一六六七，第四六四頁。更多聖儀的說明見《天主教會教義問答書》，一六六八－一六七九，第四六四至四六七頁。

❹《天主教會教義問答書》，一六七三，第四六五至四六六頁。

❺法蘭西斯．麥克納，《醫治》（Healing），第一六七頁。

❻Praenotanda, No. 13，《De exorcismis et supplicationibus quibusdam》，聖保祿大學（Saint Paul University）貝勒梅（Pierre Bellemare）英譯。天主教法典（Code of Canon Law）第一一七二條表示，可能的驅魔師人選應有虔敬、知識、審慎、正直的生命。

❼加拿大渥太華聖保祿大學未出版論文：Jeffrey Grob，〈A Major Revision of the Discipline on Exorcism: A Comparative Study of Liturgical Laws in the 1614 ad 1998 Rites of Exorcism〉，第五十三頁。

❽同上註，第五十四頁。

❾特土良在《護教書》中加入這項操練，有些專家說這與耶穌在復活後向門徒吹氣的舉動有關。詳見《護教書》23.16；《Tertullian: Apologetical Works and Minucius Felix: Octavius》，第七十四頁；1,

415。

❿ Grob，第四十八頁。

⓫ Corrado Balducci，《The Devil》，Jordan Aumann英譯，第一六七頁。

⓬ 早在十一世紀，人們就開始用自己的手勢、咒文、藥物增加教會的正式處方。一般人的迷信感逐漸依附在驅魔術上，因當時驅魔已融入該時期對惡魔及巫術的誇大恐懼而逐漸增長的歇斯底里中。十六世紀時圍繞著驅魔的歇斯底里風氣中，最聲名狼藉的案例之一，或許就是瑪爾德·柏西耶（Marthe Brossier）。二十五歲的女子瑪爾德斷言鄰居蠱惑她，致使她被附身。那鄰居鋃鐺入獄，瑪爾德則由父親帶著一村又一村遊行——類似巡迴餘興節目——並且重複公開接受驅魔。Jeffrey Grob，第七十八頁。另見Sarah Ferber，《Demonic Possession and Exorcism in Early Modern France》，第四十至五十九頁。

⓭ 雖然這個過程涉及一些人，但有兩位在後來眾所周知的《禮典》中貢獻最爲卓著。第一位叫做孟奇（Girolamo Menghi，一五二九至一六〇九），是方濟會修士。他生於義大利維亞達納（Viadana），是十六世紀公認的最重要的驅魔師之一。他的著作《痛笞惡魔》（Flagellum daemonum）中包含七個驅魔祈禱文，以及對驅魔師有助益的辨別諸靈的建言。關於孟奇的說明，詳見《The Devil's Scourge》，Weiser Books二〇〇二年出版。第二位人物是泰瑞俄斯（Peter Thyraeus，一五四六至一六〇一），是德國的耶穌會士（Jesuit），在修訂用來決定一個人是否被附身的判斷標準上，幫了大忙。在泰瑞俄斯之前，驅魔師用來判定附身的記號，在各地之間有著極大的差別。他最重要的著作是《Daemoniaci, hoc est: de obsessis a spiritibus daemoniorum hominibus》，一五九八年出版。泰瑞俄斯將附身的記號分為兩大類：智性上以及身體上。對於這項資訊，我受惠於Jeffrey Grob神父所進行的研究，以及他尚未出版的論文〈A Major Revision of the Discipline on Exorcism〉。

⓮ 一九五二年，教宗庇護十二世（Pius XII）發行新版的《聖事禮典》，在有關心理疾病及心理學的判斷部分稍微更新了一些文字。此外，對於什麼構成魔鬼附身的非難也鬆綁了。原本表示：「附身的徵兆如下……」修訂版的文字則表示：「附身的徵兆可能如下……」一九九八年的《禮典》發行後，引發可觀的驚愕。阿莫爾特神父或許是修訂版最直言不諱的批評家，將修訂版描述為攙了水。不重要的是祈禱文的順序也全盤更動了。一九九九年一月，修訂版《禮典》發行後一年，禮儀及聖事部（Congregation for the Divine Worship and the Discipline of the Sacraments）宣布，若在主教轄區的主教要求下，可通過准許神父使用一九五二年版的《聖事禮典》中收錄的前驅魔術。許多驅魔師基於各種原因，偏好用舊版的《禮典》，有些只是因為他們熟記舊版的《禮典》。一九九八年的《禮典》發行後也歷經多次的修訂，最近一次是在二〇〇五年（Grob，〈A Major Revision of the Discipline on Exorcism〉）。

⓯ 在某些困難的案例中，魔鬼的存在可能難以診斷，有些驅魔師（包括阿莫爾特神父及巴蒙特神父）偏好用反對祈禱文作為辨別的工具。此外，其他驅魔師也可能將反對祈禱文的成分融入自發的釋放祈禱文。但都不用祈求的處方。

⓰ Praenotanda，No. 19，《De exorcismis et supplicationibus quibusdam》，聖保祿大學貝勒梅英譯。

⓱ 阿莫爾特神父，《驅魔師自述》，第七十九至八十頁。

⓲ 南倪神父，《天主的手指和撒但的力量：驅魔術》，第二五七至二六二頁。

⓳ 被魔鬼威脅是相當普遍的現象，因此有些驅魔師也有應對的小「伎倆」。一位驅魔師偏好在被恐嚇時，念誦〈路加福音〉第十章第十七至二十節：「那七十人歡喜地歸來，說：主，因著你的名號，連惡魔都屈服於我們。耶穌向他們說：我看見撒但如同閃電一般自天跌下。看我已經授於你們權柄，使你們踐踏在蛇蠍上，並能制伏仇敵的一切勢力，沒有什麼能傷害你們。」

⓴ 人類學家如I. M. Lewis及Lesley A. Sharp也提到原始社會的女性被靈體附身的頻率，她們稱這可歸因於附身被用來當作增強力量的工具。例如：在一些男性主導的社會裡，女性除了附身之外，沒有可以表達憤怒的管道。舉例來說，索馬利族人（Somalis）就相信邪靈（jinns）經常暗中等著占領毫不設防的路人。「大家認爲這些惡靈一心被嫉妒和貪婪吞噬，特別渴望精緻的食物、奢華的衣著、珠寶、香水和其他華麗的服飾……這些惡靈討厭的注意力的主要目標就是女性，尤其是已婚婦女。」（《Ecstatic Religion, A Study of Shamanism and Spirit Possession》，第六十七頁）

㉑ 蓋布列爾・阿莫爾特，《驅魔師自述》，第一九四至一九五頁。

㉒ 就純粹的歇斯底里程度而言，或許無人能出其右的是Malachi Martin的書《Hostage to the Devil》，作者爲前耶穌會的神父，他在書中易懂的文筆血淋淋地描述膽敢從事這項事工的神父將遭遇何等身心靈的危險。無數的批評家皆懷疑他所宣告的眞實度，其中甚至包括他的一些弟子。心理醫師史考特・派克（M. Scott Peck）在其著作《眞實面對謊言的本質》（People of the Lie）中，將自己對於驅魔的知識來源之一，歸功於Martin。但他寫道：「從我的經驗來看，我懷疑Martin已經過度強調〔驅魔在〕身體上的危險。」（史考特・派克，《眞實面對謊言的本質》，第一八九頁。）

第七章
尋找驅魔師

驅魔師終其一生都受到一些人崇敬感謝，也被一些人痛恨迫害……天主寄望這個事工一定要從十字架完成。如果一位神父不願意背負這個擔子，就不該接受這項事工。

——福爾提亞神父，《驅魔師訪談錄》

在一個日常的禮拜二上午，一小群人八點半就聚集在聖階教會（Scala Santa）外，偌大的木門還要半個鐘頭才會開啓❶。這些人多半是女性，年齡層從二十五、六歲到將近七十歲，穿著則從披巾和胸針到包臀的緊身牛仔褲和皮夾克應有盡有。有些人繞來繞去，用閒聊打發時間，也有人避免與他人眼神接觸。除了正常的皮包和背包外，也有幾個人帶著大型的塑膠購物袋，裡面裝滿各種物品，例如宗教用的蠟燭和塑膠水瓶。

聖階教會在羅馬的教會中一向具有獨特的地位，多年來吸引無數的朝聖者來到那受人尊崇的至聖所（sanctum sanctorum），也是教宗個人的小禮拜堂。虔誠的信徒們要爬一個特別的台階，一般人認爲這就是本丟比拉多（Pontius Pilate）在耶路撒冷的宮殿裡的台階，也是基督在死的那天所爬的台階（由君士坦丁大帝的母親海倫娜在西元四世紀帶回羅馬）。朝聖者用膝蓋爬二十八階，每爬一階就暫停下來念祈禱文。如今原始的台階裝在防護的木箱裡，仍可透過小玻璃窗看到，這些台階應該可以展現基督眞實的血滴。

然而，在小禮拜堂和階梯之外，這個教堂在羅馬人之間有一段頗深的驅魔淵源。三十六年來，耶穌苦難會（Passionist）的康棣多・亞曼提尼神父（Father Candido Amantini）在那裡驅魔，直到一九九二年過世爲止。長久以來，大家都認爲亞曼提尼神父是一位聖人，即使驅魔師之間也有這種共識，他對驅魔採取門戶開放政策，從未拒絕任何人。謠傳他每天大約要見六十個人，因爲不是每個人都需要驅魔，所以他試著至少給他們祝福或只是拍拍他們的肩膀。

當托馬索神父接手時，這個門戶開放的政策仍維持不變。即使教會仍是觀光客和朝聖者的主要景點，但驅魔與祝福的運作仍不停息，包括尖叫和凡此種種的事。

有半個小時，多數女性在教堂外耐心等候，等人數愈來愈多時，最靠近門邊的人便開始找機會占位子。幾分鐘後，他們聽到門後的鑰匙聲鏗鏘作響，接著鎖頭喀嚓應聲而開，臭臉的守衛還來不及將門完全打開，那些女人就魚貫進入了。她們匆忙從他身邊經過，從歷史的台階兩旁前進，由兩邊的階梯擇一而上。她們爬著階梯，速度很快，經過至聖所，穿越聖羅倫斯禮拜堂，最後來到聖器收藏室（sacristy）

的門口。有一半的人期望能看到紅緞帶拉長了穿越走廊。

但每個人反而找好位子，像是在最鍾愛的椅子上安頓下來。一位女性彎腰靠在門外的小木跪台上，其他人則溜進靠著牆邊長十呎的教堂長椅。更多人川流到附近的小禮拜堂，跪在十字架上的基督面前，那個塑像與真人的尺寸相當。有幾個人緊抓著誦經念珠，指頭焦慮地移動過念珠，嘴唇默念著祈禱文。其他人的目光則保持朝下。此時約有二十人聚集，但還有更多人慢慢加入。其中一位是個嫵媚動人的年輕女性，她走過每個人，站在門邊。有幾個人瞄了她一眼，緊張地調整一下姿勢，但其他人似乎不介意她插隊。有個晚來的人，是名六十多歲的男子，問跪台上的女人：「他現在有看人嗎？」女人搖搖頭。

附近有人大聲插嘴：「我只想趕快拿到祝福就走了。」

跪台上的女人給講這句話的人一個白眼，說：「由他決定誰先進去。」

「那誰會被選到呢？」另一個人問道。

「他會先驅魔，然後再祝福。」跪台上的女人解釋道。

有人抽出一張紙，大家開始寫下自己的姓名，彷彿在餐廳等候餐桌。多數人下午都有地方可去，有幾個人嘆氣，舌頭發出了咕噥聲，看到自己排在名單的最後面。

彷彿聽到信號，門打開了，托馬索神父探出頭來，用疲憊的眼睛搜尋著。靠近門邊的幾個人轉向他，但他在場使他們不敢妄動。顯然沒有人想排在他狀況不好的時候。他向那個插隊的嫵媚女性點頭，她走進去，門從他們的身後關上。

隨之而來的沉默中，大家又回到自己癱軟的姿勢。然後聖器收藏室中突然出現一個聲音，像是繩索鬆脫的狼，把所有的椅子都拆毀了。一個高聲的尖叫打破沉默，隨之而來的是女子的聲音大叫Basta!（夠了！）接著是呻吟聲與咆哮聲，彷彿有人正受到折磨。有些人將念珠抓得更緊了。有些人試著移到聽不見的地方，但在冰冷、大理石地板的聖所內，聲音傳遞得很遠。

✞

當蓋瑞神父問到要找可以跟著實習的驅魔師時，達尼爾神父的第一個念頭是問托馬索神父。不過，這位驅魔師太忙，沒有時間再收一個學生。當蓋瑞神父露出失望的神情時，達尼爾神父說了一句話讓他放心：「反正你在那裡也學不到什麼東西。那個地方簡直是瘋了。」

接下來的一個月，蓋瑞神父繼續尋找可以共事的驅魔師，但這個任務竟然比他想像的更令人氣餒。即使他某一天在北美學院的大廳中遇見的樞機主教也幫不上忙。因爲蓋瑞神父懂的義大利文有限，所以需要會講一點英文的驅魔師。而據他收到拉特朗大學教務長的回覆信表示，並沒有這樣的人選。

最後達尼爾神父聯絡到一位協助教學的驅魔師。幾天後，他回電給蓋瑞神父，帶來了好消息。曾跟著阿莫爾特神父學習、且自二〇〇三年起便從事驅魔的巴蒙特神父說，在萬不得已之下，他願意收蓋瑞神父（他並不怎麼興奮，大都是因爲語言上的障礙）。同時巴蒙特神父建議蓋瑞神父聯絡一位叫卡米內．德．斐利彼神父（Father Carmine De Filippis）的嘉布遣會士❷（Capuhin），他認爲他懂一點英文。

和達尼爾神父說完掛上電話時，蓋瑞神父對這最後的演變抱持謹慎地樂觀。

✞

十二月漫天蓋地而來，著名的羅馬鵝卵石（sampietrini）變得又濕又冷。驅魔的課程在這個月停課，所以蓋瑞神父慢慢享受這段假期。聖馬利亞之家在聖誕夜有一場特別的彌撒和晚餐；接著，就在隔天，蓋瑞神父在聖彼得大教堂由教宗主持的午夜彌撒中主禮感恩祭。之後，儘管寒風刺骨，廣場上依然擠滿了狂歡作樂的民衆。等他和其他神父走回聖馬利亞之家時，已是凌晨三點半，街道上沉靜無比。

幾天後，蓋瑞神父和聖馬利亞之家的保羅．何瑞佐神父（Father Paul Hrezzo）決定結伴小遊一番，先到維也納幾天，再到波士尼亞赫塞哥維納的小鎮默主哥耶❸（Medjugorje）過除夕夜。在那裡，這兩位神父爲參訪聖殿的英語系國家朝聖者主持彌撒，花五天寧靜悠閒的日子默想和祈禱。

一月九日，驅魔的後半段課程在宗徒王后大學開始。和前半段很像，一開始蓋瑞神父覺得很不順。他的翻譯不能出席，迫使他在走廊密切搜尋找人代班，卻一無所獲。結果，那堂課是講義大利的法律，所以也沒有太大的損失。

如今假期結束了，所有事務又開始在羅馬回歸常軌，因此他終於能夠與巴蒙特神父推薦的卡米內神父接上線。蓋瑞神父試圖用最標準的義大利文解釋自己的困境。卡米內神父耐心聆聽了幾分鐘，然後插嘴道。「對，對，」他用義大利文說，「我很樂意幫助你，但你需要先和我的長上確認。」

掛了電話，蓋瑞神父鬆了一口氣。或許這只是卡米內神父要求所有的學徒都得經過的形式，他心想。然而，當他兩天後終於和那位長上聯絡到時，卻碰上了死胡同。那人不但不是卡米內神父的長上，而且從來沒聽過驅魔這回事。不過，好笑的是，那人的確會講一點英文，還有親戚住在聖荷西，所以蓋瑞神父還和他聊了好一陣子。最後蓋瑞神父以為卡米內神父或許只是在敷衍他。他不認識我，他心想，他說不定只是想擺脫我。

隔週四上驅魔課時，他利用下課時間找達尼爾神父，告訴他事情的經過。幸運的是，巴蒙特神父正好在那天講課，於是達尼爾神父去找他，問他是否願意幫蓋瑞神父的忙。幾分鐘後，達尼爾神父苦著一張臉回來。「不知道為什麼，他不願意。」他嘆道。

這愈變愈荒謬了，蓋瑞神父心想。「不久我就要回家了，卻連什麼是驅魔都不知道。」他向達尼爾神父哭訴。

「再設法打給卡米內神父看看。」達尼爾神父說。

那天傍晚回到聖馬利亞之家，蓋瑞神父已瀕臨要打給主教，告訴他必須另外任命他人了，但在關頭上，他反而決定到小禮拜堂去祈禱。「天主啊，」他坐在木頭長椅上說，「如果你要我做這件事，你就得幫我。」

他爬著漫長的階梯回到房間時，決定最後一次打給卡米內神父，雖然他幾乎確定不會有人接電話。讓他驚訝的是那位嘉布遣會士接起來了。蓋瑞神父向卡米內神父解釋事情的發展。電話的另一頭沉默了好長一段時間，之後他才聽到卡米內神父說：「好，好，但是我想先見你一面。」

「我會來找你，你告訴我時間。」蓋瑞神父回覆。

「禮拜天出來我們聊聊。」

蓋瑞神父掛了電話，不敢相信卡米內神父會答應見他。這是在他祈禱後發生的事，所以他把這當成是天主也得有份的象徵。

有些驅魔師有特別的醫病「恩賜」或稱之爲神恩的洞察力，神恩是由聖神分賜給虔敬度日的人。這樣的一位驅魔師就是康棣多・亞曼提尼神父。據稱，康棣多神父可以只看一個人的相片就診斷有魔鬼附身。此外，葛摩拉佐神父記得有個著魔的人動手要打康棣多神父，拳頭在他的臉前方幾吋停下，彷彿被一股看不見的力量扣住。接著康棣多神父往舉起的拳頭吹一口氣，那人就很快往後一扯，彷彿拳頭著火似的。

平信徒也可以接受神恩。有好些驅魔師將這樣的人包括在他們的祈禱團隊中，幫助他們辨別。梵蒂岡第二次大公會議確認這些恩賜的存在，但建議要謹慎使用：「這些神恩的恩賜，無論是最顯著或最簡單和廣爲散布，都要以感恩和安慰的態度接受……儘管如此，非凡的恩賜不該輕率地追求……無論如何，判斷它們的眞實性和使用得當，都隸屬於主持教會和屬於這種能力的人，其實並非要分辨聖神，而是測試萬事並持守美善的事物。」[4]

在康棣多神父手下學習的卡米內神父自稱沒有這種「力量」，反倒偏好依靠自己的經驗。

卡米內神父在一九五三年生於義大利南方的薩萊諾（Salerno），但在很小的時候就和家人搬到羅馬。即使還是個小男孩，他也有很強的慾望想成爲神父。「小孩子才不是什麼都不懂，」他說。「他們什麼都懂。」他十歲時，就知道自己想透過祈禱與悔罪，完全獻身給天主，過著嘉布遣會修士的一生，因此常參加自己在義大利大道上的聖德蕾莎教祈禱的方式和神聖的禮拜儀式。他於一九七四年進入神學院，當時他年方二十一。

他的第一次驅魔經驗是在他仍就讀神學院之時。一天，神學課上到一半，另一位神父打斷課程，說教堂裡有騷動。一位老太太帶了一個在大禮拜堂面前又詛咒、又尖叫、又胡說的女孩過來。長執立刻去看發生了什麼事。等他回來後，同學們很驚訝他的觀察竟然是認爲那女孩被魔鬼附身，所以他已經帶她去見主教轄區的驅魔師了。卡米內神父記得，當時全班哄堂大笑，他心想：這簡直太荒謬了，根本是中古時期的事。這年頭沒有人還會相信魔鬼附身吧？

幾天後，長執來找卡米內神父和另一位神學生，問他們是否有興趣參與驅魔。卡米內神父同意了，這個經驗改變了他的一生。「我看過很恐怖、很恐怖的事，」他說。驅魔的過程中，當女孩扭動尖叫時，她原本閉著的眼睛突然張開，她轉身看著他。「我從她的眼中看得到那股仇恨，這麼純粹的仇恨對我的傷害非常深刻。」驅魔的過程中，他和神學院的同學也感到陣陣神祕的風吹過腿脛，彷彿有人站在他們前面踢他們，但沒有人靠近。

終於，在驅魔的尾聲，女孩開始大量吐出人類的精液，伴隨著令人作嘔的惡臭，差點把卡米內神父逼出房門外。「我怕死了，嚇呆了，」他說。「我發現魔鬼眞的存在，惡魔不只是我們在漫畫裡看到、還會嘲笑的那種頭上有角的玩偶。當時我的神學概念都非常膚淺，所以我必須全盤翻轉我的神學概念。我開始察覺到我們都在這個仇敵的威脅之下。」

他於一九八一年晉鐸爲神父後，先花了些時間在玻利維亞完成任務，才回到羅馬，在賈寇柏神父（Father Giacobbe，康棣多神父的門徒）手下學習驅魔。卡米內神父記得康棣多神父對驅魔師的條件有此一說。「他必須活出傳福音、有品德的生活，祈禱的生活；其次他要有知識，這表示必須研讀神學、聖經；第三，他必須有經驗。」康棣多神父也強調驅魔師在這項事工中應該扮演的角色。「他會受到敦促去盡可能幫助貧乏受苦的人，因爲這是助人的事工，爲的是幫助受苦受難的人。」卡米內神父謹記這個勸告，從一九八七年開始從事驅魔。

星期天的主日彌撒結束後，蓋瑞神父走出聖馬利亞之家的寂靜，匯入文森佐迪盧切西街上的人潮，前往四河噴泉。羅馬的星期天盡是徒步的旅客，住在羅馬周圍的人也一路來到市中心最有名的披薩店，加入這些川流不息的旅客。不是一、兩個人，而是大多數人都背著厚重的行李行走，令水泄不通的狹窄街道動彈不得，受困的計程車司機大爲驚愕，這些司機也不甘示弱，馬上表現出困獸之鬥的強烈反擊。

繼續朝斯坦匹瑞亞街上走，一陣疾風灌入這密不透風的街，他堅定地逆風而行，在特里通尼路上向右轉，開始朝巴貝里尼廣場方向的山坡上走。一大群人站在一排公車站牌旁的人行道周圍，他在他們當中找到一個位子。他不確定外出到城外聖羅倫佐大教堂要花多少時間，但爲了安全起見，他會給自己四十五分鐘。

✝

聖羅倫佐教堂（Basilica of San Lorenzo）與死亡的淵源頗深。西元三世紀起便建造在基督教地底墓穴的位址上，且鄰近一個類似城市架構的不規則墓園，該教堂安置的遺骨包括三位聖徒——聖羅倫斯（Saint Lawrence）、聖史蒂芬（Saint Stephen）、聖游斯丁——和教宗庇護九世。從外表看，與近親聖若望拉特朗大殿（Saint John Lateran）或城外聖保祿大教堂（Saint Paul outside the Walls）相比，聖羅倫佐有著非常樸素、近乎傳教的質地——紅磚構造上有類似柱子的白色齒狀物往後傾斜至土窖和陵墓。這座教堂的年代極爲久遠——有一部分是由教宗庇拉久斯二世（Pope Pelagius II）於西元六世紀所建造，而第二部分（包括類似門廊的樸素正門）是由教宗何諾里三世（Pope Honorius III）於十三世紀建造。而且不像侵蝕式的羅馬郊區，這棟建築物多年來似乎沒有經過多少變化[5]。

這座大教堂一度由原野及葡萄園所環繞，位於羅馬的古道提博提納大道上，富裕的羅馬人遠避城市到鄉間別墅時，就是走這條路。

從公車站走來，蓋瑞神父發現自己處於城中相對寧靜的地帶。教堂離街道還有段路，在一大片柏油地上，有高聳成簇的柏樹和傘松遮蔭。幾個賣花的攤子點綴著墓地拱門外的停車場，老闆們坐在廉價的木椅上看報紙。既然他早到了十五分鐘，於是便漫步走向大教堂。

用兩把不同的斧搭建的大教堂，中古時期的內部構造，層層疊疊的拱形和木屋頂幾乎像是從泥土刻出來的。在中殿裡蜿蜒上下，蓋瑞神父覺得這地方太冷也太暗，空氣太潮濕陳腐，不合乎他的品味。

十點鐘，他走過分開教堂和修道院的小庭院，按了兩道門旁的小門鈴，又站了一會兒，研究裝飾門面的兩個獅頭門鎖，思忖著卡米內神父是什麼樣的人。他很感恩，能有這個罕見的機會在驅魔師的工作環境中見到他本人。

幾分鐘後，門打開了，一位有桶狀胸的中等身材男子穿著傳統的修士服出現了。他的頭髮很短，三吋長的鬍鬚略顯灰白。不過他的眼睛或許才是最醒目的特徵。那雙眼睛只是狹窄的縫隙，夾在紅潤的臉頰和深色的細眉毛之間，眉毛靠近尾端處彎成趣味的弧形，給他一臉滑稽、幾近調皮的外表，使他看來比實際的年齡五十三歲要年輕許多。在仔細端詳蓋瑞神父後，他似乎開竅了，表情也緩和下來。「啊，蓋瑞弟兄，」他說道，「好，好。」然後用口音濃重的英語說：「歡迎。」

走過門，蓋瑞神父走進一間小接待室，裡面充滿了不協調的家具，好幾幅裱了框的宗教相片，包括前五任教宗；還有一尊三呎高的馬利亞像立在台子上，放在通往卡米內神父的辦公室門口。兩扇窗戶由互不搭配的蕾絲窗簾覆蓋，看得出這間接待室原本是用來作爲其他用途。卡米內神父還沒有把聖誕節的飾品拿下來。一套大型的精緻耶穌誕生組由閃爍的燈光裝飾著，占據了一角。室內唯一的棲息生物是一隻滿大的虎斑貓，牠長了疥癬，不動如山地躺著，蜷曲在一張椅子上。卡米內神父說：「Malato（病了）」，指那隻貓。不是愛貓人的蓋瑞神父便保持一段距離。

「來，來。」卡米內神父示意，一邊帶他進辦公室，裡面同樣有著風格不一的調性。一張凌亂的大木桌占了大半的空間，褪色的緞花雙人座椅和幾張破舊的旋轉辦公椅，即是室內僅有的家具。牆上幾乎掛滿各式各樣的宗教物品（有些顯然是手工製品）和相片，是他在南美當傳教士的那些年所收集的。

卡米內神父在自己的書桌後面坐下，蓋瑞神父坐在對面。他將主教的信遞給卡米內神父，神父研讀著，用右手抹過兩頰，最後用拇指和食指捻著鬍鬚。「好，好，」他說。「這些主教終於開始懂了。」他用義大利文說道。兩人談了約莫半個鐘頭，蓋瑞神父又稍微談到自己。他聽得出來卡米內神父會講的英文不多，但不時會丟出一兩個英文單字。不過，更重要的是，他的英文聽力相當不錯，表示蓋瑞神父至少還可以自我表達。蓋瑞神父也嘗試說些義大利文，雖然時常犯錯，但他學到的已經足以進行基本的溝通。「Si, si, io capisco」是他經常倚賴的用語，發音裡有些小跳動，停止後又有個長長的花腔。「是，是，我懂。」

蓋瑞神父立刻喜歡上這位嘉布遣會士，覺得自己找對人了。他說話時總是注視蓋瑞神父的眼睛，而且眼神堅定，彷彿在尋找什麼東西，測試著。之後，蓋瑞神父便會學到，多數的驅魔師都會研究人的眼睛，因爲眼睛是「靈魂之窗」。其實，卡米內神父辨別附身的一個標準就是：受害人無法直視驅魔師的眼睛。

卡米內神父描述如何進行驅魔式——即平穩冷靜——爲蓋瑞神父留下極深刻的印象。

卡米內神父一度指著隸屬於辦公室的一個木板小隔間，比藏衣間大不了多少。「我在那裡面爲人祝福，」他說。蓋瑞神父想從自己坐的位子上看出些什麼，卻只看到幾張金屬椅子，此外什麼也沒有了。

卡米內神父在似乎感到滿意之後，爲這次的對話做了結束。「那好，」他說。「你何不明天下午五點再來，我們就從最難的案例開始。」

蓋瑞神父的實地勘察開始了。

註釋：

❶這棟建築物是拉特朗大殿（Lateran Palace）的一部分。十六世紀，教宗西斯篤五世（Sixtus V）修繕此地，將階梯移到目前的位置。訪客一進入建築物，立刻有三排階梯映入眼簾，中間那一排爲聖階。至聖所位於二樓，由一個大護柵和一間小禮拜堂保護著。

❷譯註：十二世紀的修士聖方濟倡導人過著仿效基督並合乎福音的簡樸生活，但到了十四世紀，其追隨者對於所奉行的條例已有鬆動，有一派主張回歸簡樸生活的天主教修士便稱爲嘉布遣會

士。

❸類似葡萄牙的法蒂瑪（Fatima，聖母顯靈地），默主哥耶也有六位村民聲稱，自一九八一年起每天都在山坡上見到聖母瑪利亞。天主教會尚未對這項聲明發表任何正式的說法，但該地已相當於其他聖母顯現地，成爲許多人主要的朝聖點。許多人聲稱他們的玫瑰念珠變成金色，或看過奇異的景象。一九九八年，蓋瑞神父與父母到默主哥耶一遊，看到太陽旋轉（當地常見的神蹟），不過，並沒發生其他類似的事蹟。

❹《Lumen Gentium》，No. 12，取自蓋布列爾・阿莫爾特，《驅魔師自述》，第一五七頁。

❺當教會位於納粹軍需品存放站的隔壁時，曾於一九四三年二次大戰中意外被同盟國轟炸。三千多位市民在這次攻擊中遇難。該教會的門廊也必須重建。

第八章
第一晚

人生之旅走到中途，我發現自己置身幽暗的樹林，
正確的路途迷失了。要講述那些樹木不容易——
如此狂暴糾結又野蠻，現在回想起來，
我感覺舊時的恐懼攪動著：死亡之苦約莫如斯。

——但丁，〈地獄〉

剩餘的下午，蓋瑞神父忍不住好奇自己隔天會在聖羅倫佐看到什麼。因爲卡米內神父沒有預告會發生什麼事，所以他想像最糟糕的畫面——就像達尼爾神父的經驗，女人的下巴脫臼，移到臉的另一邊。

他可以繼續認識的東西只有之前在達尼爾神父的MP3裡聽到的聲音檔，那是達尼爾神父與一位在聚會時大叫、中斷彌撒的女子對峙時的錄音。他以爲那女子可能被附身，就帶她和她的同伴到隔壁室內，設法使她平靜下來。當時，他打開錄音機。對蓋瑞神父而言，那聲音檔一點也不像女人的聲音。低沉、粗啞、發自喉嚨

——讓人想到受困的動物。「Devil dire di no!（你一定要拒絕！）」那聲音一次又一次尖叫，接著是聽起來不像人聲的嚎啕呻吟。「Devil dire di no!」那聲音再度咆哮，這次緊接著達尼爾神父的「Basta! In nome di Gesù Cristo ti ordino di smettere（夠了！奉耶穌基督的名，我命令你停止。）」

想到那個聲音，蓋瑞神父想像著，在那個小房間裡發現當場有一種單純的邪惡會是何種光景。達尼爾神父告訴他自己當時有多害怕。蓋瑞神父想像自己在達尼爾神父使用的房間內，仔細聽這充滿仇恨的辱罵，那個房間那麼小，他八成是在那個人上面。如果那個人發瘋，開始攻擊，那他一定首當其衝。

當天晚上，他在晚禱後又多花了幾分鐘求天主賜下力量，克服前方的各種未知數。

✝

星期一下午，蓋瑞神父再度站在特里通尼路的人群中等公車。他穿著黑色神職長袍，帶著一個小包包，裡面裝著他將在驅魔儀式中配戴的紫色領帶，還有紅色的《禮典》小書。那是他幾週前在協和大道上的一家書店買的。即使他的拉丁文都還給了老師，他還是打算無論如何都要跟著念。

坐在車上，隨著公車搖晃穿越狹窄的街道，他想知道這次的經驗將如何改變他。

他在傍晚五點左右抵達聖羅倫佐，太陽正好要下山了。提博提納大道上的交通十分擁擠，所有的橡膠輪胎駛過鵝卵石，發出高分貝的哀鳴聲，就像一群發怒的昆蟲，跟蹤他一路走向大教堂。

一小群人站在卡米內神父的辦公室緊閉的門外。他們代表的族群很廣——穿著保守的六十多歲老婦人；年近四十的男子；兩個穿著全新的耐吉運動鞋和時髦服裝的三十多歲年輕女子；還有一對看來約五十多歲的嚴肅夫婦。有些人在聊天，有個男人獨自站在一邊，雙臂在胸前緊緊交抱。

蓋瑞神父接近時，幾個人朝他的方向看，用可疑的眼光審視他。頭髮及肩的年輕金髮女子甚至拒絕看他。

他在他們中間找了個位子，想知道這些人會是誰。他尋找「創傷」或任何顯示他們正苦於魔鬼附身的跡象，卻什麼也沒找到。他聽達尼爾神父說，驅魔師有時候只做簡單的祝福。或許最嚴重的案例還沒有到。

幾分鐘後，門往內大開，看到了卡米內神父，他幾乎沒有瞄那群人一眼，就又拖著步伐進去。這群人一個一個都用客氣的態度魚貫進入，在等候室中各自找到位子，一邊脫下大衣和圍巾。卡米內神父的辦公室半掩著門，於是蓋瑞神父輕輕推開門入內，說：「Buona sera（晚安。）」卡米內神父回了禮，問他是否準備好了。

「Si（是的。）」蓋瑞神父回答。

「好。」卡米內神父說。「Allora cominciamo（那我們開始吧。）」蓋瑞神父脫下大衣，披上紫色領帶，走進辦公室旁的小房間，裡面有一張木製茶几放在門旁，還有四把金屬椅子，兩把靠在牆上，兩把堆在角落。蓋瑞神父想盡量讓自己不引人注目最好，於是便在角落的一個位子坐下，但距離其他兩把椅子仍然只有幾呎。這個房間從裡面看似乎更小了，而且是個奇怪的驅魔場地。就像多數的歐洲房間，室內的天花板非常高。牆面較高處有裸露的水管交叉排列，較低處鋪有約六呎高的仿木鑲板。每面牆上都有某種聖像的形式——一面牆上是裱框的比奧神父❶（Padre Pio）畫像，以及描繪馬利亞和幼兒耶穌的手織壁毯，另一面牆是裝在玻璃內的紫色領帶（隸屬於康棣多神父），還有耶穌帶著荊棘茨冠的黑白畫像在兩張空椅子的正上方。緊接在他右邊的是室內唯一的窗戶，如果他踮起腳尖還碰得到，但那扇窗已緊閉上門。

從他的座位上望去，他看得到門邊茶几上的小木盒裡裝的東西：聖方濟（Saint Francis）的畫像、玫瑰經、各種獎章、廚房紙巾、木製的十字架、裝聖水的塑膠擠瓶——基本上，就是卡米內神父從事這一行的工具。

等候時，蓋瑞神父瞥向靠牆的那兩把椅子。就在椅背的正上方，一塊木鑲板已被磨掉，牆上刮痕斑斑，彷彿有人（或什麼東西）曾經在上面抓過。

幾秒鐘後，如今已披上紫色領帶的卡米內神父走進室內，手裡拿著塑膠購物袋，掛在門把後面。他見一切就緒，便滿意地側身走向外面的等候室。

蓋瑞神父瞄了袋子一眼，不曉得爲什麼會有此需要。過了幾秒，卡米內神父帶著那位近四十歲的男子回來，男子穿著V領毛衣和翻領襯衫。

蓋瑞神父看得出男子因自己在場而感到不安，於是便設法讓他放寬心。「哈囉，」他說著便伸出手來。「我是蓋瑞・湯瑪斯。我來自加州。」

男子微笑著與蓋瑞神父握手。「喔，加州！È un piacere（很高興認識你。）」

男子坐下，卡米內神父直接站在他前面。蓋瑞神父對男子的誠懇感到不解，便跟著坐下，同時打開《禮典》。

「In nómine Patris et Fílii et Spíritus Sancti（奉父、子、聖神的名，）」卡米內神父從塑膠擠瓶中用幾滴聖水爲男子祝福時說道。緊接著，他將手放在男子的頭上，立刻開始憑記憶用《禮典》中的反對祈禱文祈禱，並跳過一大段蓋瑞神父攤開放在膝頭上的書裡的內容。「Deus, humáni géneris cónditor atque defénsor（天主，人類的創造主與防禦者，）」卡米內神父開始說，「垂顧你的這位僕人，這僕人是你照自己的形象所造，現在呼求要與你的榮耀有份。」卡米內神父用平穩、甚至溫和的語調說，拉丁文中融入安靜的聲響。

祈禱時，他偶爾會轉向蓋瑞神父，指著《禮典》中的一處，蓋瑞神父盡力跟上，不過也會因嘗試評估男子的反應而分心。

起初，男子直挺挺坐著，在卡米內神父念誦祈禱文時緊閉著眼睛。然而，幾分鐘後，他開始咳嗽——剛開始很輕微，但接下來咳嗽的程度卻愈來愈嚴重。他的頭開始從一邊轉到另一邊，彷彿想避開卡米內神父的手。接著他開始想把卡米內神父推開——力道不大，卻好像是醉了，無法完全控制動作的技能。

同時，卡米內神父用閒置的手擋開男子揮舞的手臂。他繼續用《禮典》祈禱，沒有跳過任何片段，時而強調祈禱文中的字詞。當他吟誦「Ipse Christus tibi imperat（耶穌基督命令你）」時，imperat（命令）一詞說得比較大聲，但還不至於吼叫。

蓋瑞神父觀察時，默聲祈禱了幾次聖母頌和主禱文。

男子的咳嗽愈來愈劇烈，最後他短促頻繁地乾咳，彷彿有東西卡在喉嚨。卡米內神父接著用閒置的手用力推男子的胸骨，讓他發出打嗝的聲音。對蓋瑞神父而言，那聽起來比較像是放氣，而不像是食物造成的打嗝：「呃——嗝——。」

男子繼續打嗝了幾分鐘，然後突然站起來，眼睛緊緊閉著，一邊推開卡米內神父，走向門邊。

卡米內神父立刻將他轉身一推，熟練地將他噗通推回椅子上。他繼續用《禮典》祈禱幾分鐘，最後驟然停下，用食指輕拍男子的額頭，同時將他的頭髮撥亂，一副老大哥戲弄弟弟的樣子。

他一邊做，男子不再坐立不安，也張開了眼睛。他坐著片刻，揉揉眼睛，又做了幾個深呼吸。

「Come stai, giovanotto（還好嗎，年輕人？）」卡米內神父問他，一邊拍他的肩膀。

如今已完全恢復意識的男子抬頭看著他，點了點頭。「Bene（還好。）」他答道。

蓋瑞神父花了好些時候才發現驅魔結束了。從開始到結束，整個過程只持續了大約二十分鐘。

卡米內神父引導男子走出去，到他的辦公室，蓋瑞神父則繼續留在房間裡。這次的驅魔當然不如他所預期。驅魔課裡講的徵兆和達尼爾神父描述的戲劇性反應，他一個也沒看到。那傢伙只是咳嗽和打嗝而已。蓋瑞神父不願意承認，但是他的確感到掃興。

接下來，一位穿著保守、五十多歲的金髮婦人進來，由穿著微皺西裝的丈夫陪同。蓋瑞神父再次自我介紹，再坐回角落的位子上。卡米內神父用義大利文問婦人幾個問題，蓋瑞神父零星聽到類似「無法領聖餐」的話。她哭了起來，卡米內神父安慰她：「No, no, non ti devi preoccupare（沒關係，沒關係，不用擔心。）」

蓋瑞神父注意到卡米內神父爲婦人和她的丈夫祝福，他覺得這是很感人的舉動。他心想，這不只是那婦人的事，同時領會這個舉動在牧養上的重要性，內心暗自記得將來有機會進行驅魔時，也要做相同的事。

和之前一樣，卡米內神父將手放在婦人的頭上，藉此呼求聖神，然後直接跳過《禮典》，開始念驅魔的祈禱文。這一次，婦人完全僵硬，連一塊肌肉也沒有動一下。

驅魔進行到中途，卡米內神父辦公室裡的電話響了，讓蓋瑞神父驚訝的是，卡米內神父竟然打斷驅魔，走出去接電話。他離開時，婦人維持在原地，但那股僵硬似乎離開她了。她對卡米內神父接電話之事似乎不以為忤，蓋瑞神父不知道師父究竟是否認眞看待這婦人的處境。

幾分鐘後，卡米內神父又走進來，從中斷的地方繼續。一旦他開始祈禱，婦人馬上又僵硬起來。這次驅魔又進行了十五分鐘。

之後，卡米內神父爲這對夫婦帶來的六罐瓶裝水祝福，用手劃出十字架圖形。他們走出去時，卡米內神父或許也感應到蓋瑞神父的困惑，覺得有必要解釋，便說：「Lei è posseduta da un demone muto，」他掙扎著找不到正確的英文辭彙。「不會講話，」他說。「很厲害的魔鬼。」

「沉默鬼嗎？」蓋瑞神父問道。卡米內神父點點頭。

蓋瑞神父在課堂上聽過沉默鬼。達尼爾神父對這種鬼也另眼相待。不過，他想知道驅魔師如何分辨一個人眞的被這種魔鬼附身了。他還來不及向卡米內神父繼續發問，神父便領進一對四十多歲的夫婦。這次的驅魔持續了約十分鐘，唯一値得注意的反應是那男人不斷打呵欠。和前兩個案例一樣，卡米內神父用食指輕拍男子的額頭，蓋瑞神父認爲這就代表驅魔結束了。

第四個人又是一位婦女，她將近六十歲，有鬈鬈的紅色短髮，看得出已日益稀疏。她和丈夫及一名看似孫子的十歲男孩一同進來。衆人坐了下來，卡米內神父開始逗那男孩，問起學校的事，又提醒他要乖。蓋瑞神父看得出卡米內神父幾乎要變成教區神父了——問候人，又聆聽他們的問題。幾分鐘後，卡米內神父爲這家人祝福，用聖水灑在他們身上，然後男孩和丈夫就離開了。只剩下婦人，卡米內神父問她還好嗎？「頭痛。」她抱著頭，用義大利文回答。她的聲音哽咽起來，用手帕擦拭著眼淚。「嚴重，嚴重。」她說。卡米內神父點點頭。

婦人低頭坐著，手放在膝頭上，卡米內神父用《禮典》爲她祈禱。眼淚繼續流過她的臉頰，她不時露出奇怪的表情，一些痛苦的短促叫聲從她緊閉的口中發出，彷彿是胃抽筋。

這個案例結束後，卡米內神父休息十分鐘，和蓋瑞神父在辦公室裡坐下。之前，蓋瑞神父就決定不要多問，也不要在驅魔期間擾亂卡米內神父的步調。他和卡米內神父還沒那麼熟，想先留下好印象，才能繼續回來實習。不過現在既然他們暫停下來，他就忍不住了。「您怎麼知道這些人被附身了？」

卡米內神父很快解釋自己的「辨別技術」——他用一些小「徵兆」來注意事態。他說，這些人多半已經到過好幾家醫院，也看過無數個醫生，卻都毫無起色。「最後這位婦人，」他說，「有嚴重的頭痛，怎麼看都好不了。頭痛把她完全塞住了。無論她吃多少阿司匹靈都沒有用。這樣你懂嗎？」

「Sì, sì（懂，懂。）」蓋瑞神父同意，卻還是難以拿捏該如何才能百分百確認。

課堂上強調驅魔師一開始應該抱持懷疑的態度，而他又信任卡米內神父知道自己在做什麼，所以那些「徵兆」在蓋瑞神父看來，不像卡米內神父馬上看得一清二楚，讓蓋瑞神父有點煩惱。

六點四十五分時，他們稍微休息，到大教堂做晚禱。約有十五個人，包括其他兩位修士，擠進聖器收藏室外的聖塔爾奇西奧小教堂（Cappella di San Tarcisio）。在那些祈禱的人群中，蓋瑞神父認出剛才在卡米內神父辦公室裡見過的一些人。顯然他必須重新思考被附身是什麼意思這個概念。魔鬼不是應該阻止人敬拜神嗎？答案了。

他們回到卡米內神父的辦公室繼續驅魔。沒有一個反應大過於咳嗽和呵欠的。一個女人咳得很厲害，咳出了泡沫。卡米內神父給她一張廚房紙巾擦嘴巴，然後丟進他放在門把上的塑膠袋裡。至少，就袋子有什麼作用這個問題，蓋瑞神父得到答案了。

傍晚接近尾聲，蓋瑞神父看得出這麼多次操勞的驅魔，已經開始影響卡米內神父。他全身濕透，雙腳因站立好幾個鐘頭而疼痛，所以不停換腳，祈禱時又把左手勾在長袍背後的皮帶上。蓋瑞神父知道他一定精疲力竭了。

終於，在八點鐘，卡米內神父轉向蓋瑞神父，用沉重的聲音說：「我們結束了。」

他看得出卡米內神父累壞了；但他仍忍不住。「Un momento（等一下。）」他對卡米內神父說。「Una domanda（可以問個問題嗎？）」

卡米內神父轉身看著他，眼皮沉重得快閉上了。

「明天下午三點半再來，」他點頭說道。「那時候我們可以聊聊。」

蓋瑞神父走出來時，街道上幾乎空無一人了。他快步走向提博提納大道對面的公車站，少數幾盞陳舊的街燈發出陰暗的微光照在他身上。一上公車，他發現這個晚上非但沒有提供解答，反而引發了更多疑慮。這些人當然顯出受到攪擾的樣子，但起因是否爲魔鬼，他卻說不上來。沒有人露出被魔鬼附身的典型徵兆。他知道義大利已經將醫藥社交化，全國人口又有百分之八十三是天主教徒——或許大家來看神父還比看諮商師容易，他這麼假定。而且正與魔鬼爭戰的神父難道不該讓答錄機來接電話嗎？

他必須信任卡米內神父有經驗可以診斷這些人；畢竟，他已經是擁有十八年以上資歷的驅魔師了。不過，這些經驗還是讓蓋瑞神父有點煩。他對於沒有找到自己尋求的絕對證據而感到失望。

註釋：

❶一八八七年出生於義大利南方的皮耶垂西納（Pietrelcina），比奧神父在十六歲成爲嘉布遣會士，一九一〇年晉鐸爲神父。一九二〇年，比奧神父據稱於跪在十字架前禱告時領受五傷的聖痕。傷口流的血帶有特殊的花香味，當他於一九六八年死時，傷口奇蹟似的癒合，沒有留下一絲痕

跡。據說對於向他懺悔的人，比奧神父也有讀心術，另外還有無數的奇蹟——如同時在兩地現身——也歸在他身上。比奧神父用來遮掩五傷的手套據稱有神蹟般的療效。他的一生中，據說不只一次與用各種形式向他顯現的惡魔爭戰——包括一隻從口中冒出翻騰濃煙的「怪獸犬」，目的是要折磨他。

第九章 辨別力

每個人身旁都有兩名天使，一個是聖潔的天使，另一個是乖謬的天使……那麼，喔主，既然這兩個都住在我裡面，那我該如何辨別他們的作為呢？

——赫馬（Hermas），《神牧啓示錄》（The Shepherd，又譯《黑馬牧人書》）

一月中，在蓋瑞神父尚未開始參與第一次驅魔前，北美學院四十七歲的教牧養成主任史帝夫．畢格勒神父（Father Steve Bigler）就請他對神學生講解辨別力。畢格勒神父自己還不是驅魔師，只在前一年修過驅魔課程，想讓自己的學生有更多實際接觸的機會。他想到蓋瑞神父，那是前一年秋天在北美學院和他相處過一段時間而相識的。

驅魔術中最讓蓋瑞神父膽戰心驚的概念就是辨別力——他有可能會搞錯。他知道有幾種心理疾病可能會僞裝成魔鬼附身。在患有嚴重心理疾病的人身上執行驅魔，最有可能傷害他們，將他們「釘」在這種狀態裡❶。對於做出任何可能使現況惡化而讓人痛苦加劇的事，他都十分警覺。

畢格勒神父和他聯絡時，蓋瑞神父立刻就喜歡上這個把自己的知識傳授給神學生的主意。其實，早先開始埋頭吸收課程資料時，他就發現自己可能永遠也無法被呼召去實際執行驅魔，但他仍然可以成為教區裡的參謀，協助有問題的神父。他看過一些神父在不熟悉的狀況下會有多麼麻木不仁，拒絕在一些問題（如憂鬱）上尋求安慰的人。

星期六下午，他在北美學院最小的集會室裡演講，神學生們圍著馬蹄形的桌子而坐。這場演說是自由參加，所以只有八個神學生出現，還有兩位靈性主任及靈性培養主任麥克．湯馬塞可神父（Father Mike Tomaseck）。大家都覺得這個主題讓人想一探究竟。

蓋瑞神父將講題的重點放在教會對於惡魔的教導上。為了幫助神學生知道辨別力這個概念，他發了一張清單，列出一連串他們可能會問自稱被附身者的問題，又告訴他們「這些只是發人深省的問題」。

問題的範圍從明顯（請描述使你相信自己被邪靈影響的經驗）到較不明顯（你會怎麼描述你個人的自律能力？）都有。在那一頁的底端，蓋瑞神父寫了一個小小的「尾註」，解釋這些問題如何從課程的資料衍生而來，在他看來，又何以「這些課堂有許多上過的部分不能具體應用在魔鬼附身上，而是用在導致魔鬼附身的經驗或其他種類的攪擾或彰顯上」。

之後，儘管出席的人數少，但是他很滿意自己的演講。他主要的目標是「在神學生的牧養袋中給他們一些裝備」，可以幫助他們「事奉及服務人群，而不是對人們說他們瘋了」。從這個課程中，他隨口說出「驅魔師必須抱持極度的懷疑」，從此這句話便不離他的口。

✞

採用這種謹愼的手法時，蓋瑞神父依循一般人認定的規章。這些在《禮典》中設定的方針，清楚陳述「驅魔師不該貿然進行驅魔術，除非他在道義的定見中發現即將驅魔的對象確實被魔鬼的權勢所附著」❷。爲了做到這一點，驅魔師「尤其必須採取必要且極端的愼重與謹愼……他絕不該完全不相信被疾病（特別是心理疾病）所擾的人是被魔鬼附身的受害者，也不該在有人聲稱自己被惡魔以特殊方式試探而遭到遺棄或折磨時，便立即相信有附身的存在，因爲人可能被自己的想像力所欺騙」❸。

辨別神恩遠遠超乎受過教育後的猜測，也不可與「直覺」混淆。而是根據西西里的驅魔師馬帝歐・拉谷阿神父（Father Matteo la Grua）所言，辨別力是天主給有信心者的恩賜之一，就像從天主而來的「聖光」❹，允許接受的人「看見天主如何存在於萬物」。聖經將辨別力列爲九種屬靈的形式（或聖神的果子❺）之一，由保祿提出（〈格林多前書〉第十二章第八至十節）。

辨別諸靈的操練在基督傳統中有一段很長的歷史。對神祕主義者如羅耀拉的聖依納爵（Saint Ignatius of Loyola）而言，那是一種了解靈魂推動力的方式，他聲稱，這若不是被好的天使影響（善良的天使但願靈魂充滿「信、望、愛，及所有內在的喜樂，他們邀請屬天的事物，也被屬天的事物所吸引」），就是被魔鬼所影響（魔鬼會用罪和絕望盡力阻撓我們的靈命成長）。道理聽起來可能很簡單，其實不然，因爲魔鬼在狡猾中會時常僞裝攻擊，有時甚至以「光明天使」的樣貌出現❻。聖依納爵說，分辨這兩者最好的方式是看行爲最後的結果。如果訊息將導致自私、仇恨、暴力等，那麼源頭就是撒但，然而如果最後的結果是好的，則源頭就是天主。

《禮典》提出三個表示有魔鬼存在的徵兆：異常的力氣、能說或聽懂原先不會的語言、知曉隱藏的事物。然而即使這些條件都具備了，《禮典》仍告誡驅魔師程序上的問題。「這些徵兆可提供一些跡象，但因爲不一定（是由惡魔引起），所以仍須留意其他因素，尤其在道德及屬靈的範圍裡，可能就是證明邪靈入侵的另一種方式。」❼其中最常見的是厭惡神聖的事物——例如無法祈禱或說出耶穌或馬利亞的名字、望彌撒，或領聖餐。當兩者（三個徵兆和厭惡神聖）結合時，驅魔師便可懷疑自己正在處理魔鬼附身的問題。

人們尋求驅魔師救助有幾種原因❽。當事人（或認識當事人的某個人）只是把各種問題歸咎於惡魔的干預。「人們來的時候，有很多很多人會說：『神父，我裡面有魔鬼，幫我驅魔！』通常他們根本不需要驅魔。」卡米內神父說。「大致說來，他們都是有點失衡的人，也可能是被什麼書或電影嚇到了。這是需要非常小心處理的問題。你必須揭露而不論斷。」

驅魔師說，到目前爲止，絕大多數來找他們的都是這類型的人，而且他們花很多時間說服別人說自己沒有錯。很不幸，這種事總是不容易。有些人立意良好卻過度熱心，說服別人說他們被附身了，但其實並不然，反而因此造成傷害，許多驅魔師也爲此感到惋惜。中西部有個居民去見主教轄區的驅魔師，聲言女兒的問題是由邪靈所造成。她已經去看過通靈師，而通靈師告訴她，她女兒的確是受到詛咒折磨，可以花一千美元消除。一聽說主教轄區內有位驅魔師，她便馬上帶著女兒來見神父。經過初步訪談，驅魔師發現他們家族有心理疾病史，便建議那位婦女帶女兒去看精神科醫師，又告訴她，她的女兒受惡魔攻擊折磨的可能性極低。不過那位母親根本不聽，又回去找通靈師，付錢消除詛咒。

無數的心理疾病也可能被誤認爲是魔鬼附身。基於這個原因，驅魔師就該堅持在進行驅魔之前，要有完整的精神病理評估。若當事人已經看過好幾名醫生，卻都沒有起色，則驅魔師可以合理懷疑有魔鬼附身，因爲醫療介入已宣告失敗，因此驅魔便顯得勢在必行。不過，典型而言，驅魔師會有一個團隊（心理醫師、心理學家，或許還有神經學家各一名），他相信這些人能幫助他辨別。然而，不是任何心理醫師都能勝任，醫學或心理病學專家只有在對魔鬼附身或著魔的可能性保持開放時，才有可能合作。天主教徒（或基督徒）會更有利。

理查・蓋勒格醫師（Dr. Richard Gallagher）是紐約地區的學院派心理醫師，已經在辨別的過程中與驅魔師合作了一段時間。他是虔誠的天主教徒，相信魔鬼附身，但這並不表示他只會訴諸這種東西。「心理醫師的角色是先確定這些現象沒有自然的解釋，然後才跳到異自然或超自然的解釋。有很多人因爲生命中的一兩個原因而成爲精神病患；他們會有妄想，也大有可能產生幻覺，就很容易認爲天主、魔鬼、靈體、外星人在與他們溝通，而他們也眞的相信。」

十五年來，蓋勒格醫師已經指認出若干案例，他聲稱那些案例已經顯示出魔鬼附身的明顯徵兆。其中一個案例是一名著魔的千里眼病患。一天晚上，蓋勒格醫師與太太在家中，他的貓兒們突然抓狂，開始彼此撕扯。隔天，他去看那名病患時，她問蓋勒格醫師是否喜歡她前一晚在那些貓身上開的玩笑。

「我是有經驗的心理醫師，」蓋勒格醫師說。「自然看過多重人格違常，但是這些案例絕對不包括超自然的範疇。」蓋勒格醫師聲稱，魔鬼附身的案例反而比涉及心理疾病的病例更加直接。例如，一個患有「嚴重人格違常」且一直認爲自己裡面有邪魔的人，通常不會在診療後完全變了聲音，或是有完全失憶的經驗，他說道。「其實，完全附身的症狀是有跡可循的，被附身的人絕對不會記得魔鬼在驅魔過程中所說的話。」如果只是過度活躍的幻想，根據蓋勒格醫師的看法，有經驗的心理醫師應該能看出其中的差異。「如果有超自然的狀況，不可能還相信那件事沒有蹊蹺。即使不相信有惡魔，也必須說現場一定有某種超自然的存在。」

人們也會因爲渴望得到注意（裝瘋賣傻）而來看驅魔師，這一類也叫假附身。驅魔師說假附身和眞案例的差別相當明顯。裝瘋賣傻的人通常用最庸俗膚淺的方式描繪邪靈，而眞正的附身中，邪靈會符合新約聖經所描寫的惡魔行徑❾。

有些驅魔師也會設計一些小手段來幫忙挑出假附身，驅魔師會用普通的水而非聖水，甚至從一段文字中念拉丁散文而不是念誦祈禱文，看當事人是否有反應。既然在這兩種狀況下，魔鬼都不應該回應，因爲不是神聖的物品，所以如果當事人說出類似「那水燙得我好痛！」那麼驅魔師就知道附身是騙人的。

驅魔師說，只有在極端罕見的例子中，人才會遭受某種形式的邪魔攻擊。

✞

「驅魔師首先必須要做的，」卡米內神父說，「就是聆聽當事人說話。」當事人幾乎一定會遭受某種程度的沉重罪惡感或絕望，所以有必要「安慰當事人，讓他開心，這只要給一些關於信心的訓誡就行了」。

第一次訪談中，神父通常會問及受害人的生活，他們的問題又是從何時開始的。如果回答是當事人正涉足邪教或找過法師或解牌師，驅魔師就可能懷疑是附身。

任何生理上的症狀都要小心檢查。「我可以從讓我懷疑的一些特定行爲中得到結論，」卡米內神父解釋。「例如，當有人不想進我的辦公室，當他們有仇恨的表情，或者當他們不看我的臉時——一些很細微的態度，都會因爲經驗而讓我想到：糟了，糟了，糟了……」

人們通常不會把自己的問題歸咎於魔鬼，而是幾乎會先去看好幾個醫生，再帶著不同的診斷結果離開。不過，他們最後經常會在朋友或心愛的人催促下，來到驅魔師的門口。「這是眞附身的一種特性。大家通常鮮少認爲自己會被附身，而是把問題歸咎於其他原因。」巴蒙特神父聲稱。

兩個常被邪惡勢力影響的部位是頭和胃部，導致劇烈的疼痛，伴隨著想嘔吐的感覺。受害者也可能在身體的其他部位感到強烈的疼痛，如腎臟或關節。接著疼痛會轉移，或許是在隔天影響他們的手臂或頸部。醫藥完全派不上用場。據阿莫爾特神父說，「決定惡魔附身的因素之一就是藥石罔效，而祝福的效果卻無比驚人。」❿當事人也可能歷經暫時性的痲木或過度落髮。

除了生理症狀之外，任何類型的怪異現象都可能隨著附身而來。受害者不只極端厭惡神聖的物品，也可能有恐怖的夢魘。「噩夢恐怖得讓他們不敢睡覺。」卡米內神父說。聽到聲音或看見畫面，或迫切想做出恐怖的行爲如殺人或自殺等，都是常見的折磨。他們也可能有突然的情緒變化，並常感到深切的沮喪。他們相信自己可以感知人裡面的邪惡或知道其他人的罪過。

惡臭的存在是另一個指標，包括硫磺味漸漸充滿室內。在一次驅魔中，當時卡米內神父仍在實習階段，一陣腐臭的垃圾味撲鼻而來，使他不得不離開驅魔室。另有一個指標是室內的氣溫驟降。

訪談中，如果驅魔師懷疑有些不對勁，就可能會做個簡單的祝福，例如：「讓我們祈禱聖神能降臨在我們身上，引導我們通過整個過程。」巴蒙特神父喜歡請當事人讚美耶穌基督。「讓我們屈膝讚美耶穌基督或聖母的榮耀」。他說：如果在場有魔鬼，幾乎都會拒絕照辦。驅魔師傾聽受害者的現身說法時，也可以私下在心中默禱。

有一次，南倪神父爲了判定一個女孩是否被附身，便用法文在心裡祈禱。即使女孩坐在離他約十呎遠之處，而且背對著他，但是他一祈禱，她的頭便猛轉過來，眼睛往上吊，只露出眼白。她直視著他，用義大利文嘲諷道：「你用那個語言祈禱也沒用，因爲我們什麼語言都知道。」

連同其他症狀，如果驅魔師在訪談的過程中，看到對祝福或默禱有負面的反應，他通常就有足夠的附身證據，可以開始進行驅魔。

因爲有些魔鬼比其他魔鬼頑強，代表他們可以抗拒簡單的祈禱文，因此有些驅魔師表示，讓魔鬼現形的唯一方法就是執行驅魔。然而，因爲驅魔給人負面的聯想，所以驅魔師對使用驅魔術本身作爲診斷工具，也多半蹙眉表示不贊成。「那不是《禮典》的目的，」戴爾敏神父說。「多數的魔鬼只要用簡單的祈禱文就會彰顯。不必要祈禱一整本《禮典》。」[11]

在最困難的案例中，驅魔師說，當事人可能遭受心理疾病及魔鬼附身的雙重折磨，甚或魔鬼也可能製造類似心理疾病的症狀，來掩飾自己的存在。這種現象在著魔的案例中尤爲眞實，因爲著魔就是魔鬼攻擊受害人的心思所致。巴蒙特神父寫道：「有的案例是〔著魔〕有絕對的病理根源；有的案例則是起源就歸因於魔鬼的異常行動；但還有的案例是魔鬼的異常行動會擴大，小小的著魔念頭或強迫式行爲在不正常的舉止下，如果偶爾發作、快速過去，更重要的是可以控制，則都還算正常；但如果突然間變得很猛烈、持久並繼續同樣的行爲，則會嚴重影響當事人的精神狀態。」⓬

驅魔師說，一個很好的經驗法則是：如果起因是自然形成的，則病患的狀況不會因祈禱而有重大改善。但如果起因是魔鬼形成的，則當事人的狀況應該在施行驅魔後即可改善。因爲自然與惡魔的成因之間有極微妙的差異，所以多數的驅魔師都會繼續讓受害人尋求醫師的協助，即使執行過驅魔也不例外。

✞

當然，對許多人而言，魔鬼附身的概念簡直是極其荒謬。因此一大群心理疾病以及其他「自然」的心理動機，包括「目標導向行爲」，反而都被用來解釋病症。典型的**精神分裂症**（schizophrenia）都與聽到聲音有關，有時伴隨著幻覺和偏執妄想症，有時人們會想像家裡的電視在對他們說話，或幽浮對他們發射信號。在嚴苛的宗教環境中成長的人，可能會輕易地將這些「聲音」視爲魔鬼的特徵。

類似的情形在人們遭受**身體化症**（somatization disorder，以往常稱爲歇斯底里症）時，也會出現各種典型的生理疾病——如噁心、消沉、甚至喪失聽力——卻查不出生理上的病因。潛意識能說服大腦意識說有某種殘疾，但實際上卻沒有。

有**躁鬱症**（bipolar disease）的人也可能遭受偏執妄想症，或者心情也可能波動，有時是劇烈的波動。

有**強迫症**（obsessive compulsive disorder，簡稱ＯＣＤ）的人可能覺得受到兩件事折磨：妄想的念頭，或驅使他們用自己所知的非理性方式做出強迫的行爲。

在希臘文裡意指「抓住而獲得」的**癲癇症**（epilepsy），在歷史上向來使人聯想到心靈著魔[13]，**妥瑞氏症**（Gilles de la Tourette's syndrome）亦然，這種疾病的特徵是無法控制的痙攣、動作或言詞，現在我們知道它是由不正常的腦電波活動所造成的神經失調。同樣地，一般人也認爲**偏頭痛**（migraines）是一些幻象及幻聽的原因，這些幻覺在過去可能使人誤認爲是附身或榮福直觀（beatific vision）。

解離症（disassociation）或許是人覺得被附身的最常見方式。簡單說來，解離症是指由「通常應該統合的心理程序缺乏統合」而衍生出的各種行爲[14]。這些行爲可從開車時「走神」到感覺置身於肉體之外（如靈魂出竅）的經驗，範圍無所不包。

「基本上，這眞正牽涉到的是我們的意識經驗就是建構的行動。」心理學教授及西蒙菲莎大學（Simon Fraser University）腦行爲實驗室成員巴瑞・拜爾斯坦博士（Dr. Barry L. Beyerstein）說。「它不會無端發生。我們的知覺程序會掃描周圍的世界，爲了明白這個世界，大腦必須將它同化成現實的模型。我們長大後，變得十分擅長這種事，甚至沒有發現自己正在建構這東西，因爲這眞的是大腦的狀態，我們試圖把存在感組合起來，放在三度空間的世界裡。」

當這種「系統」崩潰時，問題就出現了。「平常根本看不出來，因爲每一件事都和其他事情攪在一起，但三不五時（由於一些事情，如怪異的偏頭痛或耗損枯竭或像精神分裂等心理疾病），腦部製造一貫的世界模型的能力就可能會中斷。當這種現象發生時，大家通常會很容易感覺到似乎有怪事發生了，就是一定有某種外來的實體篡奪了他們的思想或行爲控制力。」拜爾斯坦博士說，這個議題的中心就是：我們多數人都低估了人的行爲有多麼仰賴這些「無意識的機制」[15]。

原籍加拿大卑詩省溫哥華的拜爾斯坦博士，於一九六〇年代晚期在加州柏克萊大學獲實驗及生物心理學博士學位。「神經科學是研究大腦的生理、解剖、化學，和電流生理學，（這個領域的研究）有點像是研究神經科學與心理學的介面」，然後應用在發現大腦如何製造意識上。拜爾斯坦博士也是懷疑探究委員會（Committee for Skeptical Inquiry，簡稱ＣＳＩ）的成員之一[16]，該委員會是爲了拆穿超自然現象（第六感、幽浮、鬼怪、靈異附身）的說法而創立的懷疑智囊團。

「我還沒有見過任何東西與四平八穩的科學律則相矛盾，或者削弱我用自己鍾愛的方式來了解我認爲心思相當於大腦狀態的這個信念。」他帶著自然的輕笑聲說。然而，拜爾斯坦博士也很快指出，這並不是否定這些經驗的眞實度。「我們不是說人沒有這些經驗，只是證據的責任在主張者身上，他們應該要有不能以普通方式解釋的證據。」

多數科學家認爲解離性身分症（Dissociative Identity Disorder，簡稱ＤＩＤ）——即以往所謂的多重人格症——爲魔鬼附身提供了最佳解釋。解離性身分症的特徵，是個人宣稱有一個或多個「分身」在控制其行爲，有容易辨別的聲音和不同的名字、人格特質、甚至筆跡。當事人意識中的記憶和其他方面，據說會在不由自主出現的不同人格中分裂。然而，這種疾病相當具爭議性，精神治療師對於該如何診治也產生歧見。

解離性身分症可用兩種方式診斷出來。其中一種已經成爲衆所周知的傳統疾病觀，即是將解離性身分症理論化，成爲「一種病原清楚分明的狀況，最好的說明就是對兒時創傷（尤其是性侵害及虐待）的防禦性回應」[17]。

另一種手法是衆所周知的社會認知模型，「將解離性身分症視爲一種綜合症狀，包含受規則掌管以及目標導向的行爲，表現出在社會的強化下，已經創造、合法、維護的多重角色。」[18]換句話說，人們演得好像他們裡面有不同的人格似的。「我想最講求認知的科學家會告訴你，人其實不能用分離的資訊處理流程、分離的記憶來安置不同的人格。」做過大量的解離症及催眠狀態研究的紐約州立大學賓漢頓分校教授史帝文・傑・林博士（Dr. Steven Jay Lynn）說。「確切地說，人們是這樣看待自己，他們經常是透過自己閱讀、學習過的東西，或是因爲他們的治療師這麼建議（可能是透過非常明確的催眠或引導問題，或是含蓄的暗示），使自我的感知分裂，而這其實是由這些文化的力量所形塑創造出來的。」根據擁護這種觀點的人所言，媒體和患者所處的社會文化習俗在很大幅度也扮演重要的角色，使得這種狀況更加鞏固不變[19]。

驅魔的社會認知觀中最相關的層面之一，就是「角色扮演」，驅魔師或被附身者經由長期參與不同的儀式而學會啓動經驗。人類學家就看過這種大量的證據。例如在波多黎各，靈媒（espiritistas）在兒童時期便已選定，且經常與一位經驗較豐富的治療師見習[20]。這些經驗教導他們各種附身之靈的行爲[21]。《多重人格與錯誤記憶：社會認知觀點》（Multiple Identities and False Memories: A Sociocognitive Perspective）的作者尼可拉斯・史班諾（Nicholas Spanos）提供若干社會議題，有助於解釋靈體附身之信仰何以能持續這麼多年。「這個概念在文化上爲各種生理失調以及難以理解的反常現象，提供了一貫的解釋。當角色與驅魔的程序結合時，就提供一種讓異常現象重新整合至整體的方式，作爲人格異常的策略，並且在無數方面鞏固整體的宗教與道德價值。」[22]在特定的情境下，魔鬼附身也可能給邊緣化的個人一種改善社會地位的手段。例如，人類學家就曾記錄在非洲東部的特定部落中，女性會使用附身作爲增加力量的方式[23]。

視受害人所接收的社會指示而定，魔鬼附身的本性中的「目標導向」，也可能在不同的社會脈絡中改變。根據史班諾的說法，（對魔鬼說話的）天主教驅魔會「製造強烈的暗示，讓魔鬼自行扮演，作爲魔鬼一角的核心成分」[24]。另一個例子是當驅魔師向人潑灑聖水時，當事人大喊皮膚在燃燒。

根據葛摩拉佐神父的說法，一般人公認驅魔祈禱文本身具有高度的暗示性。要看到神父使用十字架，說「惡毒的蛇，我命令你離開！」與和藹可親的人出現像蛇起伏的動作之間的關聯並不難。無數的研究皆已顯示：藉由暗示的方法，可使人確信自己經歷過未曾發生的事。義大利就進行過一次這樣的研究，使人們誤信自己曾目睹魔鬼附身或參與過驅魔[25]。

喬蓮娜・馬佐尼博士（Dr. Giuliana A. L. Mazzoni）是英國赫爾大學（University of Hull）的心理學教授，她曾於一九九〇年代末期進行一項研究，研究記憶與暗示性如何扮演重要的角色，塑造人的信念，甚至連一般人認爲「難以置信」的信念也不例外。在這個以大學生爲對象的實驗中，馬佐尼博士與研究同僚提出「三步驟模式」，用來形成錯誤的記憶：「首先，事件本身必須看似合乎情理。其次，個人必須取得自傳式的信念，相信這件事可能在他們身上發生過。第三，個人必須將他們對該事件的思維和幻想詮釋爲記憶。」爲了做到這一點，她和研究團隊指導人們閱讀一些關於附身實況及其頻繁程度的文章。接著，他們問測試者一連串關於他們恐懼的問題，研究人員有目的地將這些恐懼「詮釋」爲測試者目睹附身的證據。接著，在最後一個階段，參與者評量目睹附身的可信度，陳述自己是否曾看過附身。

「這種操控的一個關鍵，是人們必須相信這些經驗就發生在他們自己的文化裡，」馬佐尼博士說。「如果他們閱讀關於古時的巫師報告或附身案例，就不會那麼容易相信了。如果能就特定的經驗來詮釋人的恐懼，就能讓人相信他們眞的有過那種經歷。結果百分之二十五的人相當確信。其他人相信的程度也增加了。」

講到驅魔的領域，不難看到暗示的理論如何應用在驅魔師身上，驅魔師可能藉由提供驅魔書給人閱讀，而影響那個人的意見。正如拜爾斯坦博士所觀察的：「當人們去看驅魔師時，有一個角色需要扮演，他們認定這個角色，否則他們也不會同意參與。」這一切都指向沒有經過醫學訓練、也沒有受過訓練的專業人士協助的神父，要診斷一個人的心理疾病是否因魔鬼的存在所造成，會有潛在的陷阱。

雖然這些狀況都可能被誤認爲類似附身的症狀，但科學家們沒有解釋關於附身更劇烈的症狀，如超自然或「喧鬧型」的彰顯。畢竟，爲一個尖叫或聲稱看見幻象的人祈禱是一回事，看她升高地面四呎或能夠指認封在袋子裡的隱形物又是另一回事。「這些現象絕對會製造出一個大問號，」馬佐尼博士說。「或許五十年後，我們就能了解爲什麼這些事會發生，但目前我們仍然毫無所知。」

註釋：

❶認知治療師用這種原理來說明，宣稱有多重人格障礙（Multiple Personality Disorder）的人如何因治療師而可能強化病況，因爲有的治療師會要求人透過催眠及回到前世而「居住」在這些人格裡。他們說，這不僅使那些人格在當事人心裡取得合法地位，也可能創造出根本不存在的「另一個自我」。正如尼可拉斯・史班諾指出：多數的多重人格障礙者（一項研究中達百分之八十）進入治療時，不會抱怨自己的人格不只一個。就因爲如此，史班諾說：「用來診斷多重人格障礙的程序時常『創造』、而非『發現』多重人格。」（《多重人格與錯誤記憶：社會認知觀點》，第二三五頁）根據學院派心理醫師理查・蓋勒格醫師的說法，另一個問題是：罹患心理疾病的人如經由引導而相信自己的問題是屬靈的問題，可能也得不到適當的醫學治療。

❷Praenotanda，No. 16，《De exorcismis et supplicationibus quibusdam(DESQ)》，聖保祿大學貝勒梅英譯。

❸Praenotanda，No. 14，《DESQ》，聖保祿大學貝勒梅英譯。

❹馬帝歐・拉谷阿，《La preghiera di liberazione》，第七十頁，〈Il discernimento è una "luce" particolare che ci fa vedere in Dio come stanno le cose〉。

❺智慧、知識、信心、治病、行奇蹟、說先知話、辨別神恩、說各種語言、解釋語言。

❻聖女大德蘭寫道：「惡魔帶著狡詐的詭計而來，而且在做善事的幌子下，用瑣碎的方式暗中破壞〔靈魂〕，並且反覆操練，好讓靈魂認爲那些事並沒有錯，他一點一滴地蒙昧靈魂的判斷，

削弱靈魂的意志，使靈魂加增對自己的愛，直到他找到方法，開始使靈魂遠離天主的愛，說服靈魂耽溺在自己的願望中。」（《靈心城堡》[Interior Castle]，4. 4, 5）

神學家說：人必須將靈所傳遞的衝動、連同靈魂本身的狀態，一同列入考量，尤其人因爲原罪而產成了不完美。肉慾驅使我們犯下「肉體的罪」，而靈魂更高的功能如智性領受天主的恩典，又帶領我們回到美善（〈羅馬書〉第七章第二十二至二十五節）。

❼ Praenotanda，No. 16，《DESQ》，聖保祿大學貝勒梅英譯。

❽ 這份資料是根據個人訪談多位驅魔師所得。

❾ Adolf Rodewyk，《Daemonische Besessenheit heute》，第十七至十八頁。引自蓋布列爾・南倪，《天主的手指和撒但的力量：驅魔術》，第二七二頁。

❿ 蓋布列爾・阿莫爾特，《驅魔師自述》，第七十頁。

⓫ 如果魔鬼在最初的診斷中不彰顯，但驅魔師懷疑有魔鬼的存在，則他會建議當事人回到教會、每天祈禱、盡可能時常領聖餐，而且最重要的是懺悔。如果兩個月後，當事人繼續有問題，但魔鬼卻沒有彰顯，則驅魔師說起因極可能是「自然的」，因此當事人也不需要驅魔。

⓬ 弗蘭契斯柯・巴蒙特，《魔鬼附身與驅魔》，第七十七至七十八頁。

⓭ 巴瑞・拜爾斯坦博士所寫的〈Dissociative States: Possession and Exorcism〉，收錄於《The Encyclopedia of the Paranormal》，Gordon Stein編輯，Buffalo, NY: Prometheus Books於一九九五年出版，第五四四至五五二頁。懷疑探究委員會的網站上亦有轉載：http://www.csicop.org/。

⓮ David H. Gleaves所寫的〈The Sociocognitive Model of Dissociative Identity Disorder: A Reexamination of the

Evidence〉，收錄於《Psychological Bulletin》120, no. 1(一九九六年): 42。另見〈An Examination of the Diagnostic Validity of Dissociative Identity Disorder〉，David H. Gleaves、Mary C May、Etzel Cardeña著，《Clinical Psychology Review》21, no. 4 (二〇〇一年)：557-608。

⓯巴瑞・拜爾斯坦博士，〈Dissociative States: Possession and Exorcism〉，第三頁。

⓰拜爾斯坦博士關於解離與魔鬼附身之相關性的言論時常被人引用，也在歷史頻道及他處接受訪談。拜爾斯坦的這些論點主要取自兩個來源：他爲《The Encyclopedia of the Paranormal》（一九九五）所寫的一篇文章，以及二〇〇六年秋天透過電話進行的兩次訪談。二〇〇七年春天，拜爾斯坦博士因心臟病發而意外過世。

⓱欲知該立場的總結，見Gleaves、May、Cardeña，〈An Examination of the Diagnostic Validity of Dissociative Identity Disorder〉，以及《Adult Psychopathology and Diagnosis》第五版，第十三章，〈Dissociative Disorders〉，Etzel Cardeña及David H. Gleaves著，二〇〇七年。

⓲欲知社會認知觀點的描述，見《多重人格與錯誤記憶：社會認知觀點》，作者尼可拉斯・史班諾，一九九六年出版。

⓳社會認知的解離原理爲幾個與附身相關的現象提供了最好的答案，包括爲何受害人在驅魔過程中可能不記得事情的經過，覺得自己好像被外來的存在所掌管等。史班諾在解釋這個原理時，將這個過程比較爲「舞台上的演員極爲入戲，試圖用自己角色的眼光來看世界。演員試圖感覺角色可能會感覺的，採取角色可能會在不同情境下發展而成的各種心態」（《多重人格與錯誤記憶：社會認知觀點》，第二一七頁）。

⑳史班諾，《多重人格與錯誤記憶：社會認知觀點》，第一五〇至一五一頁。

㉑同上註。

㉒史班諾，《多重人格與錯誤記憶：社會認知觀點》，第一七一頁。

㉓詳見路易斯，《狂喜的宗教：薩滿信仰及神靈附體研究》，第三版，第七十七頁。

㉔史班諾，《多重人格與錯誤記憶：社會認知觀點》，第一六二頁。

㉕喬蓮娜・馬佐尼博士、Elizabeth F. Loftus、Irving Kirsch所著，〈Changing Beliefs about Implausible Autobiographical Events: A Little Plausibility Goes a Long Way〉，收錄於《Journal of Experimental Psychology: Applied 7》，no. 1(二〇〇一年)：51-59。

第十章 跨越

地獄沒有限度，也不侷束在一方之地：
我們所在之處即地獄。
地獄所在之處是我們都必須存在之地。
簡言之，當全世界消融之時，
各個活物都將被煉淨，
不是天堂的各地都將成為地獄。

——馬婁（Christopher Marlowe），《浮士德博士》（Doctor Faustus）

禮拜二下午，蓋瑞神父又出現在卡米內神父辦公室隔壁的小房間裡。與前一晚的情況如出一轍，等候室的人群仍是川流不息，有些人甚至從街上逕自走進來，要求即席的祝福，就像聖階教會的作法一樣。耶穌、馬利亞、約瑟和好聖徒安，他心想，這些人是從哪裡來的？他從課程中知道義大利的異教信仰猖獗，或許證據就在這裡。

他也再次訝於民衆進入這間斗室時相對「正常」的樣貌，暫時停下來與他握手，有時甚至在他結結巴巴用義大利文問候時，露出親切的笑容。他們「看起來」沒有人被附身。同樣地，生理反應包括咳嗽和打呵欠。少數幾個人試圖推開卡米內神父，還有人在他用十字架碰觸他們的後頸或膝蓋時大叫。有幾次人們會乾嘔或吐出一些「白沫」，而他們或與其同行的人就會用手帕擦掉。

有時卡米內神父會祈禱整本《禮典》，有時只是簡單的祈禱文，有時則是一段驅魔祈禱文。蓋瑞神父很想知道卡米內神父是如何分辨的。有不同等級的附身嗎？還是有一套判斷標準？而且他還習慣在每一次驅魔後用食指輕拍人們的額頭。有時他也會用食指推擠人們的額頭，或用手掌拍他們的額頭幾次，像是給他們擊掌。每一個案例中，人們都會打開眼睛，再深呼吸幾口氣，好恢復清醒，然後驅魔就結束了。這是某種信號嗎？

有些驅魔結束後，當事人會崩潰、啜泣。一位六十多歲的女性轉向蓋瑞神父，表情好像在說：「這不是我的錯。」他們大約看過五個人之後，會稍事休息，卡米內神父解釋道：「他們總覺得是自己招惹來的。他們有很深很深的羞愧感。」

當天稍晚在聖馬利亞之家，蓋瑞神父回想自己看到的種種。在聖羅倫佐那間狹窄的斗室裡，沒有一件事是照本上演的。他很想知道，爲什麼達尼爾神父在聖階教會能見到更戲劇化的例子。最近這位方濟會士才告訴他，有個女人吐出七根兩吋的黑色釘子——其中六根融化了，但他保留住第七根。蓋瑞神父也期待看到更長、更拖延時間的驅魔，而不是看一個人坐在椅子上打呵欠十五分鐘。他們把比較困難的案例分派給特定的驅魔師嗎？

卡米內神父已經告訴他隔天下午再過來，希望屆時能得到他這幾個問題的答案。

✞

等他抵達聖羅倫佐時，一如往常，仍有一小群人在門外聚集。都是生面孔，不過，人潮川流不息的畫面湧上他的心頭。幾個人轉身向他點頭致意，但多數人都不與人來往。沒有人講話。蓋瑞神父注意到一對女性穿著海軍藍的修女服，還有相配的羽絨夾克。一位很年輕，或許才二十五、六歲，有著黑色的捲曲短髮和嚴肅僵硬的五官（之後就會得知她的名字是潔妮卡修女❶）。她那面容親切的同伴將近六十歲。年長的修女對他禮貌微笑，但潔妮卡修女不願意看他。她有點不對勁，但他說不上來——她似乎在某方面受到非常深重的折磨。

這群人又耐心等候了十分鐘，直到卡米內神父約在三點四十分打開門，看來很沒精神的樣子，因爲剛從午睡中醒來。

每個人魚貫進入時，蓋瑞神父也走進辦公室。「Ciao，卡米內神父，come stai?（你好嗎？）」

「Bene（好。）」卡米內神父回答，但他似乎正處於低潮。蓋瑞神父明白像這樣的工作日復一日所付出的代價，他抽出小心摺好的紫色領帶，然後圍著頸部戴好，進入已經熟悉的房間，幾乎就像在工廠打卡上班一樣。

幾分鐘後，卡米內神父進來，後面跟著兩位修女。年紀較長的女性在蓋瑞神父自我介紹時對他微笑，就像她在外時的表現一樣，而潔妮卡修女則是將目光避開，一屁股坐在椅子上，甚至懶得和他握手。

卡米內神父通常會先和當事人稍微閒聊，才開始用《禮典》祈禱，但這次卻分秒必爭。他拿起裝滿聖水的塑膠擠瓶，爲兩位女性祝福。年長的女性做出畫十字架的動作，潔妮卡修女則露出嫌惡的表情，在水滴從她的頭上噴灑時緊閉著眼睛。到目前爲止，還沒有人對聖水有這麼強烈的反應。

卡米內神父做完其他事項，便將手放在修女的頭頂上。接著他呼求天使長聖彌額爾（基督徒都尊彌額爾爲天主軍隊的元帥），而這是新的舉動。然後他幾乎不經停頓便直接跳到《禮典》。

「Deus, humáni géneris cónditor atque defénsor, réspice super hunc fámulum tuam, quam ad tuam imáginem formásti et ad tuœ vocas glóriœ consortium（天主，人類的創造主與防禦者，垂顧你的這位僕人，這僕人是你照自己的形象所造，現在呼求要與你的榮耀有份。）」他說著，一邊開始念反對祈禱文。「Vetus adversárius eam dire torquet, acri ópprimit vi, sœvo terróre contúrbat. Mitte super eam Spíritum Sanctum tuum, qui eam in lucta confirmet, in tribulatióne supplicáre dóceat et poténti sua protectióne múniat（舊時的仇敵強烈折磨她，用暴烈的力量壓迫她，用野蠻的恐懼攪擾她，差派你的聖神到她身上，在她掙扎時使她堅強，教導她在磨難中祈禱，用大能的保護鞏固她。）」

不到一分鐘，潔妮卡修女就開始哀鳴搖頭。她隨手想推開卡米內神父的手。對蓋瑞神父而言，卡米內神父的手彷彿突然插入插座，一股電流放射穿越而來，刺激了修女。

「Exáudi, sancte Pater, gémitum supplicántis Ecclésiæ: ne síveris fíliam tuam a patre mendácii possidéri; fámulam, quam Christus suo sánguine redémit, diáboli captivitáte detinéri; templum Spíritus tui ab immúndo inhabitári spíritu（聖父，垂聽你的教會祈求呻吟：不要讓你的女兒受苦，被謊言之父挾制附身；不要讓你的僕人受苦，被惡魔的能力延遲耽擱，他已被基督的寶血所救贖；不要讓你聖神的殿被這種不潔的靈居住。）」

潔妮卡修女開始用後腦杓撞牆壁，起初很輕微，隨著力道逐漸加重，最後連掛在她頭頂上方的基督像也開始咯咯作響。蓋瑞神父朝座位前方緩緩移動，擔心她可能會傷害到自己。但潔妮卡修女的同伴卻伸出膀臂墊在她的頭後方保護，因而引發一場掙扎。蓋瑞神父不知自己是否應該插手，卻不知怎地仍牢牢坐在椅子上，看著自己的《禮典》和那個搖晃不止的怪人。他默聲祈禱天主能來協助她。

卡米內神父繼續念誦祈禱文時，一個低沉的咆哮喉音從潔妮卡修女口中發出。蓋瑞神父仔細查看她，試圖斷定其來源。那聲音似乎是從她內在深處，從她的胃部所發出的，聽起來像狗準備要咬人時所發出的聲音。從閱讀的書面資料中，他知道魔鬼的確有可能在驅魔的過程中攻擊驅魔師。有個案例就是一個著魔的人從床上扯出彈簧來刺驅魔師。他不知道如果發生類似的暴力事件時，他該怎麼辦。

「Exáudi, Deus, humánœ salútis amátor, oratiónem Apostolórum tuórum Petri et Pauli et ómnium Sanctórum, qui tua grátia victóres extitérunt Malígni（垂愛救贖人類的天主，垂聽你的使徒伯多祿與保祿及衆聖徒的祈禱，藉由你的恩典，他們將成爲戰勝邪惡勢力的勝利者。）」卡米內神父用特殊的聲調吟誦道。

突然間，潔妮卡修女猛烈攻擊卡米內神父，想用自己的頭撞神父的頭。就在她使勁掙扎時，她的同伴也盡全力阻止潔妮卡修女毆打卡米內神父。

「不，不，不！」潔妮卡修女大叫，緊接著是一句刺耳的「Basta（夠了！）」

現在蓋瑞神父的目光牢牢盯著修女，她的眼睛仍然緊閉著。他不曉得自己是否必須跳進來抑制她。如果事態再惡化下去，他認爲卡米內神父和她的同伴便不足以阻止她了。

「Líbera hanc fámulam tuam ab omni aliéna potestáte et incólumen custódi ut tranquíllœ devotióni restitúta, te corde díligat et opéribus desérviat, te gloríficet láudibus et magníficent vita（釋放你的這位僕人從各種外來的權勢中得自由，保護她的安全，以便恢復平安的敬虔，可以全心愛你，也可以用工作熱心事奉你，可以用讚美來榮耀你，也可以用一生來頌揚你。）」

潔妮卡修女發出折磨的低聲呻吟，聽起來不像人的聲音。

蓋瑞神父再度仔細查看她，發現在她身上已經有了轉變。那是什麼？他也說不準。好像她已經神遊其外，不在現場了。

卡米內神父不加停頓，繼續進行祈禱。「Adiúro te, Satan, hostis humánœ salútis: agnósce instítiam et bonitátem Dei Patris, qui supérbiam et invidíam tuam iusto iudício damnávit（人類救贖的敵人撒但，我嚴令你：認識天父天主的公義與善良，祂要用公正的審判把你的驕傲與嫉妒送入地獄。）」

潔妮卡修女再度尖叫，那音調一點也不像在人世間，讓蓋瑞神父毛骨悚然。然後他聽見了，粗啞的低沉喉音使他脖子後面的汗毛直豎。是那個「聲音」。

「閉嘴，你這個笨神父！」那憤怒的聲音用義大利文對著卡米內神父大叫。「你這坨髒大便！」接踵而來的是不斷的咆哮與呻吟。如今潔妮卡修女的呼吸沉重，臉孔也扭曲成憤怒的面具。

卡米內神父對這麼激烈的言詞攻擊不爲所動，事實上，他似乎毫不膽怯。「Adiúro te, Satan, princeps huius mundi: agnósce poténtiam et virtútem Iesu Christi, qui te in desérto vicit, in horto superávit, spoliávit in cruce（這個世界的王子撒但，我嚴令你：認識耶穌基督的權能與力量，他在曠野中擊敗你，在園子裡戰勝你，在十字架上除滅你。）」

潔妮卡修女再次尖叫。她猛烈搖頭。「Zitto!（安靜！）」粗啞的聲音不斷喊叫，試圖淹沒卡米內神父的祈禱。「閉嘴！閉嘴！你沒有權限命令我——！」高八度的嗚咽聲緊接在低沉的呻吟聲後。蓋瑞神父從未在人類的聲音中聽過這種音域：似乎混雜了一種優越感，同時又受到囚禁——就像是困獸之鬥。

「Adiúro te, Satan, decéptor humáni géneris: agnósce Spíritum veritátis et grátiæ, qui tuas repéllit insídias tuáque confúndit mendácia: exi ab hoc plásmate Dei（矇騙人類的騙徒撒但，我嚴令你：認識聖神的眞理與恩典，祂要破除你的網羅，敗壞你的謊言，現在就從天主所創造的這個人身上離開。）」

「滾開！」那聲音大喊，接著是一連串的褻瀆和詛咒。蓋瑞神父在這種邪惡下畏縮了。

潔妮卡修女突然站起來，卡米內神父將她推回到椅子上坐下，他的手從頭到尾都沒有離開她的頭頂。他對她說了一些話，她則用噓聲堵他，向他吐口水。他轉向蓋瑞神父。「我正想辦法問魔鬼叫什麼名字，」他用英文說。

蓋瑞神父愣了一下才聽懂。他知道《禮典》特別禁止驅魔師對魔鬼說話，除非是要找出魔鬼的名字。這似乎與當事人如何能獲得自由釋放有關。

「不，不，不，」刺耳的喉音不斷重複，接著又大聲尖叫。就像醫生檢查病患般，卡米內神父抬起潔妮卡修女的眼皮，她的眼睛已經完全捲到頭上。接著他將她的頭偏向一邊，在每邊的耳朵裡倒入幾滴聖水，再用手指輕擰耳垂，彷彿要將液體推進皮膚。

修女立刻一陣痙攣，極其猛烈地尖叫抽打，最後撲倒在地上，像魚一樣到處拍動，又是咕噥又是叫囂。

蓋瑞神父瞠目結舌地坐著。她沒有很用力倒下，但他卻擔心她可能會傷害到自己。他還來不及反應，卡米內神父和潔妮卡修女的同伴就已經抓住她，她彷彿身輕如燕，幾乎像彈跳的球從地板上彈起來，又被放回椅子上。

卡米內神父沒有中斷，繼續進行著。室內其熱無比，卡米內神父的額頭正在滴汗。「Recédo ergo, Satan, in nómine Patris et Fílii et Spíritus Sancti（撒但，奉聖父、聖子、聖神的名，現在就離開！）」

一個尖銳的叫聲穿透室內，接著在潔妮卡修女對卡米內神父咒罵，咬牙切齒地對他嘶吼噓叫時，又是那惡毒的喉音。終於，在特別劇烈的掙扎後，那聲音說：「Chi è lui?! Che sta facendo qui?!」

卡米內神父轉向蓋瑞神父，用英文說：「魔鬼剛問我你是誰，在這裡做什麼。我告訴他，你在這裡學著做我所做的事。」

蓋瑞神父的心跳到喉頭。他看著潔妮卡修女在椅子上極端痛苦地扭動，眼睛緊閉著。好，他心想，*魔鬼爲什麼要問起我*？他不禁惶惶不安，想知道自己是否被這個魔鬼盯上了。

驅魔又進行了三十分鐘，卡米內神父念完《修訂版禮典》後，又念舊版的《禮典》，接著又回到《修訂版禮典》中提到的幾首詩篇和祈禱文。這是蓋瑞神父看卡米內神父做過最久、規模也最龐大的驅魔，他看得出他正拔除所有的障礙，用盡手邊的各種工具，設法幫助潔妮卡修女。室內已經變得異常悶熱，蓋瑞神父看到潔妮卡修女和卡米內神父都已精疲力竭。最後，就在驅魔看似可能持續一整晚時，卡米內神父輕輕敲打她的額頭，幾秒後，她逐漸甦醒過來，睜開了眼睛。

片刻間房間靜寂無聲。潔妮卡修女看來好像可能累得從椅子上掉下來，她的黑髮因汗水而糾結，人也喘得像賽後的馬拉松選手。

蓋瑞神父一時語塞。他今晚的經驗完全改變了他對驅魔可能發生的事的理解。結束了嗎？魔鬼被趕出去了嗎？

卡米內神父打破魔咒。「我現在要聽她懺悔。」

蓋瑞神父和潔妮卡修女的同伴站起來，往外走進辦公室，讓他們私下進行。之後，蓋瑞神父會明白這個舉動在釋放過程裡的重要性。既然魔鬼已經暫時被驅魔術擊弱，潔妮卡修女就能眞正爲自己的罪懺悔，否則魔鬼永遠也不會允許她悔罪。不過目前，蓋瑞神父將這個舉動當成是神父的職務。這又是個例證，表示身爲驅魔師，不只代表在人身上灑聖水或念祈禱文，也代表將神聖的事物帶回人的生活裡。

蓋瑞神父和年長的女性在辦公室等候時沒有交談。他一直在尋找的東西，現在已經有了證據——他心裡毫無疑問，認定自己已經見識到惡魔。她經歷過的痛苦是何等強烈。彷彿是嘲笑他低估了這個案例的曲折性，他又聽到一聲重擊，潔妮卡修女又開始用頭撞牆了。他轉向年長的女性，而她只是順從地低頭看著手。

五分鐘後，門打開了，卡米內神父和潔妮卡修女出現。她仍有些驚魂未定，所以卡米內神父請她在辦公室的沙發上休息，於是她很感恩地陷坐進去。

蓋瑞神父寧願用一段時間來消化剛剛看見的事，並問卡米內神父幾個問題，但那女子仍在室內，所以這會兒似乎不太恰當。而且，卡米內神父已經打開辦公室的門，示意兩位三十多歲的年輕女性進來。他們進入斗室時，蓋瑞神父尾隨在後。下段驅魔的時間開始了。

蓋瑞神父發現，驅魔其實可能比前兩天隱含的更具爆炸性。這次卡米內神父開始用禮典祈禱時，他更警覺地坐著。結果，這次的驅魔和前兩晚觀察過的案例雷同。卡米內神父祈禱時，用十字架碰觸其中一位女性身體的各部位——膝蓋、手肘、背部。這裡又是課程中沒有講到的。當他碰觸她的後頸部時，她搗起耳朵，痛苦地嚎叫。卡米內神父將十字架留在那裡幾秒鐘，同時另一手在她的額頭上祈禱。這次驅魔進行了標準的二十分鐘。

他們結束時，卡米內神父進辦公室看看潔妮卡修女的狀況如何，而蓋瑞神父則留在斗室裡。他聽得到兩人在說話，卻聽不太清楚他們在說什麼。倘若他的義大利文夠好，他就會發現這段對話還滿平庸的——卡米內神父在安排她下一次的會面時間。

卡米內神父之後又看了三個人：一位穿著畫家服的年輕人，反覆不斷大聲尖叫「啊——！」彷彿在火熱的煤炭中被炙烤；一位變得完全僵硬的年長婦人；和一位呻吟、哀鳴、咳嗽的四十多歲家庭主婦。

之後，在晚禱前大約還有十五分鐘要打發，蓋瑞神父便把握機會問幾個問題。潔妮卡修女仍牢牢盤據他的心思。「我這輩子從來沒有見過這麼戲劇化的事。」他對卡米內神父說。

卡米內神父點點頭，當他證實潔妮卡其實是修女時，他的臉看起來或許比平時更蒼白。

「修女怎麼可能被附身？」蓋瑞神父問。

「這非常令人難過。」卡米內神父嘆道。「牽涉到整個家族。她是奧地利人，父親以前習慣在家裡施行撒但教的儀式；有些儀式在她小的時候，就施行在她身上了。」

蓋瑞神父驚愕不已，但更驚訝的是卡米內神父告訴他，她來看他已經九年了。

「九年？」蓋瑞神父不可置信地複述。

卡米內神父點頭。「她無法正常運作。這是很恐怖的事。」

蓋瑞神父踏出修道院，走向與墓地接壤的車道時，街道既陰暗又寒冷。他的心在狂奔。當晚所見完全翻轉了他對魔鬼附身的實情所抱持的看法。那不是只發生在歷史書上的事，而是在二十一世紀活生生、如假包換的事實。

他無法將魔鬼的聲音從腦海中磨滅，那聽起來不自然的聲音。他回想起魔鬼在房間裡對卡米內神父問起他也在場的事。他不是那種過度敏感的人，但有那麼一瞬間，他忍不住想知道：「有魔鬼跟著我回家嗎？」

他想知道卡米內神父有沒有害怕過。他從未見過這位嘉布遣會士失去冷靜或懷疑自己，這就讓人放心了。最後，蓋瑞神父知道他必須相信天主會保護他。

✞

搭公車回家的路上，他始終坐著深思。他開始看見當晚目睹的事將如何在他的餘生產生漣漪效應。他納悶有多少人被這種邪惡的力量掌管著生命。說不定比任何人估計的都要多。只參與過一週的驅魔，他就訝於自己對魔鬼附身的構成要素的許多想法都被翻轉過來了。顯然這不必是全盤皆有或完全沒有的事，而是有明顯不同的層次。至於這些層次的構成要素或者爲什麼會存在，就要問問卡米內神父了。

走在市中心擁擠的街道上，他像遊魂似的走動——品嘗人的互動，卻又從中抽離。他決定在四河噴泉附近的一家義式糕餅店停下來，買些隔天早上吃的牛角麵包。只是簡單的買個酥皮點心，就有助於回到正常的感覺。小吃店裡充滿了甜食的香味和新鮮的濃縮咖啡。在無法抗拒之下，他打開袋子，當場就吃起一個牛角麵包。

那天晚上對他揭露了幾個重要事項，但或許最重要的是，他了解如果被呼召，那麼他就能自己執行驅魔了。或許是卡米內神父用《禮典》祈禱時一派冷靜的風範，或是他在過程中帶入的那些花俏的神父招式。他自己擔任屍體防腐員時看過一些滿恐怖的事當然無妨，從某方面而言，那也算是他的準備工作。除了怵目驚心的景象外，最觸動他的是那些受害者深切的苦難。他知道受苦是怎麼回事，但這種苦和以往見過的苦完全不同，超越了簡單的疼痛，並且深刻得多了。如果他能盡一些綿薄之力來幫助這些人，那麼他會覺得這是他的職責。「這些人受了那麼多苦，」他心想，「願天主幫助我們。」

註釋：

❶女子的身分業已改變以確保其匿名。

第十一章 墜落

衍生的問題或危機與我們本身的錯無關，而是屬於我們稱之為謎的人類狀況，並且關乎我們自己的弱點，那就是我們難免一死。

——蓋瑞・湯瑪斯神父，一九九六年《市鎮快報》

蓋瑞神父的偶像之一，一九九七年因癌症過世的已故樞機主教約瑟夫・伯那丁（Joseph Bernardin）寫道：「只要我們與受苦的人在一起，就經常能清楚看到我們所做的對於幫助他們其實非常有限，比不上陪伴他們，與他們同行，就如同主與我們同行一樣。」❶對蓋瑞神父而言，這種無力感已經由罪的形式彰顯。當他幫助其他人走過悲劇——無論是在醫院舉行告別式或安慰面對惡意離婚的配偶時——他都很清楚，自己向來是相對免於付出這種代價的。雖然他一定不希望有恐怖的事情發生在自己身上，但他也忍不住納悶：爲什麼我什麼事都沒發生？

一九九七年夏天，蓋瑞神父是聖尼可拉斯教區的神父，自從一九九三年由副主任司鐸獲得升遷後，他一直擔任神父一職。一開始他還對教區抱持高度的希望，因爲聖尼可拉斯是個雅致的教會，有二百五十個座位，離洛斯阿圖市中心的高檔精品店和咖啡館只有幾條街之遙。這裡有一種眞正的社區感，這種市鎮會讓他想慢慢認識每一個教友。是有幾件事需要處理，但整體上，在正確的領導下，該教區有潛力變成一個不錯的基督教社區。此外，他也喜愛應付重要的領袖這種挑戰（Adobe的創辦人之一是教友），他希望自己的行動能孕育出一種環境，讓祈禱與聖禮可以激發教友做出正確的決定。

不過，四年後，他的展望卻沒有成功。儘管他盡量吸引一些教友，但冷淡似乎占了上風。他的期望訂得太高了嗎？或許。畢竟不是每個人都有足夠的時間能放在工作和家庭上，更別提在教會做志工了。洛斯阿圖恰好位於矽谷中央，而業界在科技上的競賽也無濟於事。或許他的挫敗首先源於一般的物質社會，迫使人貢獻這麼多的時間和精力在工作上。他也盡了責任了。爲什麼他不能激發他的教友？他做得夠嗎？這些都是在一九九七年的春夏兩季之間困擾他的問題。

✝

大約在同一時間，蓋瑞神父的前教友吉姆・米洽雷提（Jim Michaletti）也正經歷類似的尋找心靈之旅。原籍帕羅奧多市，吉姆和太太搬到優勝美地山腳一個叫吐溫哈特的城鎮，在當地擔任學校老師，教導躁動不安的青少年。蓋瑞神父有個假期，於是兩人便決定聚一聚，向主尋求協助。

他們和吉姆的兩隻黃金獵犬（巴克和絨毛）一起健行到一個叫做三池的地方，在獅子湖水庫附近。那一天其熱無比，吉姆帶了一個背包，裡面有聖經和兩個水瓶。出去時，他們往上健行至一個乾涸的河床，該河床蜿蜒穿過南叉史丹尼斯勞斯河峽谷。地面到處因岩石和卵石而坑坑疤疤，有些卵石甚至和一台小車一樣大。雖然不算險峻，但這趟健行也有些難度。在走過一塊大岩石時，蓋瑞神父還一度失足，扭傷了腳踝。

結果，在回來的路上，吉姆決定他們應該走不同的路線。一條與河床接壤的羊腸小徑似乎比較容易通過。不過，沿著河床平行走了幾分鐘後，小徑突然陡升，最後兩人已沿著六十呎高的峭壁邊緣行走。當他們來到一段有些石頭被青苔覆蓋的路徑時，吉姆的狗巴克腳一滑，翻落山崖，已經不見蹤影了。

想像自己的狗在下面的岩石間扭曲身亡，吉姆眺望著邊緣，卻什麼也看不到。

「我要下去看巴克是不是還活著，」他大叫，把背包丟給蓋瑞神父。「你和絨毛待在這裡，讓他離懸崖遠一點。小心那塊石頭。」他指著覆滿青苔的岩石說。

吉姆急忙從最近的懸崖往下跑，他半是攀爬半是滑行，最後終於來到懸崖底。當他終於找到巴克時，那隻狗仍奇蹟似的活著——坐在一塊土堆上，兩邊是鋸齒狀的岩石堆。如果落在左右兩邊幾呎的地方，可能就命喪黃泉了。但他唯一的傷口是一隻嚴重斷裂的腿。

吉姆鬆了一口氣，開始向上往回走。他聽到蓋瑞神父大喊：「天啊！」接著就聽到令人作噁的的重擊聲，那是他的身體在片刻後撞到地面的聲音。

吉姆從自己的所在位置看不到蓋瑞神父從哪裡跌落，心裡卻無疑認定他已經死了。我的天啊，他心想，我剛殺了一個神父。

當吉姆終於來到他身邊時，蓋瑞神父正面躺著，離巴克只有幾呎的距離。就像那隻狗，他也驚險逃過鋸齒狀的岩石，卻滿臉是血，而且一動也不動。

吉姆已經做了最壞的打算，卻很驚訝看到蓋瑞神父還活著，但也幾乎快沒命了。他的臉被割傷，一隻眼睛基本上是一攤血池，膝蓋骨似乎已碎裂，而且不可能知道他是否有任何內傷。

「神父，聽得到嗎？是我，吉姆！」他喊道。

蓋瑞神父呻吟了一聲。

吉姆伸出手，蓋瑞神父緊抓住他的手，吉姆將這個舉動視為吉兆。他想設法確定他還有多少知覺，就請他用拉丁文念主禱文。

「Pater noster, qui es in caelis, santificetur nomen tuum...」蓋瑞神父微弱地開始，又繼續念完祈禱文。

吉姆鬆了一口氣。沒有明顯的腦部傷害，但他的朋友呼吸非常淺。當時，吉姆面臨一個困難的決定。他應該留下來陪伴蓋瑞神父還是跑去求救？去求救就代表要走回下面的河床——越過岩石和卵石——大約得走一哩半才會到南叉橋，在那裡就有希望能攔下一個有手機的人。若是攔不到，他就得步行到鎮上，再走一段五哩的泥土路。蓋瑞神父可能撐不了那麼久。他為這個決定忍痛掙扎了幾秒鐘，才發現自己毫無選擇。他彎腰在蓋瑞神父的額頭上做一個小小的祝福，然後轉身開跑。

疾衝過崎嶇的路面，他大叫求救。那就像一場噩夢，他跑得不夠快。他一邊跑，一邊祈禱：「主啊，請繼續看顧他，請讓他活下來。」

他終於跑到橋邊，也能攔下兩個坐在破爛小貨車裡的老人。兩人都沒有手機。「有一個人快死了！」他大叫。「我們要求救！」或許是對吉姆的樣子有戒心——他在匆忙跑到橋邊的途中，不知不覺弄丟了襯衫——兩人畏怯了。腎上腺正發達的吉姆伸手掐住一人。「現在就上車，我們走！」他們默默照做，一旦他們三人都擠上車，便行駛而去。不過，讓吉姆氣餒的是老貨車的時速大約只有二十哩，大約走了一哩，他們看到一台休旅車從反方向駛來，吉姆攔了下來。所幸那對夫婦有一支手機。描述完發生的事件後，他讓他們打九一一急救專線，他自己則往蓋瑞神父的方向啓程折返，希望朋友在他抵達時還活著。

當吉姆終於到達懸崖時，看到一件奇異的事在他離開時發生了。三名聽到他求救聲的健行者前來偵查。吉姆衝刺到場時，看到一個原來是護士的人正彎著腰和蓋瑞神父說話。

那名護士已經用吉姆丟棄的襯衫將蓋瑞神父臉擦乾，並繼續和他交談，讓他保持清醒。然而蓋瑞神父的意識時好時壞，生命跡象也很微弱。「他有可能隨時會走，」她預先告訴吉姆。話雖如此，他們唯一的選擇仍是等待救援。移動他會有損傷更劇烈的危險。

接下來的兩個小時，吉姆和護士陪伴蓋瑞神父，和他一同祈禱，安慰他，也彼此安慰。

終於，救護人員——包括緊急救護技術員、圖奧勒米郡警長的協尋搜救隊成員，和幾位史丹尼斯勞斯國家森林管理員——紛紛抵達。在盡量使蓋瑞神父穩定之後，緊急救護技術員請求派直升機前來，卻只得知所有的直升機都已經出動，在優勝美地從事救援工作。他們必須等一架由勒莫爾海軍航空站飛來的直升機，該站位於將近一百哩的夫勒斯諾市附近。

約莫一小時後，直升機自南方而來，震耳的轟轟聲打破了寂靜。海軍派了一架大型的CH-46雙旋翼海騎士號。當時已接近傍晚，大約是蓋瑞神父墜落後四個鐘頭。對吉姆來說，直升機靠近的聲音令他極其欣慰。要是神父能撐下去就好了，他心想。

盤旋了幾分鐘後，組員從金屬籃子裡下降。蓋瑞神父被放在籃子裡，組員用鉤子將線接上，直升機則在上空轟隆作響，龐大雙旋翼的氣流猛烈地搖動樹群。整個過程中，吉姆記得組員說了好幾次：「他快不行了！」當時蓋瑞神父的血壓低得危險。一切就緒時，組員登上籃子頂端把籃子繫牢，直升機將他們載上天空，像孩子的玩具般呼嘯穿越高空。

直升機飛出視線之外，吉姆和其他搜救人員互相擁抱。他們一鼓作氣來到南叉橋。吉姆的狗巴克被放在（本來要抬蓋瑞神父的）擔架上一起抬走，絨毛則步行跟在後面。當他們來到路邊時，吉姆目睹一幅奇異的景象：橋上擠滿各種想像得到的救援車，包括約十輛消防車。此外，還雇了一台大挖土車，企圖穿越河床挖出一條路，不過挖了約五十碼後，大家顯然放棄了這個念頭。

同時，蓋瑞神父被載到附近的一座廢棄高爾夫球場，被放在第九洞果嶺，有一架救生用直升機正等著載他到莫德斯托的紀念醫學中心。機上沒有人認爲他能活著到醫院。

✞

在莫德斯托，醫生們立刻對蓋瑞神父展開一連串的手術，第一場手術持續了大約十四小時。他的傷害極其慘重：這場意外使他的c6及c7頸椎骨骨折，部分頭骨凹陷，右腕碎裂（這個傷害直到後來才發現）、損害了他的腕管，切斷了他的顱神經，打碎了他的膝蓋骨，使他的右手肘支離破碎。此外，他的臉嚴重撕裂挫傷，需要縫一百多針。大麻煩是腦部損傷，他的頭部受創嚴重，外科醫師要打開他的頭骨才知道他的受傷程度。

手術後，醫生有了好消息。他的腦膜完好如初，所以不會有腦部損傷。他也不會癱瘓，因爲他的三塊頸骨只斷了兩塊（三塊全斷就可能導致癱瘓）。這種相對的幸運，也許是歸因於他直接落在背包裡的水瓶上，多少緩和了撞擊。眞正的疑慮是他是否能再使用手肘。他們已經仔細檢查過兩次，也清除碎裂的骨頭，但損傷仍然慘重。

✞

接下來的兩天，在加護病房的蓋瑞神父仍呈現重度昏迷。他又動了一場爲時十一個鐘頭的手術。當他有意識時，這場意外的震驚結合藥物，一起籠罩著他的思緒。醫生們向他的父母保證，他終究會清醒過來的。

從頭到尾，他的父母、他的朋友，及數不清的神父都不斷爲他守望。此外，蓋瑞神父嚴重的意外事件傳開時，整個教區也舉行了幾場祈禱式。

第四天，大家都鬆了一大口氣，蓋瑞神父醒了。他從加護病房醒來，帶著護頸器，手臂打上石膏，膝蓋綁了繃帶。他看到母親站著俯瞰他，提出了明顯的問題：「發生了什麼事？」

「你不記得了嗎？」她說。

說眞的，他不記得。他記得的最後一件事是吉姆把背包拿給他。「我在這裡幹什麼？」他說。

她向他透露。「你從懸崖上掉下來。」

他百思不得其解。「今天是禮拜幾？」她告訴他是禮拜六。

「我今天還有兩場婚禮要主持。」他答道。

醫生露出微笑。「好極了！他還記得。」

在莫德斯托待了十天後，他被轉到紅杉進行爲期二十天的復健。八月又動了一場修復腕部的手術後，他去和朋友們同住，他重傷、重挫、幾乎無法正常行動。在右手失去三分之一的動力後，他連簡單的差事（如扣襯衫扣子）也做不來。

他請了假，接下來的八個月都在聖馬刁的父母家中修養，一週去史丹佛復健兩次，每天在家裡額外做六小時復健——背部練習、膝蓋練習、頸部練習。他的身體有些部分需要操一操。

重創後的壓力效應幾乎是立即開始反撲。有時他痛苦難耐，無法自己洗澡或上廁所，他也對自己的身體感到不舒服，像是所有的自尊都被剝奪了。他的頭髮因頭蓋骨手術已經剃除，術後還附贈了瘀傷和數不清的臉部撕裂傷。他幾乎認不得鏡中的自己，而這正好是個貼切的隱喻，表示他對人生大致上的感覺。

除了其他的傷害，斷裂的頭骨造成經常性的暈眩感，迫使他需要拄著拐杖走路。除此之外，他開始對這場意外的起因窮追不捨，也苦苦追問他何時（但願有那麼一天）會再感覺到完整。在醫院時，吉姆半開玩笑地叫他「拉撒路」，因為他好像是從死裡復活。但現在他承受那麼多痛苦，便開始質疑自己的信仰，想知道天主為什麼要讓他活下來。現在他成了需要被照顧的人，他也以一種全新的方式了解許多教友的苦難。**身體上的痛苦根本不足以和憂鬱相比**，他心想。

回去工作——是一九九七年十一月的事，起初是緩和的每週一天——也讓他不再自暴自棄。到了一九九八年一月，他增加工作量到每週三天，到了四月，距離意外發生才九個月，他就回去全職工作了。

起初並不容易。他走路仍需要拐杖，有個光禿禿的頭皮，還有張面目全非的傷疤臉。他非常在意自己的外表。有時候他會告訴同工：「今天對我寬容點，我真的非常沮喪，不過那不是你的問題。」有時他的憂鬱太嚴重，甚至讓他仔細考慮過要自殺。他會一次又一次問相同的問題：天主為什麼要在這些岩石上救我？他為什麼不讓我死？最後，唯一讓他度過危機的是，他不願意那樣離開人間。想到自己的父母，便讓他的自殺念頭迅速瓦解——他決意不讓他們承受那種哀慟。

他開始吃藥，去看創傷臨床醫生——他的一名教友推薦的——那位醫生透過一種名為ＥＭＤＲ❷（眼動心身重建法，又譯「眼動減敏治療法」）的技巧，幫助他找到慰藉。他也到卡皮托拉的聖約瑟參加醫治彌撒。他已經是堅信病患聖事的人（神父會為當事人祈禱在「身、心、靈」三方面都得到醫治），如今又發現這些彌撒很有幫助，不只是因為從中賜下的祝福，也因為能幫助他與基督的事工及祈禱的力量重新聯結起來。

一九九八年八月，他去看神經科醫生蘇珊・韓森（Susan Hansen），她也是他的教友。他想找出自己還會暈眩的原因。在做磁振造影（ＭＲＩ）的過程中，韓森醫師意外回答了長久以來折磨蓋瑞神父的問題。她推測蓋瑞神父的心雜音一定使他的心發出血凝塊，導致他在墜落前產生輕微的中風。中風會使他失去方向感，因此他可能是步出了懸崖（磁振造影也顯示蓋瑞神父有顆大得危險的心臟，如果這個狀況再久一點沒有發現，可能就會爆發嚴重的心臟病）。

聽到這消息的一瞬間，他覺得自己被治癒了。他興高采烈地與父母和吉姆分享這個啟示。「我不知道我幹嘛那麼興奮，」他坦承。但他知道自己沒有做錯任何事，心頭的重擔就都卸下了。

一九九九年一月，意外發生後近兩年，他接受最後一場手術，鑿出在他手肘內生長的骨頭，使他的手臂又能夠充分運動。他終於痊癒了——身心靈俱痊。

因為這場意外，蓋瑞神父了解在重創的事件後引發的苦難之深度，也能用獨一無二的同理心回應復原中或憂鬱的人。他也在醫治的過程中看到祈禱文的重要性。由於他在參加醫治彌撒時所得的益處，他計畫在聖尼可拉斯舉行每週一次的醫治彌撒。或許他從這場意外中獲得的最重要的事，是讓他了解「受苦即十字架」的道理，而這個道理使他與天主更加親近。現在他能明白「受苦是人生的一部分」，而且「沒有人能在逃離人世間時毫髮無傷」。

註釋：

❶ 樞機主教約瑟夫．伯那丁，《平安的恩賜》（Gift of Peace），第四十七頁。

❷ 結合現知的心理治療與外來刺激的治療，這種治療會請患者確認一個負面的記憶，然後將焦點放在那個畫面上，同時跟著治療師的手指，快速地來回轉動眼球。欲詳知EMDR，可參閱Francine Shapiro及Margot Silk Forrest合著的《EMDR: The Breakthrough "Eye Movement" Therapy for Overcoming Anxiety, Stress, and Trauma》（紐約Basic Books於一九九七年出版）。

第十二章
受苦的靈魂

這個聖職非常困難，但我感謝天主，因為它讓我成長許多。接觸受苦的人也可以是一種優勢，因為能在不知不覺中教你很多關於耐心的事和真正的基督徒生命。從這個角度看，即使與受苦的世界接觸非常困難，但我仍然感到殊榮。

——卡米內．德．斐利彼神父

「你說的都是廢話！」那喉音對著卡米內神父咆哮。

嘉布遣會士站著，右手放在潔妮卡修女的額頭上，左手拿著十字架按在她的後頸上。她痛苦地號啕大叫。

蓋瑞神父坐在幾呎外，持續將目光鎖定在修女的臉上。自從她上次來過之後，他又看過好些驅魔——包括幾個戲劇化的案例，其中也聽過粗啞的魔鬼聲在講話——但他仍然訝於潔妮卡修女對祈禱文的暴力反應。

「我更強！」深沉的聲音吼道。潔妮卡修女勉強吸了幾口氣，那吸氣聲聽起來更像尖叫。「ㄏㄧㄧㄧㄧㄧ！ㄏㄧㄧㄧㄧㄧ！ㄏㄧㄧㄧㄧㄧ！」她露出了牙齒。

「Adiúro te, maledícte draco, in nómine Dómini nostri Iesu Christi eradicáre et effugáre ab hoc plásmate Dei（奉我們主耶穌基督的名，受詛咒的龍，我嚴令你自行消滅，從天主創造的這個人身上離開。）」卡米內神父念誦道。

那聲音再度爆發。「是嗎！你以爲你是誰？你不能叫我做任何事！我們有很多！」

卡米內神父不受阻撓，繼續說道，「Ipse Christus tibi ímperat, qui te de supérnis cœlórum in inferióra terrœ demérgi prœcépit（耶穌基督自己命令你和你的黨羽從天堂的高處被摔下，進入地的深處。）」他又重複ímperat（命令）數次，每說一次就強調：「Ímmmm-paaa-rat. Ímmmm-paaa-rat」。

潔妮卡修女尖叫：「你以爲是這樣嗎？」

「Illum métue, qui in Isaac immolátus est, in Ioseph venúmdatus, in agno occísus, in hómine crucifixus, deínde inférni triumphátor fuit. Da locum Christo, in quo nihil invenísti de opéribus tuis（畏懼那一位，祂代替以撒被犧牲，代替約瑟被賣，代替羔羊被殺，代替人被釘十字架，又勝過地獄的權柄。讓位給基督，你在祂身上看不到你的作爲。）」卡米內神父平靜地吟詠。

潔妮卡修女的舉止突然從嗥叫和驕傲轉爲嗚咽和哀鳴。「Basta（夠了，）」她哀求，聲音幾近聽不見的耳語。「停。拜託你停下來。」她哭了起來，在椅子上捲成胚胎的姿勢。

卡米內神父對於改變的這個戰略不以爲意。「Humiliáre sub poténti manu Dei（謙卑在天主大能的手下。）」他強調謙卑一詞，用稍微深刻的語氣說出來：「humiliaaaare」。

「夠了！」那聲音大叫，再一次被激怒。「你不知道你在跟誰講話嗎？」

卡米內神父將幾滴聖水放在手指上，捏她的鼻梁。她立刻狂亂地扭動，推擠卡米內神父，自己也反覆不斷地往後面的牆壁猛撞。她的同伴和卡米內神父試圖拉住她，但她的力道太猛烈了。

蓋瑞神父無法再站在側邊，他把《禮典》丟在一旁，跳進這緊綳的局勢中。他擔心她會傷到自己，甚至可能傷到卡米內神父。他一個箭步跳進椅子和牆壁之間。潔妮卡修女用不可思議的力量往後推，他只能防止她用頭在牆上撞出一個洞。

有將近二十分鐘，他拚命拉住她。結束時，每個人都已精疲力竭。蓋瑞神父低頭往金屬椅子一瞥，驚訝地發現兩根後腳已經完全彎曲變形了。

✞

第三週之後，蓋瑞神父已經開始認得《禮典》的一些拉丁文了，大致上也只落後卡米內神父幾行。他一眼盯著書，另一眼注意受害人的反應。通常，卡米內神父會爲每個人祈禱十五到二十分鐘，但是也有變化——有些人是一句簡單的祝福，而較頑強的案例如潔妮卡修女，就可能花上將近一個鐘頭。

因為《禮典》中沒有具體提到時間限制，所以蓋瑞神父想知道卡米內神父怎麼知道何時該停止。剛開始，他只是假設驅魔師依照指定的祈禱文一路念到底——包括連禱文、福音書、實際的驅魔祈禱文。但現實狀況反而大不相同。

「當情況很糟糕，而你處理的又是附身時，就不能只是祈禱十五或二十分鐘。那樣不夠。」卡米內神父事後會告訴他。「這也仰賴你或當事人有多少時間，以及他們抗拒祈禱文的能力有多強。」

「那你怎麼知道他們到達哪一步了？」蓋瑞神父納悶道。

「你會知道，你可以看得出來，」卡米內神父向他保證，「你看到當事人再也無法承受，他們很痛苦，很疲憊。」

卡米內神父看的多數人，都是發出蓋瑞神父眼中的「輕微反應」，如咳嗽和打呵欠。然而，他的確看過一些更戲劇性的案例。其中涉及一對看似健全的兄妹，兩人大約二十五、六歲，卡米內神父一起為他們驅魔。在念誦《禮典》的過程中，妹妹咆哮呻吟，眼睛轉到後腦杓，哥哥則發出類似麋鹿的聲音。他們各自乾嘔，並吐出泡沫。同行的母親用手帕將他們的唾沫小心拭去。她的兒女已經降到比人類低等的程度，但她慈愛地照顧他們的景象，深深觸動了蓋瑞神父。

當他向卡米內神父問到這個案例時，嘉布遣會士回覆說雖然罕見，但人還是有可能被施以同樣的詛咒，也可以用祈禱同時對付。另外還有時間的問題。他看他們的那一晚，等候室又再次充滿了人潮。

另一個案例涉及一位四十多歲的職業婦女，她也是暴力型。蓋瑞神父起了疑心，因爲這名女性一進來——她似乎剛踏出會議室——便多疑地盯著他瞧。卡米內神父跟著進來，一刻也不浪費，幾乎在她坐下之前，就用聖水灑在她身上。女子隨即有了反應。她一把抓起木椅，往卡米內神父身上一甩，砸在牆上。蓋瑞神父與陪同她的友人被迫介入，防止她再次撒野。

還有第三個案例，一位態度溫和的家庭主婦曾爲卡米內神父烤過蛋糕，卻轉而變爲叫囂的野獸，對卡米內神父罵髒話，又用拉丁文說：「我們絕對不會離開她！」十五分鐘後，驅魔結束時，她只是謙恭有禮地對每個人微笑。

多樣化的反應令蓋瑞神父驚嘆。他正學習每個魔鬼都有自己的「個性」，甚至鮮明到連驅魔師也認得出來。卡米內神父告訴他魔鬼顯然對每個驅魔師都有不同的反應，所以如果兩位驅魔師於不同的時間在同一人身上祈禱，就會看到不同的回應。幾名驅魔師對同一場驅魔可能也會有不同的體驗。幾週後，蓋瑞神父就發生這樣的事，當時他和一位美國印地安納波里斯的驅魔師在見證一場驅魔。過程中，蓋瑞神父強烈的感覺到室內熱得令人窒息，而印地安納波里斯的神父卻是聞到強力的「壓倒性」惡臭。

偶爾，卡米內神父會轉向他，補充一些案例史。「這個人來看我已三年了，被詛咒所折磨」，或者是「這個人讀書有障礙，是魔鬼害的」。雖然極爲稀少，但這些簡略的訊息讓蓋瑞神父能將一些尋求卡米內神父協助的人的殘碎生命拼湊起來。他得知這些人多半是涉及異教或是詛咒的受害者。

✞

自從上了描述附身起因的課後，蓋瑞神父便思量該如何精確評估一個人是否爲詛咒所折磨。對他而言，其症狀近似迷信。

一名女子向卡米內神父抱怨自己的婚姻失敗是因爲被詛咒。然而，就蓋瑞神父的觀察，卡米內神父顯然沒有採信，他沒有念《禮典》的祈禱文，反而做了一個簡單的祝福，勸她不要相信這種念頭。

事後卡米內神父解釋這種案例很常見，又發出警告：「當一個人對你說『我身上有詛咒』時，你絕對不能相信。這種案例多半都是假的。特別是另一個人告訴他們說他們被詛咒時，千萬、千萬不能取信這個第三者的話。眞正有問題的人絕對不會告訴你是魔鬼造成的。通常這都是他們最後才會想到的原因。」即使蓋瑞神父懷疑是詛咒在作祟，卡米內神父也告誡他要謹愼緩慢地進行。「如果你認爲當事人可能被詛咒或有問題，只要很快對他們做出祝福就好了。叫他們冷靜，說你要說個簡單的祝福，或者用《禮典》低聲祈禱，不要讓他們聽見。如果你告訴當事人：『對，沒錯，你身上有詛咒，我現在要爲你驅魔』，那麼你可能會對他們的心靈造成極大的傷害。」

蓋瑞神父希望能更清楚明瞭，便問達尼爾神父該如何辨別詛咒的存在。達尼爾神父講述一個涉及詛咒的情節：一對情侶訂婚了，但男方的父母反對這場婚事。公婆邀請女子前來晚餐，給她東西吃，或許是一塊蛋糕（有時將骨頭磨成粉放在蛋糕裡烘焙，也可能是乾血塊或其他成分）。她吃完蛋糕後不久，便開始覺得肚子痛，而且頭疼得厲害。這些「症狀」總是與見未婚夫有連帶關係——例如，出去約會或計畫婚禮——或和上教會有關（因爲詛咒的媒介是魔鬼）。講完這種故事，達尼爾神父告訴蓋瑞神父，如果驅魔師對當事人做祝福禱告，又收到負面的反應時，則很有可能是被詛咒所折磨。

在驅魔的學問中，或許最惡名昭彰（因爲太可觀了）的是，受害者吐出奇怪的東西或爲數衆多的液體，有時甚至會吐血。我們多半都記得琳達·布萊兒（Linda Blair）在電影《大法師》中呈拋物線的嘔吐，卡米內神父也有一個案例，是一名女子吐出大量的精液。這種行爲代表典型的詛咒；當事人吃了受詛咒的食物，需要噴出去。吐出如織工精密的毛髮或串珠等物體、甚或血塊，也都是很常見的詛咒指標。或者在巫毒娃娃的案例中，受害者就可能會吐出釘子。

要注意的是，驅魔師相信這些物體未必來自當事人的肚子，而是在口中成形的。如此一來，儘管他們似乎吐出如玻璃碎片或縫衣針等尖銳物，但他們沒有受到身體上的傷害。根據南倪神父的說法，靈體可以修改事件的情勢，甚至激起「實體」。「一個人可能吐出一個東西，但從實質的角度而言，裡面卻沒有東西。就心靈而言，東西的確在那裡，但只對裡面有感覺的當事人而言才存在，可能是黃蜂叮，蠍子叮，或釘子的痛感，然後吐出來，東西就會在嘴巴外成形。」

其他驅魔師看過無可解釋的事，如一攤神祕的黑色液體在地板上出現，或吐出活的動物——包括螃蟹或蠍子。卡米內神父曾經看過一名女性吐出活生生的黑色小蟾蜍。當他要抓起來時，蟾蜍倏而化為黑色的唾液。

有些精神病患會吞下奇怪的物體再排出來。為此，驅魔師必須將這些現象放在其他彰顯形式的脈絡中，而非單純地倚賴嘔吐作為附身的證明。

驅魔師說，如果詛咒是間接奏效，則結果時常都是家中的物品，例如枕頭；在受到祝福或撕開時，也會顯現出物品——或許是金屬片或用纏髮辮包裹的骨頭。當驅魔師找到這些物品時，通常會先說一段祝福語，再把它們燒掉。不過，有些物品不會馬上燃燒，需要反覆祝福，最後才會起火。

然而，同樣令蓋瑞神父驚訝的是，卡米內神父也會有無法辨別附身的原因之時。有一個案例就涉及一位三十出頭的虔誠女性，她既非異教也非詛咒的受害者。最後，他推測她的附身必定是因為「補償罪愆」。

除了受害人不同的反應之外，蓋瑞神父認爲，惡魔與《禮典》本身的關係也有些獨特。惡魔彷彿是因祈禱文而被「激發出來」的。當卡米內神父開始念祈禱文時，他和受害者就進入他們的小天地，好像被泡泡圍住似的。然後，在每一次驅魔的尾聲，卡米內神父要不就用手指輕拍當事人的額頭，要不就稍微拍打，而泡泡就會在這時候爆破。達尼爾神父曾向蓋瑞神父解釋：當卡米內神父輕拍人們時，基本上就是帶他們走出恍惚的狀態。

魔鬼附身不是持續的事，而是在平靜時期與「危機時刻」之間輪替，後者指魔鬼彰顯之時——接管當事人的身體，透過這個軀體說話行動。然而，在兩段危機時刻之間，即平靜時期，受害人也可能若無其事地生活。

一聽到附身，典型的反應是想像成邪靈住在人「裡面」。聖經說：「邪魔由人身上出來以後，走遍乾旱之地，尋找一個安息之所，卻沒有找著，他於是說：『我要回到我出來的那間屋裡去。』他來到後，見裡面空著，打掃乾淨，裝飾整齊，另外帶了七個比他更惡的魔鬼來，他們進去，住在那裡。」（〈瑪竇福音〉第十二章第四十三至四十五節）這一節首要的目的是顯示人一旦得到釋放，惡魔就有可能返回，但這段經文卻說明一個通俗的概念，即魔鬼住在人裡面，彷彿身體就是個實體的家。然而，正如阿奎那指出，單純的靈不會占據空間❶。因此當魔鬼「占有」一個人時，就只是在那個人身上作怪。根據南倪神父的說法，「在附身的過程中，惡魔並不存在，而是與導管連接，將輸入的信息送到當事人裡面，讓當事人能夠察覺。」這些「輸入的信息」大致上是各種當事人能夠體驗的事情，如聲音或雜訊，或甚至想法。「如此一來，〔魔鬼〕就試圖徵求我們的自由意志，允許讓邪惡進入，目的是在我們裡面造成及強化對他日益增加的依賴感。」❷目標始終是一樣的：迫使人絕望或孤立，讓他願意成為魔鬼及罪惡的「奴僕」。

「不過，在危機時刻，魔鬼不只是連接，還會出現，他會在場；驅魔的祈禱文強迫他在場，因為祈禱文會激怒他，迫使他露臉。」南倪神父說。「大多數的人都能用三十至四十分鐘的祈禱文解決自己的危機狀態。我雖說『解決』，但我的意思是暫時解決。當危機狀態開始時，你要繼續驅魔，直到魔鬼累了，自行脫離，當事人才能回來。」

在驅魔過程中，不僅魔鬼受苦，當事人也受苦。「每次驅魔都像用棍棒打擊魔鬼。他會吃很多苦頭，同時也會造成他所附身之人的痛苦及軟弱。他甚至承認在地獄還比在驅魔的過程中好過。」阿莫爾特神父講述道❸。

光是一個有靈的生命與有形體的神聖物品接觸就會感到痛苦的現象，就帶有些許的謎。「物質與靈之間有某種關係。當靈進入人體時，他們不是在一個地方，而是遍布整個身體。彷彿他們穿透了物質，所以也必須承受之後的苦果。聖奧古斯丁講到靈有某種物質；聖保祿講到空中的靈，而空氣雖然輕飄飄的，卻仍然是物質。然而我們不能肯定。」南倪神父承認道。

對教會而言，這些神聖的物品（聖水、祝福過的油、十字架）具有一種「力量」，因爲這些物品帶有教會的祝福。「當然物品本身沒有力量，力量乃是在基督自己身上，而基督已經被放在十字架上了。」❹西班牙驅魔師福爾提亞神父寫道。

多數的驅魔師都會受聖職中所見的劇烈磨難所影響。正如阿莫爾特神父寫道：「最強烈也最持久的印象對新手驅魔師而言，來自於和另一個世界接觸，其中靈魂受苦——更甚於身體受苦——才是常態。」❺

特別觸動蓋瑞神父的是這種痛苦竟然能這麼個人化。這種痛苦不只碰觸到個人，也影響他們家人、心愛的人，以及朋友的生活。

✞

打從還是個小女孩起，現年三十五歲的安娜❻就覺得有些事情不太對勁：

我以前有些問題，但是我不知道這些問題是彼此相關的。我很小的時候，就會聽到旁人聽不到的雜音，像是手錶的滴答聲。我覺得很煩，所以我以前很愛哭，我問媽媽那是什麼，但是她只會告訴我，她什麼也沒聽到。所以我開始想我快發瘋了。我也能察覺有東西在我的房間，所以我以前常躲在棉被下面。媽媽還以爲我只是「調皮搗蛋」，但我其實非常害怕。

大約七、八歲時，當我在床上躺好，便開始覺得有種窒息感，我得站起來才能呼吸。有好幾次我差點嗆死，媽媽還得趕緊把我的舌頭拉出來。我看了很多醫生，他們都告訴我，我好得不得了，這一切的事情都只是小孩子的幻想。

在我滿十二歲時，我變得對性非常有興趣。我的興趣非常極端、誇張。那當然不對，但當時我並不知道。當我十四歲時，我開始性交，也是用非常淫穢的方式。對我而言，那很正常，但同時我的內心受到極大的苦楚。我的自我價值感很低，結果我染上了厭食症，甚至有很多次想要自殺。我感覺很糟，開始依賴那些能幫助我入睡的藥，因此而上癮。

與此同時，表面上看起來我一直都不錯。我向來會上完美的妝，穿著也光鮮亮麗。開始工作時，我的薪水全部都拿去買衣服、買酒、上夜店。

對藥上癮是在我十六歲的時候，當時媽媽開始爲我祈禱，但我是在事後才發現的。因此，我只要看到她，就對她感到一股強烈的恨意，像是我眞的很恨她。現在我知道原因了，但當時我什麼也不知道。還有一件事，只要我在電視上看到教宗若望保祿二世，我就會跑開或立刻轉台。而且我從此也不太上教會，這很奇怪，因爲我小時候很愛望彌撒。

這樣持續了一段時間，直到我二十八歲時，有一個朋友告訴我：「我們去聖若望拉特朗大殿拿祝福！」當時的我情況很糟，沒有藥就睡不著。我不僅有厭食症，也有暴食症。我還有種奇怪的感覺，像是有一隻手按在我的腰後面，彷彿從頭到尾一直有人把手放在我身上。要去拿祝福的前幾天，我開始說：「不，我不要去。我爲什麼要去，我好得很，我只需要交個男友，一切就好了。」但我的朋友堅持要我去。

當我到達教會時，頭開始劇烈疼痛。我聽不懂別人告訴我的話，也沒有任何反應，直到我來到神父面前，然後我哭了出來，並且哭得很厲害，根本停不下來。神父只是由著我哭。回家之後，我不再依賴藥物了——這天及下一天——而且背後有隻手的奇怪感覺也消失了。即使在這個反應之後，我仍然沒有改變我的生活型態，直到我爲自己的罪懺悔的那一天。當神父祝福我的時候，我倒在地上，開始大叫，接著我什麼也不記得了。神父請我的女性朋友帶我到聖階教會找托馬索神父。我去了，他祝福我，什麼奇怪的事也沒發生。之後，我認識聖安娜斯塔西亞的艾伯托神父（Father Alberto），他幫助我重回靈性的路上，回到祈禱和祈禱團體中。

當我再次開始祈禱時，內在覺得好些了，但外在卻愈來愈糟糕。夜裡，有時我會突然動彈不得，好像有東西把我擋住了。這一次我哭了很久，我對自己說我一定是瘋了。我把這事告訴艾伯托神父，他說：「這種事再發生時，妳就開始祈禱。」要我祈禱非常難，因爲那時候我根本不記得祈禱文的內容。起初，我記得自己只能說：「救命啊，救命啊，救命啊，馬利亞，馬利亞，馬利亞！」然後我開始念聖母頌，慢慢地，那些事情就消失了。

有一天艾伯托神父用〈聖詠〉九十篇爲我祈禱，我開始嘔吐，感覺很差。我一邊吐一邊想：「我爲什麼在吐？」我覺得自己好像嗆到，卻不知道原因何在。我也看到奇怪的景象，好像是某種儀式，裡面的人正在吟唱。艾伯托神父說我可能需要驅魔。我對自己說：「誰？我嗎？我很好啊。」我告訴自己，我做這些只是爲了得到別人的注意。

大約此時，我認識了我的先生，事情眞的變得很糟糕，尤其是在我們祝福訂婚戒指的時候。當時我失去了意識，魔鬼頭一次彰顯，告訴我先生如果他要娶我，我就會殺了他。

從那時候起，我就覺得自己病得很重。我的卵巢有問題，肚子有問題，還有頭痛。發生在我身體上最糟糕的事情是：一天早上我醒來，身體有一邊完全麻木了。我到醫院去，他們診斷出我得了多重性硬化症。

我的兩個主要問題：首先是我的手臂，然後是我的腿完全麻木了，我再也感覺不到了。醫生們都不樂觀。看來我的四肢遲早都會失去作用。但我仍接受可體松的治療，再加上祝福。患病的狀況竟然完全停止了，還慢慢消失了。醫生要我繼續使用可體松，但我寧可不要——尤其現在我已經把自己交在天主的手中了。但我必須承認艾伯托神父總是告訴我要持續服藥，因爲他說主也把科學放在人的手中。

約莫此時，我開始去見弗蘭契斯柯〔巴蒙特〕神父，我的先生也陪著我來驅魔。這段期間，我始終不信任自己，也懷疑我不需要驅魔。我仍以爲我是爲了獲取注意力，才會編造出這一切。弗蘭契斯柯神父爲此做了一個小測驗。

爲了證明這一切不是她想像出來的，巴蒙特神父拿了一個塑膠購物袋，並封住裡面裝的東西。他奉耶穌基督的名命令魔鬼顯明那是什麼東西。起初，魔鬼表示抗拒，但在巴蒙特神父的堅持下，他終究正確指認出來了：裡面有著比奧神父的一副手套。

那有點嚇到我，但也讓我知道自己並不是瘋子，所以我懂了，也覺得很平靜。我對自己說：「好吧，現在我們要把他除掉。」

我們結婚後，去了一趟朝聖的蜜月旅行，到義大利附近的各個教堂和聖地，又到路加的聖吉瑪去，她是我感覺特別親近的人，因爲我讀過她的生平。當時我被告知自己不能懷孕，所以我也請求她的代禱。當我一離開聖吉瑪的墓地時，立刻覺得非常不舒服。我的卵巢和子宮痛得讓我直不起身。我住院接受治療，經診斷得知有五公分的囊腫。回到羅馬時，囊腫已經長成十公分了。我應該要動手術，但囊腫卻自己變得愈來愈小，這一點我也歸功於團體祈禱（當時我隸屬於一個祈禱團體的成員，成員們總是彼此互相幫助）。當然，母親的祈禱文也很有幫助。總之，我遵照醫院的治療，兩個月後，我懷孕了，現在我有一個很棒的八個月大的寶寶。

結婚時，我以爲自己就會被釋放，但這種事並沒有發生。在驅魔的過程中，魔鬼開始猛烈抨擊我的先生。我在那裡對他說了難聽的話，甚至在家裡也發生這種事。

我記得有一晚我和先生坐下來吃晚餐。我先生祝福那些食物，之後我不記得發生了什麼事。從床上醒來時，我的雙臂被綁在身前，我先生站在一旁，氣喘如牛，看起來受了點驚嚇。當我問他發生什麼事時，一開始他還不願意說。那晚當他祝福那些食物時，魔鬼彰顯了，告訴他：「注意點，因爲你馬上就要噎到了。我知道你怕我。你只是假裝不怕，但是我知道你怕。」魔鬼一度告訴我先生：「你把我惹毛了，因爲我不能碰你！我不准碰你。」

還有一次，我和先生有一天晚上在電視上看一部教宗若望保祿二世的電影，我還一度落淚。我先生試著安慰我，說：「不要哭，若望保祿二世在天上，他爲妳祈禱。」但說著我就轉向他，開始說難聽的話，因爲那不是我，是魔鬼。

感謝天主，我先生知道怎麼處理。他沒有回答，而是開始祈禱。

這整個過程中，我一直有妄想的念頭。每次我非得去看弗蘭契斯柯神父的時候，我心裡就有類似這樣的念頭：「你要去哪裡？你又要去告訴神父一大堆謊言，你又要直視他的眼睛，對他說謊。」我在心中也用最難聽的話罵他。

我經常覺得身上有股沉重感，好像扛著一種重量，做什麼事都覺得好累。我不能打掃，也不能為寶寶洗澡，因為要花太多力氣。我累壞了。弗蘭契斯柯神父為我祈禱後，我就覺得比較好了。慢慢地，我感覺重量漸漸消除了。

驅魔後我覺得很累，但看事情變得比較清楚，而且痛苦也消失了。弗蘭契斯柯神父讓我明白我沒有瘋。我原本也不相信自己被附身，但驅魔幫助我去了解情況。我原本絕不會想到會有這種事發生，但我現在知道了。我只能說如果主創造了驅魔師，那麼必定有其理由。撒但的確存在，而且趁人不知道時，在人身上作怪。如果沒有人為我祈禱，說不定現在我就不會在這裡了。

✞

安娜終於在二〇〇六年十一月得到釋放（其釋放過程記錄在引言中），不再受到那些症狀所攪擾。巴蒙特神父相信她的附身或許是由撒但儀式造成的，她的家族成員在四代前為了增加力量，而犧牲一名嬰孩給魔鬼（這是艾伯托神父在為安娜祈禱時，她自己說出來的儀式）。雖然他無法證實這個說詞，但根據巴蒙特神父所說，在驅魔的過程中，魔鬼會哼儀式成員所吟唱的簡單曲調，聽起來很像電視廣告裡滿流行的開胃酒所用的釘鐺聲。當這支廣告在電視上出現時，安娜就巴不得想趕快轉台，卻不明白爲什麼。

✞

一天，在驅魔結束後，蓋瑞神父決定留在聖羅倫佐和卡米內神父一起吃晚餐。雖然他視卡米內神父爲「聖人」，但不可否認，他們之間有一種距離，多半是文化造成的，也因爲語言上的障礙。但是還有其他東西——一種專業的警覺，這種警覺源於兩個人碰面，就要在不愉快的環境下執行艱巨的任務。

他們在馬蹄型的餐廳裡用餐，餐廳的裝潢乏善可陳，只有長期連續使用而留下的刮損和鈴鐺。餐點在輪替的兩班之間錯開，蓋瑞神父和卡米內神父是與其他八位修士共用空間。因爲卡米內神父是院長，所以坐在餐桌的首位，蓋瑞神父則選了將近桌尾的一個位子，坐在一位七十多歲的平信徒旁，這位平信徒住在修道院，教當地人英語。就在蓋瑞神父與這位平信徒相談甚歡時，他注意到卡米內神父在此地的風範與在辦公室的作風判若兩人。他顯得輕鬆多了，也在主領晚餐時與其他神父交談。因爲這種落差實在太過鮮明，所以蓋瑞神父領會到：對卡米內神父和其他同儕驅魔師而言，要維持一種平靜均衡的感覺一定很不容易。

蓋瑞神父當時不明白的是：即使卡米內神父知道有必要，卻仍不喜歡訓練驅魔師。「的確，學徒制有必要，」卡米內神父之後才說道。「要成爲驅魔師，就需要當學徒，一邊觀摩一邊獲取經驗，但這也說不上是一件樂事。我比較喜歡教美麗、善良的事物，神聖的事物，天主的事物。我個人爲這份『工作』感謝天主，因爲它讓我接觸到超自然的世界，因此我的信仰能夠成長。然而，那也不能使它成爲美麗的工作。」

註釋：

❶ 阿奎那，《神學大全》，I,52,1。

❷ 弗蘭契斯柯・巴蒙特，《魔鬼附身與驅魔》，第四十頁。

❸ 蓋布列爾・阿莫爾特，《驅魔師自述》，第九十七頁。

❹ 福爾提亞神父，《驅魔師訪談錄》，第六十六至六十七頁。

❺ 蓋布列爾・阿莫爾特，《驅魔師自述》，第十一頁。

❻ 名字經當事人要求而變更，以保護其匿名。

第十三章　牧養的手法

我們只能竭盡所能，接著就必須將最後的決定交給天主。

——康棣多・亞曼提尼神父，引自阿莫爾特神父的《驅魔師自述》

到了二月，蓋瑞神父對平和的例行公事已經相當適應。晨間彌撒後，他通常不是在樓上房間，就是在北美學院的圖書館念點東西。接著週一至週四的傍晚，他會在聖羅倫佐觀摩驅魔，直到晚餐時間。禮拜四早上他會前往宗徒王后大學，然後下午在天神大學授課，講述心靈史。

大約此時，一位來自印地安納波里斯主教轄區的美國驅魔師文斯・藍柏特神父（Father Vince Lampert）前來聯絡。文斯神父在羅馬的北美學院上延伸教育課程，最近才獲任命爲驅魔師，他盤算著若能趁自己還在羅馬時參與幾次驅魔，會是個不錯的主意。就像蓋瑞神父，當他的主教任命他爲驅魔師時，也告訴他「不曉得要請他做什麼」。

文斯神父是個細瘦深思的人，其不經修飾的率直有點粗線條，但本人卻非常俊俏，對好笑話的反應也奇快。一天晚上在聖彼得附近的平價餐廳見面吃飯時，這兩位神父立刻一見如故。當他們彼此認識後，文斯神父詳細告訴蓋瑞神父導致他接受任命的情況，以及他關注的事（和多數的美國驅魔師一樣），那就是他毫無訓練，對於從何開始也沒有把握。

至於蓋瑞神父，則對自己的背景相當坦率。他已經和卡米內神父講好要帶文斯神父過來，但他想讓他先有心理準備——他還記得自己失望與震驚交互出現的感覺。

文斯神父聆聽著，對於蓋瑞神父的喜愛油然增加。這不是一個要出去降魔、好讓自己聲名大噪的神父，而是坦誠相待，告訴他有些受害人的反應根本就是「怪異」的人。

他們兩人決定下週一先在聖馬利亞之家碰面，再一起搭公車去聖羅倫佐。

就如同任何新手——包括蓋瑞神父在內——文斯神父對於第一次參與驅魔會看見什麼，也日益感到焦慮。他前一天花了一整天用他所知的唯一方式讓自己做好準備：懺悔並花額外的時間祈禱。他也刻意避開類似《驅魔》（The Exorcism of Emily Rose）的影片（北美學院有些神父在一天晚上看了那部片子），因爲他不想讓自己有成見。那天下午離開北美學院之前，他告訴幾位神父自己要去哪，他們都答覆說會爲他祈禱。

在公車上，他的惶恐增加了。蓋瑞神父詳細告訴他守則，和他可能會看見什麼，展現了有意幫助他保持鎮定的態度。他們抵達聖羅倫佐時，人群一如往常早已聚集在院子裡。他們等候時，蓋瑞神父盡量就不同的人給文斯神父一些前情提要。

第一晚結束後，兩人停下來喝杯咖啡消除壓力。當天晚上是特別暴力的一晚。一位四十出頭、輪廓鮮明姣好、頭髮及肩的女子搖得極爲猛烈，文斯神父眼睜睜看著她往上離開椅子五吋，當時卡米內神父僅僅用手掌將她推回椅子上坐好。蓋瑞神父那時候正好目不轉睛地研究《禮典》，所以錯過了那一幕。

文斯神父有幾個問題。卡米內神父一如往例，擰了女子的鼻梁，文斯神父覺得很奇怪。蓋瑞神父噗嗤笑著告訴他，說他自己也有同樣的問題（卡米內神父後來解釋說，自己擰鼻子是因爲魔鬼是從人的感官進入❶）。

蓋瑞神父和文斯神父兩人想到往後，一個人心靈福祉的命運就寄託在他們的手上，便巴不得想趕快學到實用的祕訣。由於《禮典》對於該如何執行驅魔並沒有明說，因此主要的考量是避免犯錯。蓋瑞神父自己就讀過，如果驅魔師做錯了，便可能在靈性上暴露自己而遭受攻擊。一位作者甚至暗示，如果驅魔師在驅魔的過程中碰觸當事人，魔鬼就可能進入他的體內。

卡米內神父對此嗤之以鼻。「沒有這回事，這又不是傳染病。」他事後說道。然而，危險的確存在。卡米內神父堅持不與魔鬼交手。

「無論魔鬼何時開口，都千萬不要聽他講話。你也千萬不要爲了想知道什麼隱藏的事而問魔鬼問題，這是非常嚴重的錯誤。神父不用問魔鬼一些自己不知道答案的事（例如：「你明知道天主是全能的神，為什麼還要把自己放在高於祂的地位？」）。千萬不要問問題！讓魔鬼有機會成為訊息的來源，便是犯了大忌！首先因為他是騙子，所以他說的一切都有可能是謊言，其次是因為你無法推崇他成為你的訊息來源。」

《禮典》的確允許驅魔師問魔鬼的名字，古時希伯來的傳統相信，問名字會給人一種高於對方的力量，古時禁止書寫或稱呼天主的名字也證實了這種說法❷。問魔鬼名字的基礎來自耶穌在聖經中問革辣撒群魔的名字（〈馬爾谷福音〉第五章第九節）。早期的驅魔師認為這個舉動富有價值，便收錄於一六一四年的《聖事禮典》中，允許驅魔師問「住在當事人身上的靈的數量和名字，以及進入他的時間和原因」❸。

「他首先想奮力避免的一件事就是供出名字，因為透露名字對魔鬼而言有點像是打敗仗。」阿莫爾特神父說。

魔鬼的名字會描述靈的可能類型。有時名字是純功能性的，好比「憤怒」或「情慾」；有時是聖經中耳熟的名字，好比魔王貝耳則步（Beelzebub，又譯別西卜）或阿斯摩太（Asmodeus）。

連驅魔師也承認其中有許多神祕之處。例如：如果魔鬼阿斯摩太在一個驅魔師所看的兩個人或多個人身上出現（其實數量不只於此），那魔鬼為何認不出驅魔師？難道他不能對驅魔師說：「嗨，還記得我嗎？我們今天早上見過面。」實際生活中，有時的確會發生這種事：驅魔師為一個人祈禱，甚至是在世界的另一端祈禱，而魔鬼會說：「我們五年前在耶路撒冷交手過。」——指受害人毫不知情的一次驅魔。然而這很罕見，一般驅魔師（尤其在義大利）可能在同一週看到阿斯摩太三次，卻不太像是「我們又見面了！」不過根據一位義大利驅魔師的說法，實際的名字沒那麼重要。它可能象徵那個特定邪靈的「軍團」。換句話說，一個魔鬼說「阿斯摩太」，就像二次大戰的美國兵說「我是海軍陸戰隊」，或「我在艾森豪手下」。「重要的是他們給了一個名字，隨便什麼名字，只要他們有回應就好。」驅魔師說。

因為這個原因，很多驅魔師都比較傾向於完全不和魔鬼說話。例如：戴爾敏神父甚至連名字都不問。「我一概不問是因為我不相信他們。我知道這聽起來可能令人失望，但魔鬼是天大的騙子，所以我只是繼續祈禱，幾乎當他們不存在一樣。」

另外可能發生的是，魔鬼有時會給人的名字，如「亞當」。驅魔師之間的一個大爭議，在於逝者的亡靈是否能夠造成附身。較偏神學的驅魔師說不能（人死時，靈魂會直接到天堂、地獄或煉獄），而在類似非洲（當地廣為相信這種事）等地待過一段時間的驅魔師則說可以，是有可能的。南倪神父一度為一個人祈禱，那人宣稱是一個死去的黑手黨老大的靈魂。在經過多月拒報姓名的情況下，南倪神父做了個小測驗，發現他們討論的當事人根本不存在。在這種狀況下，魔鬼終於疲軟，坦承這一路下來，他一直企圖矇騙驅魔師。

除了卡米內神父能回答幾個問題的短暫休憩外，蓋瑞神父和文斯神父也養成在結束後喝杯咖啡或稍微吃點東西的習慣。透過蓋瑞神父對受害者個人歷史的了解，以及文斯神父對義大利文的理解（因爲他的西班牙文很流利，所以能比蓋瑞神父多聽懂一些義大利文），他們兩人會互相對照筆記。在一次深夜的用餐中，蓋瑞神父向文斯神父解釋自己花了好幾週才明白的事——卡米內神父爲什麼要用十字架碰觸當事人身體上特定的部位。他在尋找被詛咒「攻擊」的點。「人時常在特定的儀式中被獻上，而經過詛咒的物體會放在他們的後頸上。」

他們也討論一些他們覺得在美國不會風行的動作，好比卡米內神父在驅魔的尾聲拍打人的動作。他們詳細談到美國大部分的主教都對驅魔的眞實性了解不多的事實。兩人也都同意主教們需要有更多這方面的資訊。

✝

蓋瑞神父繼續參與驅魔後，就漸漸明白驅魔可能會累垮人，或許最費勁的就是永無止息的重複。卡米內神父主持聖羅倫佐的方式彷彿是在經營開業診所。他會爲人祈禱十五或二十分鐘，然後排定下次約見的時間後，他們就能過上一段正常的日子了。從與達尼爾神父的交談中，他知道羅馬還有許多其他的驅魔師也是用類似的手法。

之後，蓋瑞神父便發現每位驅魔師都有自己的一套系統，部分原因是幾乎所有的人除了驅魔之外，都還有其他職責要盡。例如，卡米內神父是聖羅倫佐的院長，忙著處理教堂和教區日常生活的運作，表示他一週只有三到四天能約見人，通常是在傍晚。所以卡米內神父傾向於在特定幾天塞進比較嚴重的案例，數量也較少，或許是五個人而非十個人。然而，也有人不說一聲就出現，只想得到快速的祝福。有一天，就有位拾荒的婦人把小型垃圾車停在院子外，踩著重重的腳步、穿著螢光綠的反光條制服進來，問群集的衆人，卡米內神父是否接收現場預約。結果是他不接受。

接著蓋瑞神父考慮到更根深柢固的個案，例如潔妮卡修女。他第二次見到她時，她似乎比之前更惡化了。此外，他提醒自己，她已經來看卡米內神父九年了。驅魔的祈禱文難道沒有效嗎？

蓋瑞神父發現人有個天大的誤解，以爲驅魔是一次見效、終生免疫的處方，以爲一旦驅魔師開始用《禮典》，就是一場可以持續打好幾天的仗，直拚到你死我活爲止。美國賓州斯克蘭頓市的一位驅魔師就造了「得來速驅魔」這個新名詞，用來描述由媒體及好萊塢電影炒熱的這種一勞永逸法。可想而知，很多去找驅魔師的人也抱持這種錯誤的想法，一心只想尋找快速搞定的方法。

「民衆不了解我們做的事。」葛摩拉佐神父說。「民衆來找我們，期望能立刻得到治療。他們心想：『我頭痛是因爲魔鬼』、『我工作不順利是因爲魔鬼』。民眾所接收的資訊有問題。」

葛摩拉佐神父解釋，驅魔反而比較類似一段旅程，驅魔師的表現有點像心靈導師，以祈禱與聖禮幫助受害人「重新發現天主的恩典」。這就是驅魔師相信天主爲何允許人被附身的首要原因之一。「這個訊息極爲重要，」葛摩拉佐神父堅持說道。「這就是人爲什麼要花這麼久的時間才能得到釋放。這乃是當事人、當事人的家庭，以及教區的信心之旅。」

想要民眾用這種方式看待驅魔，對驅魔師而言未必容易。「這場戰役有一半是要完全改變他們的目的，這樣他們才不會從擺脫問題的角度來看待這件事，而是用信仰完全改觀或完全改變信仰的角度來看待。」英國驅魔師傑若米・戴維斯神父（Father Jeremy Davies）說。「那就是所有的目標，也是我週復一週不斷告訴民眾的事。這是最重要的——驅魔還在其次。」

簡單說來，驅魔祈禱文削弱魔鬼在當事人身上的力量。然而個人沒有完全參與投入，就不可能得到療癒。被附身的受害人會受到規勸，要每週懺悔，每天念〈玫瑰經〉，最重要的是要領聖餐。「我一向說驅魔是百分之十的治療，剩餘的百分之九十是個人的責任。這代表什麼意思？代表要有更多祈禱，更常接受聖禮，活出福音的生活，使用神聖的物品（驅魔水、油、鹽）。」阿莫爾特神父寫道[4]。

「有些人我已經爲他們驅了二十年的魔。」阿莫爾特神父說。「聖亞豐索（Saint Alfonso de' Liguori）說了一句非常貼切的話：『你不一定會獲得釋放，但一定會得到某種慰藉。』這表示在過去只因爲祝福、尖叫、大吼就習慣往地上撲的人，在經過多年的驅魔之後，會變得平靜下來，可以過專業的生活和職業生涯。但有時候他們覺得有些不安就會過來，過去習慣每天或每週來一次的人，在經過幾年的驅魔後，可能每兩個月或半年來一次。我的意思是說他們會有持續的進步。」

✝

二月九日，蓋瑞神父爬上米色的大理石階梯，走進宗徒王后大學的教室上最後一次課。他心裡認爲下學期的課程品質比不上上學期，便十分期待最後的這一堂課。這是一次圓桌討論會，帶領人爲三位驅魔師——巴蒙特神父、南倪神父、阿莫爾特神父——和一位艾伯托神父，他主持一個名爲「centro ascolto」的心靈聆聽中心。

請驅魔師來談他們的聖工是課程規劃人員的一種妥協。最初，他們聯絡國際驅魔師協會（IAE），想請一位驅魔師在課堂上實際驅魔。然而，葛摩拉佐神父告訴他們，雖然IAE認爲這個課程是很好的構想，但驅魔並不是看熱鬧的娛樂活動。如此將受害人放在現場只會增加他們的折磨，讓整件事變得廉價低劣。

三位驅魔師魚貫進入教室時，蓋瑞神父對他們的印象十分深刻。這三人同時出現在課堂上，好似明星球員列隊向小聯盟球隊致詞。阿莫爾特神父和巴蒙特神父一樣，身穿一襲黑色的神職長袍，增添了虔誠的神態。八十歲的他走起路來稍微有些佝僂，他從容地爬上三個階梯，走上講台，幾乎不像媒體所描繪的傳奇英雄形象，而是流露出一種較爲愉快慈祥的性質。很感恩的是，儘管有如此傑出的人物在場，但媒體並不冒失。

開場祈禱後，阿莫爾特神父用粗啞但穩定的音調講了四十五分鐘，眼睛盯著教室遠方的一角。對於密切注意他公開露臉、閱讀他衆多著作的人而言，這個主題耳熟能詳：驅魔直達身為基督徒的核心意義，是每位神父都應該更認眞看待的事。當然，這對於職責中包括任命驅魔師的主教而言就應該加倍。訪談中，阿莫爾特神父甚至說，不任命驅魔師的主教就是犯下不赦之罪。

課堂進行了十五分鐘，蓋瑞神父耳中微弱的聲音突然沉靜下來，他的翻譯離奇失蹤了。感到氣惱、卻不見得驚訝的蓋瑞神父，在接下來的三十分鐘竭盡全力拼湊阿莫爾特神父剩餘的談話片段。他的義大利文比第一天上課時要好得多，但他仍然很吃力。休息時間，他去搞清楚發生了什麼事，想知道這個大好機會是否又要付諸東流。結果，原來是第一位翻譯已鎖定一個年輕的神學生代替他的位子，省得蓋瑞神父遍尋各個走廊。

休息時間結束後，南倪神父針對「驅魔師與主教通力合作所扮演的重要角色」講了半個鐘頭，確認唯有主教任命的驅魔師才能執行《禮典》的祈禱文。換句話說，只因爲有人修了這門課，並不代表他就能自行開始爲人祈禱。既然蓋瑞神父是主教任命的驅魔師，這個話題便沒有實際的意義，不過倒也提醒他，回去之後需要與主教密切合作。

巴蒙特神父接著討論驅魔師具備團隊手法的重要性，強調與治療師或心理學家有密切合作關係的必要。蓋瑞神父聽著，忽然又想起卡米內神父沒有這樣的同工。多數的受害人都會帶同伴來，但在特定的場合下，要不是有蓋瑞神父，卡米內神父就得孤軍奮戰——於是蓋瑞神父發誓，即使只爲了「合法」的考量，他自己也絕不單槍匹馬上陣。

對蓋瑞神父而言，主持聆聽中心的艾伯托神父是最引人入勝的演講者。該聆聽中心基本上就是一個靈修中心，裡面的成員有兩位神父、兩位修女、一位治療師，以及一個附屬的祈禱團體。那個地方開放給有心靈或心理難題的人，而他們將這些難題歸因於心靈問題。這個概念類似蓋瑞神父買的書：由葛羅謝爾（Benedict J. Groeschel）所著的《踏腳石，絆腳石：心理問題的靈修答案》（Stumbling Blocks or Stepping Stones: Spiritual Answers to Psychological Questions）。蓋瑞神父在艾伯托神父的強調下獲得啓示：人有持續履行聖事——尤其是懺悔——以及將祈禱帶回生活的需要，而人卻會用很多其他活動來塡滿生活，他說道。艾伯托神父的措辭是，這些「娛樂」不一定糟糕，卻仍然使人遭受各種錯誤的影響。他首先和至要的願望是打造人能夠祈禱的場所。他已經在聖阿納斯塔西亞教堂（Basilica of Saint Anastasia）設置一個永久的祈禱室，讓人朝拜聖體（Eucharistic adoration，天主教傳統，指在受到祝福的聖體前沉思默想）。當然朝拜聖體並不是什麼新鮮事，但是蓋瑞神父喜歡人需要更多「安靜的時間」與神獨處的想法。他也欣賞艾伯托神父想回歸教會傳統的用意。這些方式也將使身為驅魔師的他受益。向人講起魔鬼可能很難，但他肯定會告訴大家祈禱的好處。他也會實踐凱文・喬伊思神父推薦的「預防醫學」。

艾伯托神父結束後，蓋瑞神父很高興有整整一小時專門用來發問和回答的時間。這堂講習太精彩了，要不是時間限制，他還可以坐在那裡繼續聽個夠。

阿莫爾特神父對一個問題的回應讓蓋瑞神父噗嗤笑了：「每個考慮從事驅魔的人都需要見習。」為了見習，他可是歷經了千辛萬苦啊！知道美國有一百八十五個主教轄區——表示將有許多驅魔師需要接受訓練和見習——他無法想像「在這裡拚命學習的六個傢伙」，可以在忽然間個別指導一百八十五個神父。但如果他們不指導，又有誰可以指導呢？

蓋瑞神父在課程的最後一天離開時，對自己擔任驅魔師的呼召感到振奮。這個課程不僅給他所需的基礎，也強化了他想幫助人的渴望。如今他已了解驅魔不只是位於信仰的邊緣，其中還有強大的牧養成分。

註釋：

❶其他驅魔師觀察發現，魔鬼與受害者的感官有不尋常的聯結。「彷彿是魔鬼在占有身體之時，

也會在特定的時刻感覺到身體的感受。無論是什麼惹惱了身體，也同樣會惹惱魔鬼。」福爾提亞神父，《驅魔師訪談錄》，第六十九頁。然而，如此一來，魔鬼也會因爲對驅魔的祈禱文有反應，而不經意地暴露自己的存在。

❷ Joshua Trachtenberg，《Jewish Magic and Superstition: A Study in Folk Religion》，第九十一頁。更多有關名字的訊息，見蓋布列爾．南倪神父的《天主的手指和撒但的力量：驅魔術》，第一八六頁；以及S. Vernon McCasland的《By the Finger of God: Demon Possession and Exorcism in Early Christianity in the Light of Modern Views of Mental Illness》，第九十六至一〇九頁。

❸ 一九五二年版《聖事禮典》的第十四條指導方針。

❹ 蓋布列爾．阿莫爾特，《驅魔師自述》，第一一二頁。

第十四章
靈魂之窗

指揮官在勝利中凱旋，但他如果沒有奮戰就不可能征服；戰事的危險愈大，勝利的喜悅就愈多。

——聖奧古斯丁，《懺悔錄》

夜幕漸漸低垂，蓋瑞神父發現卡米內神父在態度上有了轉變。到了六點四十五分，這位嘉布遣會士在為九個人驅魔後，他一度昂揚的姿勢已變得嚴重駝背，便用左手靠著牆支撐。儘管外面下著冷冽的雨，但他的棕色袍子卻仍緊緊貼著他，沾滿了涔涔汗水。蓋瑞神父不知道他的恩師何以能日復一日地維持這股毅力。

到了二月底，蓋瑞神父已經看過四十多場驅魔，其中包括反應極為激烈、使他和文斯神父都要幫忙平息的狀況。有一個案例是一位外表古怪的瘦小修女，她穿著全套修女服，年齡約五十多歲，但看起來卻蒼老許多，在念誦《禮典》的過程中，她整個人完全變了樣，根本讓人認不出來。他也第三次、第四次看到潔妮卡修女，每一次驅魔似乎都比前一次更為猛烈。

當他得知驅魔的重複本質可能成為驅魔師的挑戰時，也就不足為奇了。「對我來說，」卡米內神父說，「最困難的是從來沒有人立刻得到釋放。有時需要年復一年的時間，這麼堅韌不拔地講究方法，不但令人非常疲累，而且魔鬼會利用這個機會，試圖注入懷疑的毒素，彷彿是說：『你這是在浪費生命，你在騙人。』」

驅魔師也必須處理眞實的自殺脅迫。達尼爾神父就告訴蓋瑞神父，在一次驅魔過程中，他得緊緊擒住一名企圖從三樓的窗戶往下跳的女子。

在義大利，每個驅魔師都有手機。一天中收到幾封寫著「今天我終於要了斷這一切！」或「你不幫我，我就撐不下去！」的簡訊，對驅魔師而言是很普遍的事。正如阿莫爾特神父在其著作《驅魔師自述》中所描述的，一位尋求康棣多神父協助的女子在驅魔的過程中跳出窗外❶。面對日常環境如此充斥著苦難與絕望，許多驅魔師都感覺不堪負荷。

蓋瑞神父開始注意到驅魔也影響到他了。儘管不願意承認，但他也覺得自己一成不變。他發現卡米內神父反覆不斷看很多人，而他們的狀況，或者他為他們祈禱的方式，都沒有什麼變化。除了幾個比較明顯的案例之外，已經沒有什麼新的東西能給蓋瑞神父看了。再者，他只是被動的觀察者，或許等他開始自己的聖工，感覺到自己是負責人的重要性時，他的態度就會改變。

令他大為驚訝的是，他發現自己不但在驅魔的過程中會時而分心，而且他還注意到驅魔也開始在聖羅倫佐以外影響他——而且不是好的影響。

蓋瑞神父意識到驅魔師是惡魔攻擊的首要目標。驅魔課程和他閱讀的大量書籍都指明這一點，有些甚至提到陰慘的細節。「他只需要進入我們喜好的水流，就能在我們輕率處理那些使我們走偏的事物時，往已經搖搖欲墜的東西一壓，或壓抑那些蠢蠢欲動的東西就行了。他的影響力就像毒氣一樣散播，我們吸入卻不自覺。」❷道明會的神學家賽提隆吉（Antonin-Gilbert Sertillanges）寫道。

長久以來，基督教的傳統都認爲人的生命愈往上接近天主，惡魔的攻擊就愈猛烈。無數的聖徒都因爲虔誠而遭受苦難，包括聖保祿、聖女大德蘭、比奧神父，以及聖女吉瑪。

聖十字若望（Saint John of the Cross）在其著作《靈魂的暗夜》（The Dark Night of the Soul）中，描述天主如何在萬事萬物中維持一種特定的「均等」，好讓我們能獲得與自身狀態相比擬的恩典。就像重量級的職業拳擊手打業餘拳擊手根本不費吹灰之力，聖徒的虔誠也要經過適當的測試才不會淪爲不實。我們在祈禱中領受的各種恩典，和善良的天使所賜給我們的禮物，都躲不過撒但的注意力，聖十字若望說，「部分是因爲這樣，他才能根據公平正義的尺度與他們作對，也因此他才不能辯稱沒有給他機會征服靈魂是實話，正如他對約伯的辯詞。」❸

就因爲這個原因，聖徒伯多祿警告早期的基督徒：「你們要節制，要醒悟，因爲你們的仇敵魔鬼，如同咆哮的獅子巡遊，尋找可吞食的人；應以堅固的信德抵抗他，也該知道：你們在世上的衆弟兄，都遭受同樣的苦痛。」（〈伯多祿前書〉第五章第八至九節）

蓋瑞神父因爲酒精在他身上的效力，所以十多年前就決定戒酒。當時他的酒量不算大，但他注意到如果在晚餐喝一、兩杯酒，他就會覺得自己的控制力開始招架不住了。不過，在抵達義大利時，來到一處因酒及用餐三小時而聞名的地方，他就決定稍微放鬆一下限制。聖馬利亞之家的晚餐時常供應酒（遵循傳統），偶爾他也讓自己小酌一杯。他待在羅馬的前半段時間，事情都還順利，一旦他開始參與驅魔，就彷彿有人或是什麼東西，將他的慾望接上衛星接收器，有些畫面就開始湧入了。

性試探是驅魔師要面對的一項主要危險。「有時我們必須對我們驅魔的人十分謹愼，因爲他們眞的可以激起驅魔師的一些慾望。」戴爾敏神父說。有些向卡米內神父尋求協助的女人相當有吸引力，在驅魔的過程中，也有幾個人眞的想把自己的衣服撕下，或自我摩擦。令人驚訝的是，蓋瑞神父的試探不在驅魔的過程中，而是在事後搭公車或走在羅馬的街道上時。他無法獨力克服這些試探，便到聖馬利亞的禮拜堂，或到不遠處的聖塔麗塔修道院（Santa Rita）的小教堂默默祈禱，求天主給他力量。當那些念頭在強烈的禱告後仍盤旋不去時，他就會開始氣惱自己。難道他已經打開一扇門讓魔鬼來攻擊他了嗎？

✝

雖然驅魔師承認自己的聖工有時會成爲沉重的負擔，但他們也說，如果過度誇大惡魔的力量那就錯了。正如阿莫爾特神父寫道：「怕惡魔的神父就像怕狼的牧人一樣，是沒有根據的恐懼。」❹阿莫爾特神父說，若是如此，「惡魔對我們的傷害」就已經「超過了他的能力範圍」。

所以驅魔師說，與其懼怕惡魔，倒不如盡力仿效聖徒，好比聖女大德蘭就宣稱：「如果主滿有大能，因爲我看祂是如此，也知道祂是如此，又如果惡魔是祂的奴僕（這一點毫無疑問，因爲這是信心問題），那麼我是這位主和這位王的僕人，他們又能對我下什麼毒手？我難道不該堅忍不拔地與全地獄爭戰嗎？」❺

驅魔師沒有守護聖人，所以許多驅魔師對馬利亞都有強烈的忠誠感。在天主教會的傳統中，馬利亞有著格外尊榮的地位：「她終其一生，直到兒子死在十字架上，她的信心都沒有動搖過。她始終相信神的話必然成就。因此教會尊崇她單純地實踐信心。」❻也因爲這樣接受天主，馬利亞代表與惡魔完全相反的平行弧線。「天主讓〔撒但〕崇高，但他卻自我墮落；天主讓馬利亞卑微（她是人類，因而不如天使），但她卻自我昇華。」❼福爾提亞神父寫道。聖經引述撒但和馬利亞之間的敵對狀態。天主在對引誘伊甸園裡的亞當和夏娃的蛇講話時，說：「我要把仇恨放在你和女人，你的後裔和她的後裔之間，她的後裔要踏碎你的頭顱，你要傷害他的腳跟。」（〈創世紀〉第三章第五節）因此許多雕像都刻畫馬利亞將蛇踐踏在腳底下。

許多驅魔師會在念誦《禮典》的過程中呼求馬利亞。「魔鬼非常怕她，甚至絕口不提她的名字，而改說『那個女的』或『她毀了我』。」阿莫爾特神父說。

「聖母祈禱文，尤其是〈玫瑰經〉，是對抗撒但非常有力的武器，」巴蒙特神父解釋。「這就是爲什麼〈馬利亞〉這麼堅持我們用〈玫瑰經〉祈禱，〈玫瑰經〉是眞的能對魔鬼迎頭痛擊的祈禱文。」在數不清的場合下，巴蒙特神父曾懇求馬利亞協助，結果他祈禱的人只是說：「她來了！」或者是「要不是她阻止我，眞難以想像我會對你做出什麼事。」❽

✞

在處理試探的問題好幾週後，蓋瑞神父的結論是，這些試探的本質就是惡魔，此外根本無可解釋其強度。這個領悟很有幫助。課程已經警告他有這種可能，所以他不讓這種可能威嚇他，而是將它納入更大的脈絡，即所有基督徒都要踏上的靈性之路。正如聖保祿所說：「天主是忠信的，祂絕不許你們受那超過你們能力的試探；天主如加給人試探，也必開一條出路，叫你們能夠承擔。」（〈格林多前書〉第十章第十三節）因此，即使他是標靶，他也知道天主終究會提供他方法克服。

家人和學校的支持也很有幫助。他把自己的很多問題都講出來，一週至少打電話給父母一次。他也對聖馬利亞的一群神父敞開胸懷，他們若不是他在來羅馬之前就認識的神父，就是對驅魔有興趣。他特別喜歡對北美學院的神學生講話，因爲他覺得他們有一天也可能置身於類似的處境。

聖馬利亞有幾位神父也算好奇，想要參與驅魔。有些人甚至以往就有經驗——爲人做自發的釋放祈禱——熱切地想確認自己親眼看見的是眞的。

蓋瑞神父路過圖書館和蕾貝嘉修女閒聊，告訴她在聖羅倫佐的種種經驗時，甚至也讓她成了信徒。

其他消遣也有助於他的心思不再記掛聖羅倫佐的事，以及日益增加的內在掙扎。他一向是古典音樂迷，覺得古典樂能振奮並且激勵人心。其實，他的父母在他發生意外、支離破碎地躺在醫院時，就放過他最喜愛的一些作曲家如史特勞斯和巴哈的作品。所以週末他盡可能到附近的教堂如聖依納爵、聖馬伽婁（San Marcello）和十二宗徒（Dodici Apostoli）去聽免費的音樂會。有一次他在表演藝術中心看到拉赫曼尼諾夫（Rachmaninov）的演奏，還有一次，他把另一個神父從聖馬利亞之家拉出來，在傾盆大雨中到聖彼得大教堂去聽梵蒂岡贊助的音樂會。他感激有這樣的外出機會，他發覺光是走在狹窄的鵝卵石街道上，就是一大樂事。即使在午夜過後，他也依然樂見各家餐廳人聲鼎沸。

幾位在聖馬利亞之家的神父也幫上了忙，包括瓜達露珮聖母（Our Lady of Guadalupe）的盛宴，他認爲把很多神父從殼裡引了出來。他主動擔負起規劃聖派屈克節（Saint Patrick's Day）的慶典，請一位愛爾蘭神父煮咖啡，將修道院的餐廳裝扮成綠色，甚至徵召一位眞正的愛爾蘭小提琴手來演奏幾個鐘頭，在在使得慶祝會大爲成功。

對蓋瑞神父而言，身爲神父的一切都和人的互動有關。他發現諷刺的是，面臨婚姻問題的教友告訴他，他不用擔心這種事眞是幸運（諷刺之處在於他身爲神父，大約要照顧一千個家庭）。「大家都認定我身爲神父不會有什麼問題，但我的確有問題，我們大家都有問題。」蓋瑞神父說。「的確，我沒有其他人的一些問題是事實，例如養家的壓力；但我每晚回家都面對空蕩蕩的房子也是事實。」他喜愛外出到人群中，並持續尋找融入他們的方法。對他而言，社群是最重要的，大家都屬於一個共同來頌揚基督之愛的家庭。

✞

自從卡米內神父在一月的那一天初次收他爲見習生起，蓋瑞神父就會在《禮典》開始時，和受害人有一種「井水不犯河水」的感覺，儘管在擁擠的空間和怪異的親近中也不例外。這一切都在二月底一個週六的驅魔中爲之改觀。

一如往常，卡米內神父不讓他知道該有什麼心理準備。他在當天早上十點踏入辦公室時，很驚訝地見到達尼爾神父正和所有人一起等候。「所以你怎麼會和這一切扯上關係？」蓋瑞神父問道，而簡短得知他們眼前的這個案例：這位婦女是義大利南方人，因爲她的主教轄區沒有驅魔師，所以到羅馬來尋求驅魔。達尼爾神父恰好是時常陪她來的那位神父的朋友。

蓋瑞神父想再多聽一些，但三個人走了進來——一位四十五、六歲的聖方濟會士，理著平頭，鬍鬚修剪整齊，後面跟著一對六十出頭、相貌平凡的夫婦。男子穿著皺褶的西裝，進來時始終保持目光低垂，女子喬凡娜[9]有略微凌亂的短髮，表情冷酷僵硬，彷彿有看不見的重擔慢慢將她壓碎碾成了灰。她立刻引起蓋瑞神父的注意，因爲她看來「非常煩亂」，警覺地看了他一眼。

卡米內神父毫不浪費時間，將喬凡娜帶入斗室，其他人則尾隨在後——卡米內神父及兩位穿著棕色袍子的聖方濟會士，卡米內神父著黑色聖袍。四位神父都披有聖帶。卡米內神父關上門的那一刻，室內的氣氛一路下滑，變得非常順從。喬凡娜坐在椅子上，雖然尚未念誦《禮典》，但她卻緊張地開始抽搐。每個人都定睛看著她，蓋瑞神父立刻嗅出這個案例有獨特之處——她的在場讓他感到一股強烈的不祥預感。

卡米內神父從擠瓶中朝她的方向灑一些聖水，說：「In nómine Patris et Filii et

Spíritus Sancti（奉聖父、聖子、聖神的名。）」

喬凡娜馬上發出毛骨悚然的尖叫聲，蓋瑞神父的雞皮疙瘩都起來了。她很快站起來，單手將金屬椅子撈起來，舉過頭頂像棍棒一樣揮舞著，達尼爾神父、家庭神父和她的丈夫都一個箭步跳入，阻止她傷害任何人，使勁地將她制服回椅子上，卡米內神父毫不遲疑地將手放在她的頭頂上，同時呼求聖神，即使她狂踢猛打那些阻礙她的手也沒有用。

向天使長彌額爾祈禱後，卡米內神父略過一大段，直接跳到驅魔祈禱文：「Deus, humáni géneris cónditor atque defénsor, réspice super hunc fámulum tuam, quam ad tuam imáginem formásti et ad tuæ vocas glóriæ consírtium...（天主，人類的創造主與防禦者，垂顧你的這位僕人，這僕人是你照自己的形象所造，現在呼求要與你的榮耀有份。）」他說道。

魔鬼也不甘示弱，立即彰顯：「你奈何不了我的！」他用喉音對卡米內神父咆哮。

「Exáudi, Deus, humánæ salútis amátor, oratiónem Apostolórum tuórum Petri et Pauli et ómnium Sanctórum, qui tua grátia victóres exstitérunt Malígni: líbera hunc fámulam tuam ab omni aliéna potestáte et incólumen custódi ut tranquíllæ devotióni restitúta, te corde díligat et opéribus desérviat, te gloríficet láudibus et magníficet vita（垂愛救贖人類的天主，垂聽你的使徒伯多祿與保祿及眾聖徒的祈禱，藉由你的恩典，他們將成為戰勝邪惡勢力的勝利者：

釋放你的這位僕人從各種外來的權勢中得自由，保護她的安全，以便恢復平安的敬虔，可以全心愛祢，也可以用工作熱心事奉祢，可以用讚美來榮耀祢，也可以用一生來頌揚祢。）」卡米內神父祈禱。

「你該不會眞的相信那些小孩子的把戲吧？」魔鬼嘲弄道。那聲音再度讓蓋瑞神父想到，如果狗會說話，大概就是那種聲音：陰暗低沉的邪惡聲，似乎來自女人腹部的深處。

「喔——」她不斷呻吟，同時更猛烈地反擊，迫使蓋瑞神父也跳進來幫忙約束她。家庭神父抓住她的腿，蓋瑞神父和達尼爾神父則穩住她的手臂，喬凡娜的丈夫用臂膀抱住她的身軀，即使在她對卡米內神父咆哮、吐口水時也不鬆手。

蓋瑞神父從未見過這麼強烈的反應。喬凡娜的臉已經變形，露出恨意十足的輕蔑神情，眼睛仍是睜開的。通常在罕見的例子裡，眼睛張開的人對祈禱文都有溫和的反應。在比較激烈的案例中，受害人大致都會閉上眼睛，避免看到室內的神聖物品。然而，這次喬凡娜的眼睛不但張開，還放肆地盯著室內的每個人瞧。

「Exorcízo te, vetus hóminis inimíce: recéde ab hoc plásmate Dei. Hoc te iubet Dóminus noster Iesus Christus, cuius humílitas tuam vicit supérbiam, lárgitas tuam prostrávit invídiam, mansuetúdo calcávit sœvítiam（人類的宿敵，我趕逐你，從天主的這位僕人身上離開。我們的主耶穌基督如此命令你，祂的謙卑征服你的驕傲，祂的慷慨貶低你的嫉妒，祂的溫和踐踏你的殘忍。）」

那聲音再度爆發：「你不知道他死在十字架上了嗎？而你還在跟從他！我們更強！我們更強！我們贏！我們贏！」

卡米內神父倒些聖水在她的眼中，她猛烈掙扎著加以擺脫，大喊大叫著：「Basta!（夠了！）」他不受阻撓，繼續念誦。「Obmutésce, pater mendácii, neque impédias hanc fámulam Dei Dóminum benedícere et laudáre. Hoc tibi ímperat Iesus Christus, sapiéntia Patris et splendor veritátis, cuius verba spíritus et vita sunt（說謊之父，不要出聲，也不要妨礙天主的這位僕人祝福讚美主。耶穌基督如此命令你，天父的智慧和眞理的光輝，祂的話就是靈和生命。）」他再次重複ímperat（命令）一詞數次，說的時候一邊強調「Ímmmm-pe-rat」，努力迫使魔鬼承認自己的劣勢。

喬凡娜露出牙齒。混濁的黏液和口水從她口中滲出流至下巴。「閉嘴！你不知道我是誰嗎？」深沉的聲音叫囂著。「別把我當成豬！你看我怎麼對付這個老太婆，看看我的能耐！」她的身體再度猛烈搖晃，促使四名男子再跳進去阻止她傷害自己。

「Non mi toccare!（不要碰我！）」魔鬼大喊。幾分鐘後，喬凡娜算是平靜了，蓋瑞神父和其他人才得以鬆手。她繼續流口水，也無意控制唾液，任其流至襯衫上。她的腳下已經形成個小池塘了。家庭神父抓了幾張廚房紙巾給喬凡娜的丈夫，他很盡責地爲她擦拭嘴巴。

卡米內神父才剛開始念誦《禮典》的另一段祈禱文，她就在無預警之下轉向蓋瑞神父，滿是恨意地盯著他，眼睛眨也不眨。他在她的眼中注意到某種極爲不自然的東西，看起來似乎就是比正常人混濁，幾乎就像可樂瓶子一樣，虹膜不尋常地又大又黑。然而，更驚人的是一個生命似乎消失了。她的眼睛幾乎像是死了，那個凝視讓他想起屍體防腐桌上沒有生命的眼睛。

困在死亡凝視的大燈下，蓋瑞神父突然覺得自己毫無遮蔽、無足輕重，任由那雙眼睛死盯著。在這深沉的一刻，他知道自己正直盯著純然的邪惡。他拒絕接受威嚇，便快速恢復鎮定，並且拒絕動搖。要是讓這個魔鬼嚇到我，我就完了，他心想。片刻後，魔鬼轉而不看蓋瑞神父，將目光放在另一個人身上。

這場驅魔持續了兩個多小時，整個過程中，喬凡娜持續流口水，猛烈攻擊，同時輪流盯著室內的每一個人。卡米內神父用修訂版和舊版《禮典》零星念誦聖詠，而她也昏厥多次。知道這是魔鬼有時會用的伎倆，以防止宿主聽到祈禱文，因此卡米內神父只是說一段祝禱文，或灑些聖水在她身上，她就馬上一躍而起。蓋瑞神父多次介入將她按住。

他們進行了將近三個鐘頭，蓋瑞神父想知道這還要持續多久。現場的男丁都已經筋疲力盡，尤其是卡米內神父，但喬凡娜卻沒有緩和的跡象。儘管如此，蓋瑞神父仍想像她一定也累壞了。最後，就在卡米內神父看似可能第十度念誦《禮典》時，他倏忽停止，在她的額頭上拍打幾下，使她的神智恢復清醒。

那婦人整整花了五分鐘才恢復，即使如此，她似乎仍顯得相當困惑。因爲她無法自己站立，所以由達尼爾神父和她丈夫攙扶她出去，躺在卡米內神父的沙發上。不久，她又開始發牢騷和詛咒。

「這眞的有用嗎？」蓋瑞神父問達尼爾神父。

看來堅忍不屈的達尼爾神父回答，這個附身非常根深柢固。喬凡娜已經來驅魔四十多年了，羅馬的許多驅魔師（包括阿莫爾特神父和葛摩拉佐神父）都認爲她的狀況是最嚴重的幾個案例之一。

「這是怎麼發生的？」蓋瑞神父問。

達尼爾神父解釋，喬凡娜還在子宮裡就被母親詛咒。她的母親是小鄉鎮的窮婦人，本來想自行墮胎，當她的盤算失效時，她就詛咒自己的寶寶。

他們在談話時，喬凡娜又開始吼叫，發出一連串褻瀆神的話，此時她的丈夫和家庭神父將她帶走了。當她離開時，蓋瑞神父轉向卡米內神父，很好奇地想知道這個案例何以會如此猛烈。

「這是力量非常強大的惡魔，」卡米內神父說道，同時稍微解釋自己的意思。這時蓋瑞神父才得知，原來惡魔就像天使，他們的存在也有一個完整的階級制度。

✝

聖經指出魔鬼也有階級制度。〈瑪竇福音〉中提到「魔王」（〈瑪竇福音〉第九章第三十四節），而耶穌說「魔鬼和他的使者」（〈瑪竇福音〉第二十五章第四十一節）時，也提到這個階級制度。此外，因為魔鬼一度是天使，假定他們與天使的等級相關似乎也很合邏輯。

聖經提到天使的九個層級：色辣芬（又譯撒拉弗；〈依撒意亞書〉第六章第二節）、革魯賓（又譯基路伯；〈創世紀〉第三章第二十四節）、上座者（又譯有位的；〈哥羅森書〉第一章第十六節）、宰制者（又譯主治的；〈哥羅森書〉第一章第十六節，〈厄弗所書〉第一章第二十一節）、異能者（又譯有能的；〈厄弗所書〉第一章第二十一節）、率領者（又譯執政的；〈哥羅森書〉第一章第十六節，〈厄弗所書〉第六章第十二節）、掌權者（又譯掌權的；〈厄弗所書〉第六章第十二節）、天使長、天使（〈羅馬書〉第八章第三十八節）。三位天使長出現在聖經裡：彌額爾（又譯米迦勒；〈達尼爾書〉第十章第十三、二十一節；第十二章第一節，〈猶達書〉第九章；〈若望默示錄〉第十二章第七節）、加俾額爾（又譯加百列；〈達尼爾書〉第八章第十六節，第九章第二十一節）、辣法耳（〈多俾亞傳〉第三章第十七節）。這九個層級一般都稱為「詩班」，因為他們主要的工作就是歌頌天主的榮耀。

雖然許多作家都試圖講述這個階級制度，但其中最知名的或許是大約活在西元五〇〇年的一個叫做偽狄約尼削（Pseudo-Dionysius）的人[10]，這麼稱呼是因為他被後來的作家誤認為是因聖保祿而改信主的「亞略巴古的狄約尼削」（〈宗徒大事錄〉

第十七章第三十四節）。僞狄約尼削是新柏拉圖主義者，他將天使的九個唱詩班分爲三個階級：「至高階」包括色辣芬、革魯賓、上座者；「中階」有宰制者、異能者、率領者；「低階」由掌權者、天使長、天使組成。對僞狄約尼削而言，這個階級制度構成神聖的生命層級，依照他們與天主的相似度依次往下排，而他們的職務就是負責掌管這個世界。每一個階級都像是扮演一種「鏡子」，是「接收至高天主的光線，因這位天主是光的源頭……並根據天主的律則，再次豐富地澆灌在其下的萬人萬物之上」⓫。

不少神學家指出這個架構苛刻獨斷的本質。在聖經裡，彌額爾以天主的天使軍團元帥之姿出現，但在此，天使長卻幾乎在這個等級墊底。

說到階級制度，就不可能不看到人的推論也有其限制。如果天使是沒有實體的靈住在世界上，我們人類甚至無法稍微理解，我們又怎麼能假裝自己知道他們的階級呢？聖依勒內（Saint Irenaeus）對天使的層層階級有疑慮，聖奧古斯丁亦然，他寫道：「在天國有上座者、宰制者、率領者、掌權者，我堅信不已；他們各自不同，我也不疑有他；但至於說他們是什麼，又在哪些方面不同……我就得承認我不知道。」⓬

今天，絕大多數的天主教神學家都傾向於阿奎那提議的階級制度，他採用僞狄約尼削的模式，卻在詩班之間用了稍微不同的區別——根據不同的智力等級。

根據阿奎那的說法，每個天使都是獨特的個體，自成一個種類。因此，每個天使和魔鬼都與另一個稍微不同，雖然不一定在實質上有所區分，但靈卻在靈體的完美上有等級之分——換句話說，在於他們發揮力量的能力。

然而，正如任一個智力理論所示，其他因素也必須列入考慮。就實際層面而言，驅魔師說，這種說法在講到魔鬼時也言之成理。

最高階級的魔鬼必定有聖經的名字，像撒但、貝耳則步、阿斯摩太、西布倫、正午毒害人的癘疾⓭（Meridiano）。正如卡米內神父所解釋的：「他們通常有其他許多次等的追隨者，這些追隨者會去附身在人身上，因爲他們的首領下達了命令。」當然，身爲最強大的魔鬼，撒但在每個附身中或多或少都一定存在，卻幾乎不是以「實體」存在。

要區別惡魔的不同類型，關鍵就在於他們的智力水準。「你不會用人的實力來衡量魔鬼的力量，而是用講話的魔鬼的智力。」葛摩拉佐神父說。「他們一定會彰顯神學的深奧知識。」此外，較強的魔鬼一定能比較弱的魔鬼抗拒驅魔祈禱文更久，甚至能發出聖名如耶穌或馬利亞等較弱的魔鬼絕不會說的名字。較弱的魔鬼不用名字，而只是說：「他在摧毀我」或「她在焚燒我」。

這個天使的階級是根據愛，因此「地獄」就沒有這種概念，驅魔師說。魔鬼保有他們原來的天使等級，但唯一使他們團結的是他們對天主及人類的恨意。較低階的魔鬼聽從較強的魔鬼，但不是出於順服，而是出於恐懼。「他們就像奴隸。」南倪神父說。

驅魔師首當其衝，看過較強的魔鬼在驅魔的過程中，阻擋較弱的魔鬼離開人的身體，即使祈禱文帶給他極大的痛苦也不准他走。這種現象在現場不只一個魔鬼時也很明顯。最弱的魔鬼一定會最早彰顯。「最強的有隱藏的傾向，同時又會派出比較小的角色。」南倪神父說。

有些魔鬼似乎會主動彼此敵對。達尼爾神父（於二〇〇六年在羅馬有短暫的時間擔任驅魔師）就必須在不同天安排兩個要見的被附身者。他們在看到對方的那一瞬間，他們的魔鬼就會彰顯，變得極端暴怒，又時常揮拳暴力相向。然而，即使有些魔鬼明顯是互相鄙視，但有些團隊似乎也能通力合作。較強的魔鬼——也或許是附身魔鬼的頭目——時常協助較弱的魔鬼。十之八九，這都發生在念誦《禮典》的過程中，驅魔師會分辨自己正與較強的魔鬼交手，也可能發生在驅魔兩次之間，魔鬼（和魔鬼的名字）的特徵會在不同的驅魔期間改變。

至於喬凡娜，蓋瑞神父無從得知她的魔鬼的階級。他太專心要制伏她，因而沒有聽到卡米內神父是否按著名字對魔鬼喊話。之後，達尼爾神父會推測這個案例是罕見中的罕見——是眞實的撒但附身⑭。

✞

從聖羅倫佐回家的路上，公車上擠滿了穿著厚重的冬季外套的觀光客和週六下午的通勤族。車窗因呼吸和體熱及頭頂吹著熱氣的風扇而模糊不清。蓋瑞神父只能踏進前門幾吋，夾在司機的駕駛艙和一大群隨著搖晃的公車而搖擺的身體中間站著。那是一種怪異的並列，在剛經歷過聖羅倫佐的事件後，又被這麼多人包圍。在腦海中重新播放驅魔的過程，他對魔鬼注視他的方式無法釋懷。那個凝視似乎穿透了他的靈魂，彷彿魔鬼能夠看穿他。

無數的驅魔師都證實他們自己常被魔鬼監視。他們十之八九都有奇怪的經驗，生命被邪惡的存在碰觸過。巴蒙特神父記得有一次驅魔，魔鬼就是知道他有風濕的毛病。「今天早上你的骨頭還好嗎？」魔鬼冷嘲熱諷地問他。卡米內神父一度有魔鬼嘲笑他剛結束的旅遊行程：「你眞笨，以爲參訪露德（Lourdes）就會對你有幫助嗎？」而他並沒有向他所祈禱的人提到他要去哪裡。

「靈界與三度空間比鄰——〈天使與魔鬼〉住在我們之間，他們看得見我們，而我們卻看不見他們。」南倪神父解釋。「從聖經的觀點來看，他們的作用是抓到我們犯下的每個錯，才能當著我們的面抖出來。」也就是這個原因，撒但才會在無數的場合中被稱爲「控告者」，如同聖經的這段經文所說：我聽見在天上有大聲音說：「如今我們的天主獲得了勝利、權能和國度，也顯示了他基督的權柄，因爲那日夜在我們的天主前，控告我們弟兄的控告者，已被摔下去了。」（〈若望默示錄〉第十二章第十節）

「這代表魔鬼總是主動監視人類，看到人對天主不忠就讓他得到樂趣，因而能擁護自己的立場。」南倪神父說。「他要人類也對天主造反，這就是他在最有分量的末日審判中可以擊倒人的一種『控告』。」

接下來幾天，被魔鬼的目光鎖定的經驗持續糾纏著蓋瑞神父。他想知道這種直接的聯結會對他產生什麼效果。經過健行的意外後，他常納悶天主救他是否有個原因。從那時起，多年來，當事情發生在他的生命中時，他就會想：嗯，可能就是這個原因。一段時間後，他不再擔心了。然而，當他回首觀看這一連串帶領他到羅馬的事件，似乎就有種邏輯的次序可言。他在太平間的歲月、他的意外事件、他的沮喪、他對醫治祈禱文的信賴——難道天主一路上都在預備讓他成爲驅魔師嗎？他實在說不上來，但他知道在那種種經驗後，一定會更有動力去嘗試。如果這是天主要他做的，那麼即使惡魔就是要監視他，天主也一定會看護他，而那才是最重要的。

註釋：

❶蓋布列爾·阿莫爾特，《驅魔師自述》，第八十三至八十四頁。

❷賽提隆吉，Catéchism des Incroyants I, 186，摘自《Who Is the Devil?》，Nicolas Corte著，《The Twentieth Century Encyclopedia of Catholicism》，第八十八頁。

❸道明會雷卡邁，《何謂天使？》，Dom Mark Pontifex英譯，第七十五頁。

❹蓋布列爾·阿莫爾特，《驅魔師自述》，第一九四頁。

❺聖女大德蘭，《The Book of Her Life》，第二十五章，第十九頁。引自蓋布列爾・阿莫爾特，《驅魔師自述》，第六十四至六十五頁。

❻《天主教會教義問答書》，一四九，第四十六頁。

❼福爾提亞神父，《驅魔師訪談錄》，第四十二頁。

❽許多人因天主教會尊崇馬利亞而控告他們崇拜偶像。教會的教義相當清楚。馬利亞應該因爲爲天主服務而受到尊敬，但絕不是受人崇拜。神學家說，要與馬利亞建立關係，最好是與耶穌基督聯合，因耶穌基督選擇她作爲在地上服事的夥伴。教宗保祿六世在一九七〇年四月二十四日的談話中說：「如果我們要自稱爲基督徒，就必須接受馬利亞，也就是，我們必須承認聯合聖母與耶穌之間的那份必需、重要、神意的關係，那就爲我們打開了一條通往他的途徑。」巴蒙特神父在一次驅魔中錄下魔鬼的聲音說：「在十字架下，她用雙手聚集（基督）湧流的血，並用那雙手向天主祈禱，她讚美感謝天父，她原諒也愛那些把她的兒子釘死（在十字架上）的人，又說她想要感覺那種痛，以減緩兒子的痛苦，但她知道她不能，我好難受。我從來沒有覺得那麼難受。」還有一次，「我們想要歡慶（基督被釘十字架），但她卻用哭泣殺了我們，她的眼淚像火一樣殺了我們。」

❾此爲假名。

❿僞狄約尼削（又譯僞丟尼修）這個名字指一位在西元五世紀末與六世紀初寫作的不知名神學家。狄約尼削屬新柏拉圖學派，他將希臘哲學的元素，其中最著名的是普洛丁（Plotinus）及普羅克洛（Proclus）的教導，綜合融入基督教的世界觀中。他的知識淵博，表示他博學多聞

（可能是普羅克洛的學生），當時可能住在敘利亞。狄約尼削完成四部主要的著作：《神聖之名》（Divine Names）、《天階序論》（Celestial Hierarchies）、《聖職階序》（Ecclesiastical Hierarchies），及《神祕神學》（Mystical Theology）。雖然在教會中遭到一些人排斥，但這些著作後來卻在拉特朗大公會議（西元六四九年）中，用來爲信仰的特定教義辯護，在中世紀也影響了重要的學術作家如彼得・倫巴底（Peter Lombard）及阿奎那。

⓫ 亞略巴古的狄約尼削，《天階序論》，第三頁。

⓬ 道明會雷卡邁，《何謂天使？》，Dom Mark Pontifex英譯，第四十八頁。

⓭ 譯註：取自〈聖詠集〉第九十一章第五至六節：你不必怕黑夜驚人的戰慄，也不必怕白天亂飛的箭矢，黑暗中行的瘟疫，正午毒害人的癘疾。又譯「午間滅人的毒病」。

⓮ 撒但是所有墮落天使的首領，因此魔鬼附身中鮮少看到他眞實存在。驅魔師解釋，他多半從遠方操控，派較小的魔鬼去執行他的吩咐。但偶爾撒但自己也會在場。因爲這個案例的長度和強度，所以達尼爾神父相信撒但就在其中。

第十五章
釋放

惡魔主要的詭計是讓人以為自己不配得到天主的寬恕。這是魔鬼給我們的頭號謊言，不讓我們相信天主的憐憫。

——一位具有個人魅力並協助巴蒙特神父驅魔的助手

達尼爾神父與眼窩凹陷、頭髮稀疏的三十七歲女子希薇亞❶一同坐在聖壇對面的長凳上。希薇亞披著圍巾，穿著厚重的夾克，抵禦夜晚的寒氣。她目不轉睛地盯著馬利亞的雕像，達尼爾神父則以〈玫瑰經〉低聲祈禱，深棕色的長袍有一部分藏在毛皮外衣下。當時將近午夜，聖壇已杳無人煙。達尼爾神父瞄了手錶一眼，不知魔鬼的承諾是否將要實現。兩個月前，魔鬼宣布自己將在這一晚離開。通常不太信任魔鬼的達尼爾神父仍抱持懷疑的態度。然而這一次，在羅馬經過數次的驅魔後，這個魔鬼一向非常精確，不僅給了日期，還提供時間和地點——在午夜鐘響時的法國露德市。

希薇亞繼續在祈禱時用手指轉動玫瑰串珠，同時略微搖晃。達尼爾神父設法使她的期望不要太高。她的附身一向是棘手的案例，已持續了十二年多（不過他只為她祈禱八個月），幾乎使她瀕臨自殺的邊緣。

分針即將走到午夜時，達尼爾神父想知道她的釋放將有何徵兆。魔鬼會猛烈地離開？還是她會吐出一個護身符？他讓自己加強戒備。他的心又回到〈玫瑰經〉，而她則失去了時間感。他們繼續祈禱了幾分鐘，忽然間希薇亞從喉嚨裡深深地吐了一口氣，彷彿有隻無形的手在推她的腹部。「喝──」

他抬起頭，仔細端詳她。她的臉上有著略顯困惑的表情。

他仔細檢視她，想看這口氣後面是否還有其他動靜。希薇亞一動也不動地坐著。最後她轉過頭來，看似有些不確定。

「妳覺得如何？」他問道。

「還好。」她邊說，一邊想著。

「還有什麼其他的嗎？」他追問道。

她搖頭表示沒有。

他等她補充說明，但她卻一語不發。他想了起來，便低頭看錶，見時間僅過了午夜幾分鐘。她沒有戴手錶，所以沒有察覺到精確的時間。

「我們一起做個感恩的祈禱。」他建議，暗自希望這不是魔鬼那一方的毒招。

他們祈禱了幾分鐘，希薇亞的心情持續漸趨輕鬆。她拭去眼淚，對於剛才發生的事豁然開朗。魔鬼終於走了。

一週後，回到羅馬，達尼爾神父仍遲遲不敢宣告勝利，還將她送到阿莫爾特神父那裡，阿莫爾特神父也爲她祈禱。驅魔兩次後，她都沒有顯示任何反應，神父再念一個感恩的祈禱文，唱一首詩歌，便宣布她已「治癒」。希薇亞長年的磨難眞的結束了。

✞

人要得到釋放可能要長期抗戰，但蓋瑞神父還沒有見過這種成效，不過卡米內神父曾把一些「常客」的進步情形告訴他。潔妮卡修女一度癱瘓無法起床。還有位少女本來無法讀書，現在已經是全職的大學生。但對最近才見過這些人的蓋瑞神父而言，很難測量出有何眞正的進展。有一次，他認爲潔妮卡修女似乎稍微好轉了。在他與卡米內神父有限的驅魔見習中，有一次接近尾聲時，她還眞的對他微笑，並親吻他的手。

驅魔不是神奇的公式。驅魔師說，講到釋放，有三個因素要納入考慮：受害人的行爲、驅魔師的行動、天主的允許。這三者都很重要，但程度明顯不一。基本上，釋放在天主的靈命令魔鬼離開時就會降臨。當然，在驅魔中，是驅魔師（即天主教會的代表）藉由呼求耶穌基督的名而達到釋放。雖然這個行動很重要，但天主仍是那推動釋放的手。正如拉谷阿神父所述：「釋放是天主的恩賜，即使沒有人介入，天主也能用祂的時間表、以祂的方式釋放。」❷然而，天主存在的效果有一大部分仰賴於受害人的合作，還有一小部分是根據驅魔師的信心。有個很好的類比是用放大鏡聚集日光燃燒螞蟻的人——日光代表天主的靈，鏡片是接受天主之愛的人，這份愛聚焦在螞蟻身上，當然螞蟻就是魔鬼。

爲了讓驅魔發揮效應，受害人必須與驅魔師合作。他們必須棄絕魔鬼和可能導致自己被附身的罪或行動。他們也必須祈禱及履行聖事（不是每個人都必須是天主教徒或改變信仰才能得到釋放，但的確有人因此而被釋放。阿莫爾特神父說他曾在罕見的場合下，爲穆斯林及印度教徒驅魔，卻提到自己會用耶穌基督的名以《禮典》的祈禱文進行。「我也請他們盡自己的靈性職責。例如：穆斯林有義務祈禱，我就告訴他們要遵守。否則，我會告訴他們要當好人，當個誠實的人，恪盡自己的專業和道德責任」）❸。

驅魔師說，和解的聖事至爲重要。「驅魔師能將魔鬼趕出一個人的身體；懺悔能將邪惡趕出一個人的靈魂。懺悔不只能原諒，也能療癒我們的靈魂，並用光充滿我們的靈魂。」❹福爾提亞神父寫道。

在當事人遠離天主時，釋放可能是個冗長的過程。在一些案例中，也可能是當事人加入撒但邪教。另一個難以克服的障礙，驅魔師說，就是受害人無法饒恕。「眞誠的饒恕，包括代替那人祈禱和爲那人改教而做彌撒，經常就能打破僵局，有助於加速治療。」❺阿莫爾特神父寫道。

這對著魔的人而言是個難以忍受的過程，驅魔師說，魔鬼會企圖阻止，由內攻擊（說服當事人自己只是瘋了，不是被附身，因此也不需要驅魔），或直接介入（例如，造成疲倦使受害人無法起床）。根據安娜的說法，當她將近釋放時，魔鬼幾乎說服她相信一切都是她的想像，甚至在她的腦海裡放入這個想法：巴蒙特神父只想利用她、記錄她的驅魔過程，以便寫在書裡，謀求自己的益處。巴蒙特神父藉由哄騙魔鬼猜測封緘的信封中有什麼東西，而將她從這種妄想中釋放。當魔鬼知道信封裡的東西時，安娜就確定自己的確是被附身。這個插曲發生之後，安娜的絕望感消失，也開始帶著更新的力量祈禱。

很顯然，驅魔師需要有堅強的靈命核心。「驅魔師必須過熱切的禱告生活，並且不要害怕。」巴蒙特神父說。「如果你沒有堅強的靈性生活，如果你沒有保護信心，又怎麼能夠爭戰呢？祈禱、愛天主、不要犯罪——這些都是驅魔師使用的武器。」

有些魔鬼顯然比其他魔鬼更難驅除。附身的時間長短是驅魔師首先也是最重要會看的因素。在嬰兒時期就被襲擊、卻直到長大成人才看驅魔師的人，要擺脫魔鬼會困難得多，因爲魔鬼幾乎已經成爲那人身分認同的一部分了，驅魔師說。

魔鬼的力量也可能是另一個因素，但據說最困難的案例總是涉及詛咒。正如卡米內神父的解釋：「受害者與引發詛咒的人之間仍然有個聯結。這些案例會特別棘手，因爲這牽涉到其他人恨這個被襲擊的人。」

自然的疾病通常能靠治療得到緩解，但魔鬼附身不然，其過程是相反的。魔鬼一旦被發現了，就會強烈反擊，並且抗拒驅魔祈禱文。但即使當事人受到折磨，從宏觀的角度來看，這些攻擊卻表示受害者正走向正確的方向，驅魔師說。

「當一個長期被附身的人親近天主時，也可能會發生一連串的壞事。我知道這聽起來可能很奇怪，但這是很好的徵兆，因爲這表示魔鬼快輸了，才會有這樣的反應。不必感到灰心，這是很好的徵兆。我一向說：『不要怕魔鬼，而要怕罪。』」巴蒙特神父提出了忠告。

當驅魔師繼續念誦《禮典》，爲當事人回轉歸向天主而祈禱時，驅魔的力量就會開始削弱魔鬼。有幾個徵兆表示魔鬼將要離開。「他的聲音比較微弱，在緊要關頭失去彰顯的能力；每次驅魔都會更早離開。當驅魔變得愈來愈弱，當附身的時間變短，暫時的釋放比往常更快，那就表示魔鬼變弱了。另外，在驅魔的時間外，當事人的生活也更正常。」南倪神父說。

在釋放的時刻，魔鬼可能會提供一個「徵兆」表示要離開。如果當事人是被下「咒語」，則魔鬼可能會指示：當吐出特定的東西時，就能得到釋放。甚至可能經由肛門或透過皮膚分泌出來。驅魔師見過的無奇不有。卡米內神父有一次就看到一名女子像流汗似的，從皮膚冒出黏液般的綠色物質。另一個徵兆可能是魔鬼念祈禱文或唱誦詩歌。

在特定的案例中，驅魔師也可能要求一個直接與魔鬼造成的折磨有關的徵兆。

達尼爾神父稱自己一度要求讓一位婦女懷孕，作爲釋放的徵兆，因爲魔鬼一直從中作梗。當然，他說，那位婦女釋放後一個月就懷孕了——而這是她嘗試了五年都沒有成功的事。

通常不一定要有外在的徵兆。「如果一個人活在平安裡，不再被魔鬼攪擾，能夠祈禱，也活在天主的恩典中，你就知道他已經被釋放了。」南倪神父解釋道。「如果你回去祈禱，而下一次驅魔又出現危機，那就表示釋放只是暫時的。」爲了以防萬一，即使已經得到釋放，許多驅魔師仍會繼續多爲人祈禱幾次。

人一旦得到釋放，魔鬼就會經常設法想再回來。驅魔師通常會提供感恩的祈禱文（戴維斯神父用〈光榮頌〉❻，有參與聖儀的天主教徒就認得），請求聖靈充滿離開的靈所留下的空間。此外，剛得到釋放的人也必須繼續過基督徒的生活，不要落入當初造成附身的習慣或罪中，否則會成爲又被附身的高危險群，而且這次會比先前更不好（〈瑪竇福音〉第十二章第四十三至四十五節）。

✝

二〇〇三年，在醫學實驗室擔任生物學家的四十六歲已婚婦女碧翠斯❼，開始經驗到怪異的現象——離奇的意外、東西自行在家中到處移動、一股神祕的力量將她的母親推到地上，摔斷了手臂。一年後，焦痕開始在所有的衣物上出現，都在同一處——大腿上——而且大小相同。她以爲自己快瘋了，最後循線找到巴蒙特神父，巴蒙特神父認出有三個魔鬼。在每週驅魔一次、爲期兩年的艱苦戰役後，碧翠斯終於得到了釋放。

二〇〇六年的十二月一日似乎沒有異樣，卻是天主允許我得釋放的日子。老實說，我的心情連日來相當低落，因爲在「那個」（魔鬼）相對平靜的時期之後，我又回到了老樣子，習慣尖叫、容易被激怒、在言語和行爲上攻擊每個人。過去我通常很有意識，覺得自己彷彿分裂了，對自己和魔鬼的生命都有知覺（甚至害怕自己是在幻想，或者那些只是展現了我的精神異常），但最近幾個月，我卻進入了很深的出神狀態。我只能感覺到那妖魔所展現的憤怒及其他凶殘的知覺，最後，我只記得幾件事，其他幾乎都不記得了。

這種新的狀態很不幸地讓我以爲事情正每下愈況，而且原因不詳。其實，即使我繼續信靠主的神聖憐憫以及聖母的保護，但這些強烈的反應卻讓我以爲魔鬼已在不知不覺中變得更強，因此也以爲我的釋放仍遙遙無期。儘管如此，我仍然繼續將自己的生命獻給主和童女馬利亞。

在前一次的驅魔中，我的口中流出大量唾液，彷彿我在「排除」自己裡面仍有的一切邪惡，但到頭來「那個」卻似乎還在。不過他離開的那一天很特別：那是基督君王的盛宴後的禮拜五，兩天後，即將是基督復臨的第一個禮拜天，一週內，童女懷孕的盛宴就要開始（其實我和丈夫已開始念誦〈九日經〉兩天了）。那簡直是聖事同時來臨的奇妙巧合。驅魔和往常一樣，伴隨著儀式後的祈禱開始了，唯一不同的彰顯是過了一陣子後，魔鬼對「爲了基督、藉著基督、在基督裡」這些話的強烈反應。彷彿他以前從未聽過這些話。他開始變得非常躁動，失去了以往的傲慢，變得孤注一擲，企圖咬那些設法穩住他的手，又把驅魔師放在我胸口上的十字架丟掉，並且（我極爲傷心）在上面吐口水。突然間（我不記得事情的順序，或許是在驅魔師呼求馬利亞時），我感覺被一股非常明亮的白光的巨浪打到——四圍環繞著，是我也可以察覺感受到的光，那光給我一種非常甘甜的平靜感，同時又在魔鬼身上激起了劇烈的痛苦。

我再度覺得自己分裂爲二，在我自己和「他的」知覺之間分離。如果閉上眼睛，我的心中就能看到我們在深邃的陰影下，於是我知道擁抱我的那道光是靈性之光。再次閉上眼睛，我也可以察覺到同樣的光就像一千把劍，正刺入那妖魔的眼睛。同時，那妖魔大吼大叫，像瘋了似的亂動，說馬利亞（他用「那一個」來代表她）的面紗快使他窒息了，讓他痛不欲生，造成難以言喻的痛苦痙攣。將近尾聲時，他開始發出前所未有的尖叫聲，我覺得自己撕裂成兩半，好像有人把我由內整個翻轉到外面。

然後突然間有一股安寧寂靜，我睜開眼睛，從恍惚的出神狀態中自行出來。接著弗蘭契斯柯（巴蒙特）神父祝福我，結束了驅魔。我絲毫不知道有不尋常的事情發生。其實，正如我所說，那次驅魔的前三天對我來說很不堪，那一整段時間，我都感到與日俱增的憤怒和方寸大亂，夾雜著沒有盼望的嚴重感。我很熟悉那種種的情緒，卻從來沒有這麼強烈的感受。似乎是我這一生就要結束了。驅魔後，我又感覺好一些，從那一刻起，我就開始愈來愈有進步。

在驅魔的過程中，我過了兩週依然保持清醒；即使我閉上眼睛，當弗蘭契斯柯神父為了看我的瞳孔如何而檢查時，我的眼睛也似乎都保持正常。從驅魔一開始，我心裡就有些想法成形，我用盡了意志力，拒絕與魔鬼有任何形式的「合作」。我告訴「他」，有天主的幫助和力量，我絕不讓他在我身上施展任何能力，這是我以前向來都做不到的事。

當驅魔即將大功告成時，弗蘭契斯柯神父建議他的助手打開聖經，念一段經文。他們其中一人隨意打開聖經，念〈路加福音〉的一段經文，是耶穌在納匝肋（又譯拿撒勒）的會堂裡讀經的那段經文：「祂來到了納匝肋，自己曾受教養的地方；按他們的慣例，就在安息日那天進了會堂，並站起來要誦讀。有人把〈依撒意亞先知書〉遞給祂；祂遂展開書卷，找到了一處，上邊寫說：上主的神臨於我身上，因為祂給我傅了油，派遣我向貧窮人傳報喜訊，向俘虜宣告釋放，向盲者宣告復明，使受壓迫者獲得自由。」〈路加福音〉第四章第十六至十八節）那段福音書的經文對於剛才發生的事正是奇妙的明證：主釋放了我！當我喜極而泣時，我也開始感謝主和童女，我終其一生都要繼續感謝他

們。❽

多年來，科學與醫學界對於人可經由祈禱及類似驅魔的宗教儀式而「治癒」的概念，都感到嗤之以鼻。然而，時下有些確實能提供舒緩的特定療癒儀式，它們的能力已不再具有爭議——無數的人類學家記錄了人因爲透過這種儀式，而從各種問題如沮喪、上癮行爲、焦慮、甚至更嚴重的病症（包括具有生命危險的疾病❾）中復原的情況❿。所以科學如何解釋「反常的療癒」呢？

這些經驗的核心即在於「療癒」（healing）以及「痊癒」（curing）的差別。根據史丹利・克里普納（Stanley Krippner）和潔妮・阿胥特柏格（Jeanne Achterberg）的著作《反常經驗的多樣性：檢視科學證據》（Varieties of Anomalous Experience: Examining the Scientific Evidence）所言：對許多原住民而言，「療癒」指恢復人在生理、心理、情緒或靈性上的能力⓫，而「痊癒」通常指克服主要由生物本性而引發的疾病。

科學家和醫生嘗試過各種方法，企圖解釋反常的療癒經驗如何產生實質的效果。例如，在檢視海地的「神靈附體」（spirit possession）時，學者史帝夫・米茲拉奇（Steve Mizrach）便得到巫毒附體可視爲一種心理治療或「民俗療法」之結論⓬。此外，《狂喜的宗教：薩滿信仰及神靈附體研究》（Ecstatic Religion: A Study of Shamanism and Spirit Possession）的作者路易斯（I. M. Lewis），也臆測降靈會的「心理高度充電的氣氛」，在治療特定的神經或心身失調狀況時可能會有效，又補充說明即使在生理疾病的案例中，他也認爲僅僅是強化病患康復的意志力，就可能對病患有益[13]。

已經有不少認知科學家指出，驅魔在治療解離性身分疾患者時的潛在優勢。例如：馬佐尼醫師就相信驅魔師所說，一些人的問題是由外來的客體所造成的，因此他們本身不是問題，這個說法也給了病患出路。她說，如此一來，便「允許患者劃清界線……人們從魔鬼附身中得到痊癒，因爲基本上神父變成了治療師，而且能夠控制當事人不好的部分」。

在比較驅魔與治療解離性身分疾患的「傳統」手法時，史帝文・傑・林醫師便記下驅魔可能在實際上更有利。「就一方面而言，驅魔師的《禮典》清楚多了，因爲如果治療師相信，除非當事人明白自己一切潛在的人格體系、恢復一切的記憶、成功整合所有的人格，否則就不可能痊癒時，當事人或病患就可能在設法恢復記憶（尤其是當那些記憶不是眞正的記憶）時，經過極大量的情緒痛苦。如今，驅魔是相當清楚分明的程序，不需要眞的仰賴對當事人有大量的背景認識，所以我會認爲其實驅魔在幫助人『好一點』（如實引用）這方面，可能要有效得多。」

然而，理查・蓋勒格醫師說那不是《禮典》眞正的目的。「我不會爲了心理健康的問題而去找驅魔師。」他說。「如果你在處理一個疑似需要驅魔或在迷惑下認爲自己被魔鬼攻擊的人，那麼我個人認爲驅魔不是什麼好辦法。我知道有些人會辯稱驅魔在心理上可能具有治療效果，但是我要重申，這並不是驅魔的主要原因。之所以要驅魔是因為〔驅魔師〕認為其中涉及了真正的魔鬼，而那些人需要心靈的協助。」

有趣的是，神經科學也開始加入這個主題。加州大學洛杉磯分校的神經精神學家傑弗瑞・史瓦茲醫師（Dr. Jeffrey Schwartz），便發現一種治療強迫症的方法，聽起來非常類似驅魔在特殊領域中運用的狀況。史瓦茲醫師在檢視強迫症時，看到人如果向強迫症屈服，則腦部的可塑性在實際上將如何增強強迫行為，因為神經傳導途徑（neural pathways）在經過使用時，數目就會增加。因為史瓦茲醫師相信，如果給予正確的指令，腦部就有能力自行裝配新路徑，所以他創造出一個能自然處理問題的四步程序。在這個程序中，第一步類似有宗教信仰的人會給強迫性行為一個魔鬼的名字，史瓦茲醫師會教導病患，說問題在於強迫症所導致的結果，而不在於病患本身。根據史瓦茲醫師的說法，重新歸因是一種特別有效的技巧，可以幫助病患重新調整注意力，由強迫行為的混亂效應中轉移⓮。

這些療癒的儀式也可能因為安慰劑效應（placebo effect）而產生效果。英國普里茅斯大學的心理學家邁克爾・海蘭醫師（Dr. Michael E. Hyland）對安慰劑做過大量的研究，他比較喜歡稱安慰劑為「治療儀式」。「我不喜歡『安慰劑』這個詞，因為一來暗示我們知道它的成因，二來表示我們知道它的手法，而我們其實並不知道。」他首先對安慰劑感興趣，是想當成「個人化」治療的一種途徑。「是什麼治療眞的無所謂，治療有效才是該在乎的事。」他說。「現在的問題是：治療爲什麼會有效？那才是更具爭議性的問題。」

根據海蘭醫師的說法，傳統上認爲安慰劑之所以有效，其智慧就在於預期心理，但他認爲其中可能還牽涉到其他機制。「這不只是期待要好一點或得到療癒，這種現象實際上還有更複雜的過程。」

海蘭醫師發展出一種稱之爲動機一致（motivational concordance）的說法。「我們的研究顯示這牽涉到兩種機制。其一是發展完善的回應期望機制。另一種是動機機制，指人藉由參與治療的儀式而得到治療的益處，而這些治療的儀式吻合他們自我定義或自我實踐的目標。也就是說，當人將自我實踐作爲治療的一部分時，就透過產生動機、且致力於不帶期望的途徑，而產生治療上的益處。」換句話說，就是當人彷彿感覺自己的需要透過治療就能達到時，就能激發他參與治療而有助於使狀況變好。

最重要的是，海蘭醫師的研究顯示，接受儀式的人是否相信儀式不見得重要，眞正重要的是他們對儀式有何「感覺」。「儀式基本上與你的動機一致。所以，假設我們將祈禱文當成治療的儀式，大家也知道有這種儀式，那麼我們就會看到心理上的仲介效應，其中有一些或許就是期待。」換句話說，心靈的儀式對屬靈的人多半有效。

然而，海蘭醫師也很快指出，這並不能完全說明安慰劑效應如何生效，又爲何生效。「即使如此，我也只能解釋百分之十的變異，無法解釋太多變異。」

他希望深入了解而檢視的理論之一就是量子糾結（quantum entanglement），其原理表示當兩個分子糾結在一起時，無論分子在什麼地方，觀察其中一個分子就會立刻對另一個分子的行爲產生效應。若是如此，則量子糾結可能有助於解釋類似遠距醫療或祈禱的力量如何在實際上產生效用。然而在現階段，海蘭醫師尚未完全相信有足夠的證據可以支持這個理論。「大家說既然有趣的事會發生在量子的世界，那麼一定也會發生在宏觀的世界，而這句話可能是眞的，也可能不然。」

就全然的獨創性而言，或許沒有人比加拿大神經科學家邁克爾・波辛格（Michael Persinger）更亟於設法拆穿超驗派的假面具了。他進行一連串的實驗，藉由以電流刺激腦部的顳葉區，試圖證明特定的「神祕」經驗，尤其是瀕死經驗（Near Death Experiences，簡稱NDEs），其主要成分可能是重新創造出來的。爲了達到這個目標，波辛格造了一個磁性裝置——他稱之爲「天主頭盔」——這個頭盔應該能夠刺激伴隨著神祕經驗和瀕死經驗而來的知覺，也就是在體外飄浮、有深刻的意義感、看見有白光的隧道等等。

然而，正如一些批評家所言，他的實驗結果談不上什麼結論[15]，多半是讓人有種微醺感，而不像宣稱有瀕死經驗的人所描述的那般條理分明、歷歷在目。即使英國作家及演化生物學家理查・道金斯（Richard Dawkins）在二〇〇三年使用頭盔時，也只感覺到氣息不足和大腿微微抽搐罷了，他說他對結果「失望透頂」[16]。

此外，有些人指出這個概念背後的謬誤假定。正如布魯斯・葛瑞森（Bruce Greyson）在《反常經驗的多樣性：檢視科學證據》中所述：「腦部狀態與單一經驗的相互關聯，未必意味著那些腦部狀態引發了經驗；腦部可能是允許經驗產生，或甚至只是反應經驗。」[17]正如一位批評家指出，知道電視機怎麼運作不一定能闡明訊號的來源[18]。

當然，教徒會說，這些理論中有些本來就會失敗，問題就在於他們想評估和測量的對象可能不適合實驗室，也就是靈。信徒們責難一些批評家的態度，說那些批評家會貶損信心的價值，試圖將論點偏向科學（尤其是物質）準則，而產生一種可能類似這樣的論點：既然我們可以證明某事件發生的可能、自然的成因，那麼你們就有義務讓我們看到你們那個「超自然」成因的證據。這暗示任何超自然成因的「證據」都必須合乎科學，才能被視爲正當合理或眞實。但科學標準眞的是唯一重要的評判準則嗎？神學家約翰・侯特（John Haught）在反駁中，描述一個他稱之爲「多層解釋」的概念，這個概念可藉由「爲什麼爐子上有一壺水滾了」的答案來說明[19]。一個答案是說，水滾了是因爲水分子在移動，致使水從液態過渡到氣態階段。另一個答案會是水滾了是因爲有人打開爐子。第三個答案可能是水滾了是因爲有人想喝杯熱茶。這三種都是有效的答案，卻提供了大異其趣的理解層面。對一個有信仰的人而言，科學的解釋似乎只能到達一定的程度。

或許有些醫師和科學家試圖橋接科學和信仰間這個假定的隔閡，也就不足爲奇了。

神經科學家馬利歐・包賀佳（Mario Beauregard）和記者丹尼思・歐里瑞（Denyse O'Leary）在兩人合著的書《有靈的腦》（The Spiritual Brain）中辯駁一個信念：人類只是「生物機器人」，靈性經驗只是腦中激發的突觸之結果。他們用各種科學分析，提出一個神經科學的非物質觀點，在這個觀點中，身心是分離的。例如，在檢視史瓦茲醫師對強迫症的研究，以及病患能夠重新安排腦部的神經傳導路徑的方式時，包賀佳和歐里瑞明定這一定是由某種外來的仲介所主導才能成事。

同樣地，這兩位作者在檢視「神祕經驗」（他們定義爲「和潛藏在宇宙間更高的眞理或更強的力量之間神祕接觸的經驗」[20]）時，包賀佳對一群處於深度默想狀態的加爾默羅修會修女做腦部掃描圖像，目的是想找出在這種狀態下，腦部的哪個區域最活躍。掃描顯示當這些修女報告有神祕經驗時，並不是孤立於腦部的單一區域（如左顳葉），而是在神經上直接參與腦部中負責各種功能包括自我意識、情緒、視覺與動能圖像、心靈感知的不同區域[21]。對包賀佳和歐里瑞而言，這項發現暗示的，不僅是這些神祕經驗複雜而多面向，正如宣稱這些經驗難以言喻的人也是複雜而多面向，同時也表示這些經驗是正常運作的健康腦部之產物，而非什麼簡單的「招數」或是腦部的缺陷。

正好也是聖公會牧師的舊金山精神科醫師庫瑞格・艾薩克（Dr. Craig Isaacs），是另一個嘗試銜接這個分歧的人。在這兩個領域的工作中，艾薩克醫師已經治療過無數患有心理疾病的患者。然而，他確信他看過的一些人是受魔鬼附身所苦，在這種狀況下，他就會爲他們做釋放禱告。

據艾薩克醫師所稱，辨明這兩者之間的關鍵在於辨別來源：「自我是否從自己的精神裡察覺到什麼東西？或者那是從靈魂之外而來的？」㉒換句話說，當事人是想像自己在對生物體說話（好比孩子有幻想中的朋友），抑或是眞正與獨立的實體接觸，即艾薩克醫師所指的「全然的他者」？艾薩克醫師在研究中發現，當自我遇上全然的他者時，會經驗五種特質：首先，病患經驗到這些現象是從自身以外而來；其次，這種經驗在精神上是超自然的；再者，這種經驗伴隨著超自然的恐懼或敬畏；第四，這種經驗都異常清晰；最後，當牽涉到畫面時，幾乎都有某種形式的光體，若不是陰影，就是美麗的光。

艾薩克醫師指稱，這些評斷的準則在精神異常中並不常見。而且他說，視治療師的思想學派而定，也可能不當稱呼這個問題，或完全不予碰觸㉓。

艾薩克醫師的信念是人類由「三重天性」所組成，分別爲神魂、靈魂、肉身，這是從〈得撒洛尼前書〉第五章第二十三節而來的觀念。明白了這一點，就能理解爲何會有各種疾病，因爲如果人是三重的，則各種病症就可能或多或少地影響當事人的這些功能㉔。

在這種模型中，肉身的病是由疾病所造成，通常透過藥物就能痊癒。而第二類，神魂（也就是神經或心理行爲）的病是由「（神魂的）功能崩潰」所造成的，其解藥可能是心理治療或內在醫治的禱告。第三類，「靈魂的病」是由個人的罪或魔鬼的因素所造成的，可能會導致艾薩克醫師所說的「存在的精神官能症」——患者可能會感覺到「喪失了自由或失去生命的意義」。如果成因是罪，則病患藉由悔改和饒恕就能得到幫助，如果是來自魔鬼，就要透過驅魔或釋放禱告。

因爲人類的一切功能都相互牽連，所以一種功能的任何疾病都可能影響到其他功能。「因此，靈魂的病有可能影響神魂的決斷力，或是神魂的疾病也可能影響肉身的行動。」[25]艾薩克醫師說。

✞

雖然很清楚的是，科學和醫學的進步已經能解釋，爲什麼很多宣稱被邪靈附身的人在經過驅魔後，能實際感受到一種貨眞價實的療癒感，但是仍然有幾個問題懸而未決。超自然的事件——讀心術、升空、講自己原本不知道的語言——仍持續巧妙地閃躲科學上的解釋。或許有一天，科學將能解釋這些事情爲什麼會發生。然而在此之前，只因爲這種種的經驗有違科學解釋，就低估影響這麼多人的生命的經驗，似乎也有違科學界的好奇原則。

註釋：

❶任何可供辨認的特徵都經過變動，以確保受害人的匿名性。

❷馬帝歐・拉谷阿神父，《La preghiera di liberazione》，第一〇五頁。〈Liberazione è un dono di Dio, e Dio può liberare quando vuole e come vuole, anche senza l'intervento dell'uomo e di intermediari umani〉。

❸各大宗教都相信某種驅魔的形式。伊斯蘭人具體表示人可以被精靈（jinns）附身，而靈可能是好的或壞的。爲了趕出邪靈，驅魔師會舉行正式的儀式，對被附身的人念可蘭經。在印度傳統中，無數聖書中都含有趕出靈體的特定儀式，伴隨著吟誦人身獅面神那羅辛哈（Narasimha）的名字，念出《薄迦梵往世書》（Bhagavata Purana）的經文。猶太教中，dybbuk是種有能力附著在活人身上的遊靈。Erich Bischoff便曾記錄中古時期的一次猶太附身與驅魔：「那靈是一個猶太醉鬼的靈魂，他死時沒有禱告，也不知悔改。在遊蕩了很長一段時間後，終於獲准進入一個正在褻瀆神的女人體內，從那時候起，那女人（癲癇加歇斯底里）就飽受折磨。Lurja對折磨她的靈說話，像基督徒對待惡魔般待他，斥責他，叫他講出自己的遭遇等等。透過『名字』的方法，他終於迫使他從被附身者的小腳指出來，那靈因而用慣性的暴烈來面對此事。」取自《Die Kabbalah, Einfuhrung in die jüdische Mystik und Geheimwissenschaft》，Leipzig，一九〇三，第八十七頁，被引用於T. K. Oesterreich，《Possession: Demonical and Other Among Primitive Races in Antiquity, the Middle Ages, and Modern Times》，第一八五頁。

欲詳知伊斯蘭及猶太教的魔鬼學，見T. Witton Davies的《Magic, Divination, and Demonology among the

Hebrews and Their Neighbors》，第九十五至一三〇頁。

❹福爾提亞神父，《驅魔師訪談錄》，第七十頁。

❺蓋布列爾・阿莫爾特，《驅魔師自述》，第一一三頁。

❻譯註：〈光榮頌〉：天主在天受光榮，主愛的人在世享平安。主、天主、天上的君王、全能的天主聖父，我們爲了你無上的光榮，讚美你、稱頌你、朝拜你、顯揚你、感謝你。主、耶穌基督、獨生子；主、天主、天主的羔羊，聖父之子；除免世罪者，求你垂憐我們。除免世罪者，求你俯聽我們的祈禱。坐在聖父之右者，求你垂憐我們；因爲只有你是聖的，只有你是主，只有你是至高無上的。耶穌基督，你和聖神，同享天主聖父的光榮，阿們。

❼所有細節都經過變動，以保護個人身分。

❽巴蒙特神父相信，碧翠斯涉入異教因而開啓了她在假期中所受到的詛咒。在驅魔的過程中，她的臉會扭曲、嘴唇轉黑、有時還會往內捲，像是要消失的樣子。

❾在一項記錄的案例中，一位菲律賓籍的美國女性，其紅斑性狼瘡（會致命的慢性自體免疫疾病）對傳統的醫療沒有反應，在看過菲律賓的治療師後便減緩了，治療師宣稱移除了一名嫉妒的情人在她身上放置的詛咒。R. A. Kirkpatrick，〈Witchcraft and Lupus Erythematosus〉，《Journal of American Medical Association》245（一九八一），被引用在《反常經驗的多樣性：檢視科學證據》（Washington D.C.: American Psychological Association），史丹利・克里普納和潔妮・阿胥特柏格合著，第三五九頁。

同樣地，針對人所做的數十項研究也傳出在法國露德的聖壇上得到有效的治療。R. Cranston，

《The Miracle of Lourdes》(New York: Popular Library)，被史丹利・克里普納和潔妮・阿胥特柏格引用在《反常經驗的多樣性》的〈反常的療癒經驗〉（Anomalous Healing Experiences）一文中，第三六三頁。

❿ 在Etzel Cardeña、史帝文・傑・林、史丹利・克里普納合著之二〇〇〇年出版的《反常經驗的多樣性：檢視科學證據》第三六七頁上，史丹利・克里普納和潔妮・阿胥特柏格引用阿胥特柏格於一九八五年所做的一項研究，叫做「意象及療癒」（Imagery and Healing）。

⓫ 取自史丹利・克里普納和潔妮・阿胥特柏格的《反常經驗的多樣性》中的〈反常的療癒經驗〉，第三五九頁。

⓬ 史帝夫・米茲拉奇寫道：「這也可能讓人整合各部分的人格，免遭狹窄的社會角色所危及——男人被Erzulie附身，也許能讓他『接觸』其所謂的『女性的一面』。安靜膽怯的女人被告知自己變成了Ogoun，可能會在這種經驗後找到她『內在的凶猛』。」〈Neurophysiological and Psychological Approaches to Spirit Possession in Haiti〉，http://www.fiu.edu/~mizrachs/spiritpos.html。

⓭ 路易斯，《狂喜的宗教：薩滿信仰及神靈附體研究》，第三版，第四十七頁。

⓮ 史瓦茲及Begley，《The Mind and the Brain》，第八十四頁，被引用在《有靈的腦》，馬利歐・包賀佳及丹尼思・歐里瑞合著，第一三〇頁。

⓯ E. Rodin，〈A neurobiological model for near-death experiences〉，一九八九年，被引用在布魯斯・葛瑞森的〈瀕死經驗〉（Near-Death Experiences），《反常經驗的多樣性》，第三三五至三三六頁。

⓰ 見BBC Two Horizon節目，〈God on the Brain〉，二〇〇三年。

⓱ 布魯斯·葛瑞森，〈瀕死經驗〉，《反常經驗的多樣性》，第三三七頁。

⓲ R. Strassman，〈Endogenous Ketamine-like Compounds and the NDE: If So, So What?〉，《Journal of Near-Death Studies》（一九九七年），第三十八頁；被引用在布魯斯·葛瑞森，〈瀕死經驗〉，《反常經驗的多樣性》，第三三八頁。

⓳ 約翰·侯特，《Is Nature Enough? Meaning and Truth in the Age of Science》，二〇〇六年紐約Cambridge University Press出版。

⓴ 包賀佳及歐里瑞，《有靈的腦》，第三四六頁。

㉑ 包賀佳及歐里瑞，《有靈的腦》，第二七四至二七六頁。

㉒ 取自庫瑞格·艾薩克醫師的《Revelations and Possession: Distinguishing the Spiritual Experience from the Psychological》，第六十七至六十八頁。

㉓ 艾薩克醫師參考了John Weir Perry在《Trials of the Visionary Mind》（一九九九年紐約SUNY Press出版）中記錄的理論，作者在書中評估五種面對精神疾病的強勢手法。艾薩克醫師將這些評估總結爲「對失調的恐懼及不信任，將腦部失調視爲造成精神疾病的主因，將精神疾病視爲對刺激的一種紊亂、不必要的情緒回應，全然否定內在生命的存在；最後是渴望找到快速的修正，而導致錯誤的理論」。在作者看來，第一種手法通常是會勝出，因此，他聲稱理論多半都是設計用來壓抑行爲，而非治療行爲。艾薩克所著《Revelations and Possession》，第七十九至八十頁。

㉔ 艾薩克所著《Revelations and Possession》，第一一四頁。

㉕ 同上註。

第十六章
規劃聖工

我們身為驅魔師，若能透過附身和驅魔，證明天主不僅存在，而且更強大，則驅魔這份職業就有了意義。這是一條信心的路，我一向這麼告訴我在教區中見過有人被附身的家庭。是天主的恩典，這些人才能重新發現我們信仰中的福音訊息。

——葛摩拉佐神父

三月下旬，蓋瑞神父的主教連同舊金山及聖荷西教區的其他神父，到羅馬參加萊瓦達（Levada）總主教晉封爲紅衣主教的就職大典。雖然主教只在羅馬待一週，卻仍撥冗與蓋瑞神父談到他的新差事。早在十一月，蓋瑞神父的休假年只剩四個月時，主教就問他是否願意接手擔任加州撒拉托加市（Saratoga）聖心教區的主任司鐸。他們兩人有一天坐在聖馬利亞之家的閱讀室裡，討論過往以及蓋瑞神父有意更新教區的願望。

由於此事非比尋常，因此主教問他驅魔訓練的進展如何，無疑是有些心理準備，打算聽到一些關於教室、講堂、課本的乏味評論。但是當蓋瑞神父告訴主教，光是當週他就看了十五場驅魔時，主教驚訝不已。

「你是說你看過驅魔了。」主教問道。

「我大概看過六十次了。」蓋瑞神父說，一邊糾正他。

主教熱切地聆聽蓋瑞神父簡述聖羅倫佐的一些情景。他提到卡米內神父——和其他義大利驅魔師——抱怨有些主教不把他們當一回事。蓋瑞神父說著，一邊謹慎地重述自己有多麼感恩，竟有機會到羅馬學習。「沒有這種訓練，我根本連怎麼開始都不知道。」他告訴主教。若進入實際的考量，下一步自然是讓其他的美國驅魔師都來接受訓練。「如果每個主教轄區都要有一個驅魔師，那我們就有做不完的工作了。請神父們大老遠到羅馬來花四個月上這門課根本不切實際。中西部的一場研討會中做出了正面的規劃，他打算八月去參加。顯然主辦單位嘗試根據國際驅魔師協會的研討模式，規劃出一些內容。那裡似乎是好的起點。

他和主教也需要想好一套說詞，以便在有人問及驅魔事宜時使用。因為他需要先獲得主教的許可才能進行，所以必須規劃出一套系統。主教承諾等蓋瑞神父回來之後，他們會敲定這件事。

同時，蓋瑞神父也分享自己想要召聚的「驅魔團隊」的各種想法。因為他仍在意屬靈的辨別力，所以再怎麼謹慎也不為過，他想先透過心理醫師或心理學家診療潛在的「患者」。其挑戰將是找到稱職的醫師群，他們相信有魔鬼附身的可能，卻不過分強調，因爲蓋瑞神父發現過於強調的傷害可能相當於過度懷疑。除此之外，他也期望有醫師，或許再加上一位歷史神學家（這是天神大學一位驅魔師的建議）。除了醫學團隊之外，他已徵召凱文神父（也是因爲他會說西班牙文）和其他幾位神父擔任可能的助手。他認爲他還不會用到祈禱團隊（這是巴蒙特神父的建議）。因爲卡米內神父告訴過他，當事人會覺得很丟臉，所以他認爲避免把陌生人帶入室內，以免導致分心或可能產生的尷尬，才是審慎之道。最低限度，他可以仿效卡米內神父，在望彌撒時提及當事人的名字。

他們的會晤結束時，主教告訴他，他深感蓋瑞神父的立意，並重申支持之意。

✝

早在與主教會面之前，蓋瑞神父就已經在思考自己執行驅魔的那一天。他已經想好——根據自己的憂鬱經驗——要建立一種愼重溫和的方式，能夠幫助人放鬆，同時創造適當的醫治環境。之前他念過一些偏「基本教義」的書，把太陽底下的各種問題——懷疑、恐懼、酗酒、貪婪——都歸咎於魔鬼。這些他已經受夠了，覺得這種說法造成「神學上的困擾」。正如魯益師在《地獄來鴻》中的名言：「我們人類容易落入兩個並駕齊驅又互唱反調的錯誤而錯看魔鬼。一個是不相信魔鬼的存在。另一個是相信魔鬼，而且對他們有過度而病態的興趣。」

基於這個理由，他打算從小規模開始做起。他首先會做的可能是問一系列的問題：你會去望彌撒嗎？你會敬拜或祈禱嗎？你上次懺悔是什麼時候？如果答案是否定的，那麼他很可能請受苦的當事人開始再回教堂和領聖禮，然後他才會執行驅魔。當然，他還是會提供一段簡單的祈禱文。

但是說服人遵守這種謹愼的作法有那麼容易嗎？

他從自己在聖尼可拉斯的經驗得知，請人放慢步調、將時間投資在可能不會立即有結果的事並不容易，因爲該教區有些前教友很注重科技，一定要有最新的科技小玩意兒才行。「我們是即時享樂的文化。」他之後曾這麼說，幾乎是呼應了每個驅魔師的評論。

幾個月後，文斯神父請一位女子來見他並恢復彌撒時，就碰到類似的經驗。「這幾乎就好像是人只想相信極端，」文斯神父說。「我很樂意和人一起祈禱，但如果我告訴他們，他們需要開始再回到教會，善加利用聖禮時，他們就會看著我，好像我瘋了，竟然眞的建議他們活出信仰。而且我知道如果我叫他們出去做些極端的事：『你去站在自家的草坪上，脖子上掛一隻死雞，這樣就沒事了。』他們還眞的會去做。但如果只是望彌撒和懺悔——他們會認爲那有點陳腐。」

其他挑戰也可能會出現，有些是美國獨有的。義大利基本上是單一文化（以天主教爲主）的社會，但美國卻是截然相反。據蓋瑞神父估計，光是聖荷西的主教轄區，就能用到一百多種不同的語言。城裡有爲數不少的越南族群，還有大量的西班牙人口。如果他想成為有效率的驅魔師，就得多知道一些各移民團體的文化習俗（以及傳統）。

蓋瑞神父不會假裝自己知道所有的答案。他希望能分享資訊，從美國一些可能更有經驗的驅魔師那裡得到建議。關於網路串連的必要，他和文斯神父談過，也和內布拉斯加州他認識的一位驅魔師談過。問題是驅魔師的人數稀少。蓋瑞神父聽說的數字是全美只有十四位正式任命的驅魔師❶。此外，他和主教分享時，還聽說這些驅魔師有些只是拿到《禮典》，並沒有經過正式訓練。光是想建立通用的法則就有這些挑戰，更遑論要與魔鬼爭戰了。

✞

四旬齋之初，蓋瑞神父開始每天早晨在名義上的家庭教會參加彌撒，這些舊房屋是初代基督教尚未合法時、早期基督徒所用的原始家庭教會❷。他每天早晨大約五點半起床，和六十位左右的神父從聖馬利亞之家出發，走向四旬齋當天預定的舊家庭教會。照例，神父們會在不同的教會輪流主持彌撒。輪到蓋瑞神父時，他是在聖馬提諾艾蒙提（San Martino ai Monti）主持彌撒，據說那裡是第一次出聲誦讀〈尼西亞信經〉的地點。這次的真實經驗提醒了他教會的傳統，幫助他再次與信仰的根基重新聯結。

這段期間，他也繼續一週三次和文斯神父在聖羅倫佐見證驅魔。幾乎所有人都是老病號，至此，蓋瑞神父已是老手，知道自己會碰上什麼狀況，不過還是有幾個令人驚訝的例外。在一次驅魔中，一名女子似乎自己從出神狀態中清醒，用正常的聲音說：「好了，我沒事了。你現在可以不用祈禱了。」卡米內神父仔細端詳著她，接著在她身上灑些聖水，再度引發魔鬼的暴怒。

驅魔結束後，蓋瑞神父繼續和文斯神父喝咖啡比較筆記。蓋瑞神父對於沒有多少時間發問還是很無奈。語言的障礙依然存在，對卡米內神父亦然。一天晚上，驅魔結束後，蓋瑞神父建議他們三人騰出一小時坐下來談談，請那位他之前在晚餐時認識的平信徒爲他們翻譯。

和主教會面的幾週後，有人請蓋瑞神父對一群在職進修教育的神父演講，之前文斯神父已用聖羅倫佐的各種故事款待過他們了。他們擔心自己可能只有一天的時間面對魔鬼，便問蓋瑞神父是否仍願意分享自己的知識。

這場演講在北美學院的休息室舉行，那是神學生用來當作看電視兼遊戲間的地方，裡面有成套的旅遊指南。約有十六位神父出席演講，年齡多半在五十五、六歲之間。或許也不足爲奇，幾乎人人都至少有一次的經驗談，要不就是在沒有窗戶的室內爲人祝福時，蠟燭離奇地熄滅，要不就是與宣稱被詛咒的教友之間有些爭論。一位來自紐約親善市（Amityville）的神父甚至描述主教轄區的一個修道會，全會的修女都開始信奉威卡教。

蓋瑞神父仍是一如往常地眞誠，將羅馬領塞在襯衫前面的口袋裡，就這個主題給予神父們一貫的講詞：認眞看待當事人，問問題，不要排除魔鬼附身的可能，但也不要太快下斷語，而且要隨時意識到當事人深受折磨。「邪惡的形式有很多種，我認爲透過我們自己的屬靈生活察覺到這一點，將使我們成爲更好的神父。如果我們想要能夠引導別人，就必須察覺到邪惡，同時也不要太偏執。但我認爲如果我們將邪惡拋諸腦後，我們的祈禱生活又不能使我們進入其中更深的奧祕，那我認爲我們就是沒有好好服事教友。」

演講結束時，大家都熱烈鼓掌。之後，蓋瑞神父和一個朋友坐在艾曼紐二世大道外一間嘈雜擁擠的披薩餐廳裡。他很高興演講進行得很順利，但實際上他另有心事。再過兩個多禮拜，他就該回加州了。

坐在擁擠的披薩餐廳裡，外面的街道上還是一大群川流不息的人潮，提醒了他自己有多麼喜愛羅馬的活力。如今他的休假年即將告終，他知道自己會有多麼想念羅馬。

✞

幾天後，凱文・喬伊思神父從舊金山飛來，蓋瑞神父到機場去接他。兩人有討論不完的事。在蓋瑞神父的休假期間，主教已經派了幾個案例給凱文神父，凱文神父迫不及待想聽聽蓋瑞神父的意見。一名三十出頭的女子自稱有多團能量從她身上飛出，有時她的未婚夫甚至認不出她來。一個西班牙裔的男子自稱聽到魔鬼的聲音，甚至不時看到魔鬼。凱文神父有多次被叫去祝福教友的房屋。

凱文神父聆聽蓋瑞神父對這些案例的看法時，兩人愈聊愈起勁，結果還走錯了方向，一路往鄉間行駛，而不是朝市中心走。

凱文神父馬上就看出蓋瑞神父對於自己所學的一切有多麼熱情激動。凱文神父在老朋友身上看到新的自信心和靈命的成長，而留下深刻的印象，說蓋瑞神父已經「變了個人」，又表示：「我看經過這次的訓練，你一定會成為主教轄區內眞正的人才。」

「希望如此。」蓋瑞神父回答。

因為卡米內神父出城幾天，無法和他們談話，所以蓋瑞神父便聯絡達尼爾神父（他忙得只有晚間九點至十點之間才能聯絡上），問他是否願意到聖馬利亞之家回答幾個問題。他們三人坐在休息室裡，講了兩個鐘頭的驅魔。蓋瑞神父和這位聖方濟會士已討論過許多主題，如：做房屋祝福最好的方式，但有些主題是新的，好比如何辨識有詛咒在場，以及使用祝福過的油、水、鹽的效力，特別是使被魔鬼附身的人與他們一起烹飪時有何功效。在特定的案例中，達尼爾神父甚至會請人在洗衣機裡放幾滴聖水，潔淨他們的衣服。他說這樣也有幫助。

達尼爾神父也特別針對美國討論幾個實際的主題。例如：他建議蓋瑞神父在為人驅魔前，先擬定一份同意書，請當事人簽名。達尼爾神父還提供另一個引發共鳴的建議：「還不確定全家人是否到齊時，千萬不要急著為房子做祝福禱告。這是傳授教義法規的絕佳機會，而且如此一來，你也可以看到問題和房子無關，而是和這一家人有關。」

他們說完後，兩人皆同意繼續保持聯絡❸。蓋瑞神父感謝聖方濟會士，保證會讓他知道自己回到美國之後的聖工發展。

✞

聖週之前的那個禮拜四，蓋瑞神父和文斯神父最後一次到聖羅倫佐。卡米內神父那天的工作量很輕，到下午五點時只看了幾個人，他們三人便在卡米內神父的辦公室裡坐下，談了大約一個半鐘頭。卡米內神父終於找來了那位在聖羅倫佐會講英文的平信徒擔任翻譯，所以蓋瑞神父順利聽到所有問題的答案，包括卡米內神父為什麼把聖水放在當事人的耳朵裡，還有魔鬼不折磨當事人時會跑到哪裡去。還有意外的離地升空。既然《禮典》提到驅魔師應該禁食，蓋瑞神父也想知道卡米內神父是否禁食。這個問題一經翻譯，卡米內神父就以笑聲回覆，一邊拍拍自己突出的肚子。「我不禁食物。」他微笑說道。但他接著又告訴蓋瑞神父，說他的確會嚴禁其他事物，例如電視和酒精，並說：「我必須面對許多羞辱。這個聖工並不容易。」顯然他覺得這些羞辱也是一種「禁食」的形式。

討論將近尾聲時，卡米內神父轉向蓋瑞神父說：「真可惜你現在就要回去了。」蓋瑞神父感謝卡米內神父是如此親切慷慨的老師，說若沒有他這些寶貴的訓練，這份聖工他根本連想也不敢想。

他和文斯神父準備離開時，卡米內神父傳授他們最後一個忠告：「在用驅魔祈禱文的過程中，記得千萬不要直接對你眼前的人說話；你一定要祈求天主的力量。如果你開始把焦點放在眼前的邪惡上，好像是你自己在對付它，那麼你一定會惹上麻煩，因爲這不是你在做，而是天主透過你在做。」

蓋瑞神父給嘉布遺會士一個鍍銀的比奧神父像作爲感激的象徵，又再次感謝他。

卡米內神父收下，並在和蓋瑞神父握手時，以友愛的姿勢拍拍蓋瑞神父的背。「Fail il bravo，」他在蓋瑞神父將離開時說：要好好的。

✞

拜訪卡米內神父之後的幾天，蓋瑞神父在打包準備回美國時，回想自己在羅馬的這段時間。他的訓練不僅打開了他的眼界，也改變了他在神職事奉上的方向。他在許多方面都覺得自己很像達尼爾神父，他說既然知道靈界的眞相，就覺得更有責任要做點什麼事來幫助人。現在回去若還是過著以往的生活，就會像是「背棄了天主」。

✞

四月初，羅馬城厚重的冬季慢慢變化，由春季葉片繽紛的漫步所取代。蓋瑞神父眞是滿心期待能在羅馬慶祝復活節。他喜歡這個假日，更甚於過度商業化的聖誕節。對他而言，復活節一向是洗禮，或許也是在神職事奉上開始一段新時期的好時機，之前在阿西西（Assisi）避靜幾天的凱文神父及時返回，兩人便一同參加復活節三日慶典（Triduum）——聖週四（最後的晚餐）、受難日（基督被釘十字架）、聖週六（復活前夕守夜禮）的三日慶典。週四晚，蓋瑞神父參加主的晚餐彌撒，之後和凱文神父外出用餐。在受難日，他到梵蒂岡參加一個三小時的儀式，並巧遇卡米內神父，又給了他一次道謝的機會。聖週六晚上，他到北美學院參加復活前夕守夜禮，當晚他感覺到「榮耀」並且深具靈性。這也提供他機會向許多神學生及神父道別，有些人他已經漸漸感到親近，打算繼續和他們維持友誼。

當他的思緒停下來時，他做夢也想不到自己的休假年結果會是如此。這是一段極爲豐富的經驗。當他告訴一些神學生說他要回家時，有幾個人說他們也希望能夠回家。「喔，不會吧。」他搖搖頭。「我這十個月都沒有壓力，現在卻必須回家面對一整個未知。」

除了新的教區之外，或許這些未知當中，最大的一項是他自己擔任驅魔師的能力。魔鬼存在，他毋庸置疑，但魔鬼會像回應卡米內神父一樣回應他嗎？他用驅魔祈禱文會有用嗎？此外，他也擔心自己必須獨自與魔鬼交戰的情景。他目睹過的驅魔中，魔鬼多半把注意力直接對準卡米內神父，他身為觀察者，一向在那種交手中保持相對的疏離。但身為驅魔師，他現在就得自己承擔這個猛烈的襲擊。他辦得到嗎？他不可能知道，除非他自己開始實際驅魔。

守夜禮結束時，已經過了午夜，但街道上依舊人聲鼎沸。他現在獨自一人回到聖馬利亞之家，即使夜已深沉，他仍感覺十分安全。大多數的餐廳和酒吧仍然客滿，還有些人才剛坐下。從萬神殿（Pantheon）前面經過，他跟著人群在帕思提尼大道上走著，朝科爾索大街而去，他深感安慰，不用地圖就能在這座城裡往來——在北美學院的最初四天，他對獨自外出還感到焦慮，現在簡直不可同日而語。這幾週來，夜晚已經相當暖和，讓他更易於從容不迫。路過身旁的幾個人向他露出禮貌的微笑，但多數人都沒有理會他。對他們而言，他只是背景的一部分——穿著黑袍的身影，正要回到羅馬眾多教會中的一間。

註釋：

❶這是根據二〇〇六年四月所預估的數字。

❷直到西元四世紀基督教被官方承認時，祕密的基督徒都是在私底下崇拜。富裕的羅馬公民時常將私人住宅轉爲崇拜的場地。之後這些房屋便成爲「家庭教會」，每個都以屋主的名字爲名。保祿在寫給羅馬人的書信中，便提過普黎斯加的家庭教會（〈羅馬書〉第十六章第三至五節）。

❸達尼爾神父繼續在羅馬攻讀研究所。二〇〇六年起，他在羅馬的一間教會執行驅魔兩年，之後於二〇〇八年被調出國。他們在二〇〇七年秋天又在羅馬碰了一次面，當時達尼爾神父正準備離開赴任新職。

第十七章
驅魔師

當我年輕時，樹是樹，山是山，河是河。當我長大時，樹不再是樹，山不再是山，河不再是河。當我年老時，樹又是樹，山又是山，河又是河。

——禪詩

蓋瑞神父一如往常，以閱讀訃聞開始一天的早晨。這是他早年從事喪葬業就養成的習慣。當然，那時他查看那些名單是爲了專業的理由——看是哪一家殯儀館提供的服務。現在他看訃聞是要看有沒有他認得的名字。他這一輩子都住在南灣和矽谷區，那段期間，他只能以神父的方式認識那一個社區，小至雞毛蒜皮，大到里程碑——浸禮、婚禮，以及（答對了）喪禮。那天報上沒有熟識的名字，可以省了哀傷，於是他又繼續看體育版，大啖《聖荷西水星報》和《舊金山紀事報》。

早晨的例行工作結束後，蓋瑞神父走到教區的幾個辦公室。一如往常，待辦的事情堆積如山，時間永遠也不夠。他經過教會——幾乎是他的前教區聖尼可拉斯的三倍——和學校（附設幼稚園的國小）時，心思飄回了羅馬。那裡有一塊種了樹木的方形柏油區，是父母接送孩子的區域，或許不爲別的原因，只因爲那形狀，他就爲那裡取了個綽號叫piazza（義大利露天廣場）。

他的第一份差事是認識同工，並且讓他們知道他經營這個教區時打算涉入多深。蓋瑞神父尚未和他們討論的一件事就是驅魔。他打算找個時間，和凱文神父坐下來商討他這個驅魔團隊的細節。但此時，他估算在他的精心規劃推出之前，還有不少時間。不過那天早上將近中午，當他還在會議室與教區的行政同仁聊天時，他的祕書躊躇不定地敲了門。她沒什麼把握，停頓了一下，彷彿愼重地字字斟酌。「請這裡有一對夫婦要來驅魔。」

蓋瑞神父愣住了。不會吧——這麼快！他心想，然後平心靜氣地告知她：「請他們在前面的會客室等候。我這裡告一段落就下去。」他的祕書離開後，他轉向教區的協調委員，對方眼巴巴地望著他。「有些事我得跟你說清楚，可是我現在沒辦法講，我們晚點再說。」蓋瑞神父匆匆結束會談，打起精神走下樓去。

那對夫婦在教區辦公室入口旁的小房間等候。他走進去時，他們兩人從沙發椅上站起來，他則和他們握手。他們的年齡不好猜，但看來或許是三十出頭。女方史蒂芬妮的外表十分平凡，目光始終低垂，而男方克里斯則幾乎是負責說話的人❶。他們開始描述自己的遭遇時，蓋瑞神父發現那就是凱文神父在羅馬提過的案例之一。事實上，這對夫婦找過凱文神父，但是他們對事情的進展不滿意。「我需要驅魔。」史蒂芬妮直說。

克里斯描述，史蒂芬妮如何在一天中奇怪的時候，在原因不詳的情況下，突然被他所謂的「攻擊」攻克心思（蓋瑞神父聽著覺得像是情緒波動）。據克里斯說，她會突然暴怒，而且不可理喻。有一次這種「攻擊」使她走上馬路，而克里斯則坐在車裡嚇呆了。直到克里斯讓她注意到這種情況，她才察覺到自己的作爲。

想到問題可能屬於超自然層面，克里斯就自發地爲她做了一個釋放祈禱，奇妙的事情發生了。祈禱的過程中，史蒂芬妮感覺身體的多個部位都有「發熱的區塊」——或在額頭，或在肚子，或在後頸——同時覺得有生命體離開了她。克里斯也證實自己在祈禱時，感覺有幾團能量從她身上釋放出去。

蓋瑞神父困惑不解，便更深入挖掘，稍微問到史蒂芬妮的過去，特別是她是否涉及任何邪教，是否有任何特殊事件促使這個問題發生。

問題始於前一年三月，當時她認識的一位年長女性在他們的教會向她靠近，抱了她一下。然而，這個無害的舉動卻突然變成極爲怪異的事，因爲她聽到那女性的聲音變成粗啞的鬼吼聲。這個事件引發她在兒時被父親虐待的不愉快回憶，當時她的父親也用同樣粗啞的鬼叫聲說話。此外，還和教會裡的一個牧師有段奇怪的關係，據她描述，對方簡直是迷戀她（她也因而離開那個教會）。

當時她去找凱文神父，凱文神父送她去看內科醫師，內科醫師說她的健康狀況良好。所以她又去找臨床心理學家，對方是不可知論者。他告訴她，她似乎無恙，或許她的問題屬於超自然性質。

聽到這句話，她又回頭找凱文神父，凱文神父建議她去找天主教的治療師，那個建議也不見起色，因為史蒂芬妮拒絕在克里斯不在場的時候面談，而心理醫師又覺得這種作法不對勁。

同時他們也尋找其他可能願意幫忙的神父，但每一次都遭到拒絕。一位神父甚至說：「希望我抓不到那個東西。」教區祕書處的代理主教辦公室裡，有個人覺得他們已經絕望得走投無路了，就指示他們來找蓋瑞神父。

蓋瑞神父看得出史蒂芬妮明顯感到苦惱。想到用這麼冷酷的態度回絕她的那神父所講的輕率言語，他就有氣。

他告訴她，他最近才剛在羅馬受過驅魔師的訓練，但還沒有機會親自執行。不過，他說：「我願意和妳會面。」然而他也告誡他們不要期望很快就有結果。「我們要從頭開始，把問題講個清楚，這可能需要一些時間。」

史蒂芬妮明顯鬆了口氣。這裡終於有驅魔師了，而且是官方任命的驅魔師願意幫忙。「謝謝你。」她說。

蓋瑞神父與主教聯絡，詳述事情的始末。主教告訴他，要等史蒂芬妮完整的精神評估報告出來後，再開始進行。

團隊尚未到齊，蓋瑞神父只好匆忙搜尋或許能協助他的人。想到以往在聖尼可拉斯，他就曾與一位女性的臨床心理學家聯絡，他知道對方非常虔敬，但她覺得這個案例不屬於她的範疇。於是他又與另一位女性的臨床醫師聯絡，對方似乎比較有意願幫忙。蓋瑞神父與她晤談了兩個小時，問到她對魔鬼與撒但等概念的看法之後，他很滿意對方有資格能提供稱職的分析。

起初這對夫婦還猶豫是否該去看另一個醫生，但當蓋瑞神父告訴他們「如果你們連這個可能都想過了，那你們就該去看醫生」時，他們軟化了。

在這個過渡期間，蓋瑞神父爲史蒂芬妮做了簡單的祈禱，並用爲病人預備的聖油膏爲她淨身。祈禱過程中，她沒有任何反應，事後卻表示感覺好多了。

心理醫師於隔週評估她的狀況之後，找不出臨床上的問題。

同時，蓋瑞神父諮詢東岸的一位美國驅魔師，請教他的建議，他也參與八月即將舉辦的驅魔研討會。那位驅魔師告訴蓋瑞神父，他已經看過類似史蒂芬妮的症狀許多次了。

有這個情報做後盾，蓋瑞神父又回去找主教，主教表示可著手執行驅魔，又提醒他要先請那對夫婦簽授權書（美國的先決條件），蓋瑞神父打電話給史蒂芬妮，告訴她這個消息。驅魔的時間安排在隔週六。

那一週，蓋瑞神父忙著教區的細節，沒有空多花時間在驅魔上。他的確把教區的協調委員和祕書帶到一邊，告訴他們有這個約。現在風聲已經不脛而走，可能會有愈來愈多人打電話來（或是有不速之客出現），所以先讓他的人員知道會比較好。此外，在凱文神父的建議下，他從網路下載了一九五二年版的《聖事禮典》作爲驅魔之用。既然他的拉丁文有點破，用這個版本祈禱就簡單多了，因爲他獲准可用英文執行❷。

驅魔當天早晨，他很焦慮。雖然他的確見識過八十多場驅魔，但這是他第一次動手執行。如果需要幫忙，克里斯會在場協助。

他決定在一間沒有使用的辦公室裡進行驅魔❸。那間辦公室小而美，沒有太多可能會礙事的家具。他不像卡米內神父會直接跳到驅魔祈禱文，而是決心將《禮典》從頭到尾祈禱完。他不想讓任何東西有僥倖的機會。

他開始《禮典》，先用拉丁文念諸聖禱文，再用英文誦讀福音，最後是簡短的講道。講道結束後，他叫克里斯和史蒂芬妮兩人重新宣示洗禮的誓言：「你是否棄絕撒但？棄絕他所有的工作？……」結束後，他開始念驅魔祈禱文，同時用掛在他的辦公室牆上的木製十字架碰觸她的後頸。「不潔的靈，我趕逐你，連同仇敵的每個撒但權勢，地獄的每個妖怪，和你所有的墮落同伴……」他祈禱時，試圖一眼看書頁，一眼看史蒂芬妮，而她只是溫和地坐在沙發椅上，沒有任何反應的跡象。第一段祈禱文後，他將十字架移位，放在她的頭頂，開始念第二段祈禱文。當他準備要進入第三段祈禱文時，他將十字架放在她的額頭上。他結束後，還提供他們兩人聖餐。

整個驅魔持續了大約一小時，蓋瑞神父關心的是，史蒂芬妮對祈禱文沒有展現任何的外在反應。

「那麼妳感覺如何？」他問她。

「我覺得這股熱量在我頭上，然後又走了。」她說。「我一度覺得這東西有點像是從我肚子裡出來，然後離開。」

之後他坐在辦公室裡逐步檢視細節。這次驅魔的結果滿平靜的。他忽略了什麼嗎？還是史蒂芬妮在假裝？她或許是想引起克里斯的注意？他在羅馬的經驗教導他要愼重，但因爲這是他第一次驅魔，所以他也無法確定。他分析著，想起魔鬼也可能會躲藏——或許就是這麼回事。他知道驅魔不是一絲不茍的科學，他會隨著經驗的累積愈來愈能勝任。除此之外，他又重新想知道卡米內神父如何有這等能耐可以看這麼多人。難怪他會直接跳到《禮典》的中心。

接下來幾個月他又看了史蒂芬妮和克里斯幾次，她的反應每次都一樣——好端端地坐著不動，之後又描述在他用十字架碰觸的地方有燃燒感，然後感覺有生命體從她身上離開。蓋瑞神父開始納悶，如果眞的有魔鬼，那他爲什麼還不彰顯？

八月他飛到美國中西部，參加在當地舉行的驅魔研討會，希望能得到一些實際的訣竅，好用於史蒂芬妮的案例，同時也和其他驅魔師建立起聯絡網絡。在蓋瑞神父的慫恿下，文斯神父也參加了研討會。雖然文斯神父尙未在任何人身上用過《禮典》祈禱文，但他已經見過幾個人了。他與一位他相信已被附身的女人會面，但在指示她要來望彌撒和懺悔，以搭配他所能提供的幫助後，她就再也沒有回來了。她基本上是放話告訴他，如果不當場幫她，她就走人，另外想辦法。事後他發現她參加了當地的一個祈禱團體，他們告訴她，只有在她獻身祈禱、並且在她的玫瑰念珠變成金色時❹，她才能得到釋放。

該研討會由一群神恩派的平信徒主辦，他們有時也在美國驅魔師的聖工上加以協助❺。

當天從晨間七點半的餐前祈禱開始，接著是演講至十一點十五分，然後是日常彌撒和午餐。下午三點至五點有課，之後是早早用晚餐，然後在七點有一個鐘頭的發問時間，之後每個人聚集在一起彼此代禱。

整體而言，蓋瑞神父覺得這場研討會非常有幫助，特別是他因此有機會見到其他的美國驅魔師，可以和他們互相比較對照筆記。他發現，告解聖事和慈悲靈修和聖體聖事是抵抗邪惡影響力的強力武器的那場演講非常有用。那也合乎他在羅馬所學——驅魔師的根本工作是將人帶回到聖禮中。不過，當他樂見於研討會的方向時，他也對與會的一些人感到不舒服，他們傾向於把生活中雞毛蒜皮的事，都說成是惡魔搞的鬼。

文斯神父也有同樣的感想。關於與會者有必要用釋放祈禱文彼此祈禱的概念，他也反對，他解釋說因爲他認爲魔鬼附身並不常見，所以他認爲無需要求每個人都要釋放邪靈。另外有些與會者似乎太熱切地想成爲驅魔師，這一點也讓他很反感。一位神父吹噓他每個月都爲堂區神父的寓所驅魔一次，包括電話，因爲他很在意電話另一端的人也可能被附身。文斯神父發現這就是美國人傾向於把事情逼到極端的明證。

大體上，蓋瑞神父很感謝這場研討會以及訓練驅魔師的心力，就像羅馬的課程一樣。他認爲如果在天主教的場所舉辦（隔年即將如此），就會有更多主教參加，主辦單位可能也會更有興趣。最重要的是，他想像一個經由全國天主主教研討會批准的課程，有助於使驅魔術合法化，那才是他迫切需要的東西。

✝

從研討會回來後，蓋瑞神父再次爲史蒂芬妮祈禱，克里斯也在場。他想知道他們是否會有結果，便問她是否眞的想要這些靈離開她。當她回答是的時候，他提醒她必須更主動出擊，開始每天祈禱。「妳不能只是依賴我爲妳做這一切。」

然而，隨著驅魔繼續進行，克里斯和史蒂芬妮卻變得愈加惱怒。爲什麼這些祈禱文沒有「治好」史蒂芬妮，就像克里斯的一大堆書中描述的一樣？雖然她的確表示有進步，但就她的經驗而言，蓋瑞神父的驅魔似乎沒有比克里斯爲她祈禱時的功效更大。

這對夫妻覺得她的進步不夠快，便決定去找另一位驅魔師。蓋瑞神父給他們鄰近教區的一位驅魔師的名字，並祝他們順利。他仍納悶自己是否錯失了什麼，或是哪裡沒有做對。他仍質疑《禮典》的祈禱文是否奏效。儘管史蒂芬妮說有覺得比較好，卻仍然難以估量。即使在卡米內神父最溫和的案例中，蓋瑞神父至少也偵測到一些對祈禱文的外在反應。

當這對夫妻於一個月後回來，表示對另一位驅魔師也不滿意時，蓋瑞神父知道事情不僅是如此。問題不在他。事實上，他已經對這個案例開始有矛盾的感覺了。從與卡米內神父見習的經驗得知，人可能也會對驅魔上癮，彷彿是一種身分認同。他告訴他們，他願意再會見他們，但他們必須改變方法並且放慢步調。那對夫婦在失望之餘，不得不同意這個條件。

✞

接下來這一整年，蓋瑞神父看了更多人，有人甚至遠從奧瑞崗而來。一位五十多歲的婦人說魔鬼老是在她周圍；一名菲律賓男子認為姐夫在他身上下咒；另一個男子宣稱自己被親戚的鬼魂糾纏。有幾次，他需要凱文神父協助講西班牙語的受害人翻譯，還有一次，他看只會說越南文的老婦人時，另一位神父幫了忙。

他在這些案例中，有幾次是用《禮典》祈禱，但絕大多數，如果他懷疑不是魔鬼作祟，那麼他只會念釋放祈禱文，並且為人祝福。有時，當人不願意被拒絕時，他也會為對方做個簡單的祈禱，同時勸戒他們透過治療來尋求協助。

蓋瑞神父也為房子祝福。聖荷西有一家人宣稱目睹過各種怪象，包括時而在孩子們的床邊出現的幽靈，還有一個房間似乎永遠充滿了冰冷的寒氣。儘管祝福了屋裡的每個房間，但蓋瑞神父仍然找不出任何可以解釋那些活動的詛咒或攪擾。

這麼多人尋求他的協助，簡直令他大為吃驚。即使在羅馬目睹過這麼多場驅魔，他仍然認為在美國不會有什麼人需要他的服務。同時也因為他非常忙碌，所以鮮少有機會能實現他在羅馬構思的想法。例如，他還沒有與教區內的年輕牧師會面，向他們提到異端邪教的危險。不過，他已經能夠在教區的辦公室附近啓用一間小教堂，作為日常朝拜聖體之用。

二〇〇七年一月，蓋瑞神父寄電子郵件給卡米內神父，讓他知道自從他離開羅馬回國後的進展，又提到他看過的一些案例，希望驅魔的聖工在不久的將來會有更大的可信度。因為他的義大利文差不多都忘光了，所以就用英文書寫。

幾週後，卡米內神父用義大利文回覆他的電子郵件，表示樂見之前的門徒來信。他甚至更高興蓋瑞神父用英文寫信，說這可以給他極為需要的機會練習語言能力，他希望能藉由用義大利文回覆作為互惠的方式。

電子郵件的最後，蓋瑞神父問嘉布遣會士在羅馬的狀況。他還是一樣看那麼多人嗎？卡米內神父回覆說狀況比以往更惡劣。有些案例，甚至遠從歐洲其他國家送來。一名女子從德國遠道前來找他，因為德國沒有驅魔師，他說：「你知道這種事的情況有多悲慘。我相信我們必須大力為神學家和主教們祈禱，讓他們教導眞正完備的天主教教義，而不只是教比較輕鬆容易吸收的內容。全人類會受苦是因為教義不完全，也不平衡。但是我們把信心放在聖母手中。我讚美天主有你這樣的神父，可以幫助很多受苦的可憐人。要單純，也要堅強！也為我祈禱，因為我需要……我們將在祈禱中繼續合一。」

✞

接到卡米內神父的電子郵件後幾個月，凱文神父為一個他認為應該探究的案例與蓋瑞神父聯絡。中美洲有一位年輕的女子叫瑪莉亞，她的父母住在附近的主教轄區，已經向他求救，希望他們的女兒能接受驅魔。一週後，蓋瑞神父在一個忙碌的午後挪出時間與他們三人會面。

現年二十七歲、原籍宏都拉斯的瑪莉亞❻，臉上陰沉抑鬱的表情馬上令他警覺到事有蹊蹺。她的父母挫敗的表情也讓他想起卡米內神父在羅馬為人祈禱時，他在那些陪伴人身上看到的樣子。

如同以往，他開始請瑪莉亞陳述自己的遭遇。

她說，從十七歲起，她就開始聽到聲音，又看到魔鬼，而且他們總是告訴她：「妳屬於我們。」她的父母很擔心，就帶她去看巫醫，當時他們還住在宏都拉斯。當巫醫進行驅魔儀式時，瑪莉亞進入恍惚狀態，在地上打滾。之後，問題似乎緩和了一陣子，不過，最近老毛病又回來了。

蓋瑞神父繼續探究，記下瑪莉亞沒有毒癮的病史，據他推測，她看來算是神智正常。據她的父母說，巫醫告訴他們這種麻煩事最有可能和詛咒有關。

好奇之餘，蓋瑞神父告訴他們三人，他願意幫忙，但瑪莉亞要採取的最佳行動應該是精神診療。然而，他同時也告訴他們，他很樂意爲她做簡單的祝福祈禱（想起自己的訓練，他也懷疑：如果眞的有魔鬼，這種祝福是否有助於拆穿魔鬼的面具）。

蓋瑞神父沒有多誇口，只是隨手拿起三孔活頁夾，裡面有他從各種書上影印和從網路下載的祈禱文。他最喜歡的是印在阿莫爾特神父的著作《驅魔師自述》封底的那些祈禱文。他選了其中一段（最早源於希臘文的《禮典》），向瑪莉亞伸出手來，同時吟誦：「Kyrie eleison，天主，我們的主，萬世之王，全能萬能，你僅憑你的旨意創造萬物，翻轉一切。你在巴比倫將『比往常更熱七倍』的火窯烈焰轉爲甘露，保護拯救了三名聖子。你是我們靈魂的大夫和醫生。你是回頭歸向你的子民的救主。」

瑪莉亞的身體幾乎馬上開始抽搐，雙腿前後搖動。當蓋瑞神父注意到這點時，他試著順應自己的想法：他要的證實來了。

「我們懇求你讓每個邪惡的力量、存在、運作，盡都無能、無份、無地位；針對你的使女瑪莉亞而發動的每個邪惡的影響力、罪行，或邪惡的眼光、邪惡的行動都歸烏有。在嫉妒和惡毒之處，賜給我們豐盛的善良、忍耐、勝利、慈悲。喔，主，你愛人類，我們求你伸出大能的雙手和至高全能的膀臂來協助我們，保護我們的身體與靈魂。」他祈禱。

瑪莉亞突然尖叫。她開始在沙發椅上猛烈翻動。接著，蓋瑞神父大爲詫異，她的臉部肌肉驟然緊繃，使她的外表完全改觀，換成了奎蛇的面容。連她的姿態也變得和蛇一樣。她的眼睛已經變成死寂的黑色圓盤，直鑽入他裡面，而她的舌頭也像蛇信般伸縮。

蓋瑞神父目睹這個變化時，他的心在胸膛裡怦怦地跳。眞的有這種事，他心想。這不是他的幻影。他在瑪莉亞身上灑一些聖水，她撲向他，卻及時被她的父母抓住，他們就坐在她的兩旁。她的黑色眼眸向他傾倒出深切的恨意。他心中十分肯定，如果是和她獨處，她早就對他發動攻擊了。他不再是觀衆，而是要看到這現象終結的關鍵人物。

「願天主阻擋並消滅敗壞嫉妒的人喚起而攻擊我們的每個邪惡力量、每個毒物或惡謀。如此，在你的權柄保護下，我們可以感恩歌唱：『上主是我的救援，我還畏懼何人？』」

她又踢又扭，試圖掙脫束縛。

他們又奮戰了幾分鐘，直到他決定：或許在初期，不要把事情逼得太過火會比較好。她需要愼重的驅魔，而不是簡單的祝福。這也使他有機會多加準備。現在，知道祈禱文已經產生強烈的反應就夠了。

祝福一結束，瑪莉亞立刻平靜下來，臉孔也恢復正常。當她癱在沙發椅上喘息時，蓋瑞神父離開去拿祭餅，心想或許聖餐會對她有益。不過，當他帶著聖體進來時，她差點跳出窗外，若不是父母再度把她架回沙發椅上，她可能眞的會跳出去。當她恢復得差不多時，蓋瑞神父終於給她聖體，雖然她也吃了，卻無法吞嚥。蓋瑞神父擔心魔鬼會再回來，便快速旋開聖水瓶的蓋子，將瓶子遞給她，說：「拿去，用這個沖下去。」聖體終於下去了。

結束時，她的母親走到蓋瑞神父身旁感謝他。她告訴他，雖然她女兒對祈禱文的反應和在宏都拉斯的驅魔儀式中很類似，但這次強烈得多了。

那一家人離開後，蓋瑞神父坐在自己的辦公室裡片刻。自從二〇〇五年被任命爲驅魔師起，他終於歷經了極大的變化。雖然這些經驗很多都深深觸動了他——向他開啓了人類深層的苦難，這是他向來都不知道的——但這個案例很特別，絕對是與衆不同。除了感官上的知覺，還有一種奧祕的成分給了他希望。他終於能夠將《禮典》是否對他有用的懷疑永遠擺在一旁了。這些祈禱文確實有力量，他心想。這對他是個直抵內心深處的提醒：善與惡、罪與拯救之間千古不變的衝突還有得瞧呢！這不僅確認了他身爲神父的呼召，以及成爲驅魔師的選擇，也是大能的明證，證實了他的信仰中最深奧的謎題之一。即使邪惡存在於這個世界，但總有辦法將它擊垮。

註釋：

❶任何堪供辨識的特徵皆經過改動，以保護這對夫妻的匿名性。

❷任何修訂版的驅魔儀式翻譯都必須經過禮儀及聖事部同意。截至目前爲止，獲認可的版本只有拉丁文和義大利文。要求進行這項翻譯的申請也落在美國天主教會的主教身上，但目前還沒有這種事。

❸我刻意更改了驅魔的地點。

❹這是與波士尼亞赫塞哥維納的默主哥耶相關的奇蹟之一。

❺「神恩的更新」通常是給予五旬節派團體的名稱，不分天主教或基督教。他們提倡特別的「神恩」恩賜，如說各種語言、說先知話、辨別神恩、治病，都直接分授給因聖神受洗的信徒。這些恩賜當中主要的就是趕逐邪靈的力量，根據早期基督徒的說法，這是每個受洗的人都具有的力量。神恩派信徒操練一種攙水的驅魔形式，稱之爲「釋放」。到了一九八〇年代，神恩復興運動已成爲主導美國釋放場景的主流。

欲知神恩派的釋放手法，詳見Francis MacNutt所著《Deliverance from Evil Spirits》（Grand Rapids, MI: Chosen Books二〇〇五年出版）；及Michael Scanlan、T.O.R.、Randall Ciner所著的《Deliverance from Evil Spirits》（Ann Arbor, MI: Servant Books一九八〇年出版）。

一九八〇年代，天主教的統治階級採取步驟，來統御釋放的執行。其中最著名的是在一九八三年，比利時的蘇南斯（Leon-Joseph Suenens）樞機主教，他本身也是神恩派，寫了一篇名爲「更新與黑暗勢力」的報告，非難神恩派的教友傾向於將日常生活中絕大多數的問題都歸咎於魔鬼——衝動的魔鬼、沮喪的魔鬼、焦慮的魔鬼等。一九八五年，由拉辛格樞機主教帶領的信理部發表「治病祈禱文說明」，提醒主教與教友雙方：正式的驅魔應交給主教任命的神父來執行。

❻我移除了這些個案中可供辨識的特徵，以保護個人身分。

後記

二〇〇五年秋天，當我聽到與梵蒂岡聯盟的一所大學開了一門叫「驅魔與釋放禱告」的課時，我認爲那可能只是個公關噱頭。教會眞的還相信驅魔嗎？但令人想一探究竟的是，這門課將開放給非神父，有幾堂課還由心理學家和犯罪學家授課。住在義大利、擔任自由撰稿的作家兼記者、又在美聯社的羅馬分部待過，我知道要敲開梵蒂岡周圍的那道高牆會有多難。再加上圍繞著驅魔的神祕色彩，於是我把那堂課視爲天大的機會。不知道該抱什麼期望，但我想裡面至少可做點文章。

當時，我對驅魔的認識幾近於零，也和多數人一樣，會馬上想到好萊塢的電影。不過，當《大法師》這種電影據說也是「根據」眞實故事改編時，電影的包裝和特效就更難將事實和故事區隔開來了。

然而，課程的第一天改變了我對驅魔的這種先入之見，不僅因爲在那特級現代的教室裡看到神父、聖方濟會修士、各修道會修女專心聽講撒但力量的課的場景有多麼怪異，同時，我也驚訝地發現學生本身絕非「迷信」，也非流行文化裡描繪的那種嚴守清規的神父。

初次見到蓋瑞神父時，我立刻對他的眞誠與透明留下深刻印象。我們兩人立刻因爲共同懷著強烈的意圖想浸淫於所學，而建立起友誼。

當我愈熟悉蓋瑞神父的生平細節時，身爲作家的我也開始領悟到他的旅程代表一扇獨特的窗戶，可以一窺驅魔的世界。機會來了，我心想，可以從一個剛入門的新手的角度，來看待擔任驅魔師是什麼滋味。

不過，眞實的情況是：書寫魔鬼和驅魔的這個想法不是我的首要之務——話說，我的內人就覺得這個主題不那麼吸引人。我得說我的確有迷惘的時候，不知道把事情放下對我是否比較好，免得我自己的生活也被看不見的「靈」入侵。

儘管我在成長過程中是天主教徒，但我對魔鬼附身卻有著矛盾的看法。其實，坦白說，我在開始寫這本書時，比較像是「文化上的天主教徒」，而不是篤行信仰的教徒。我當然偶爾也會在聖誕節和復活節去望彌撒，但除此之外，我可能不是討論深度信仰奧祕的最佳人選。反之，我的手法還更接近報導。我想知道教會實際上教了什麼驅魔的內容。而在蓋瑞神父身上，我想知道，如果事實是眞有魔鬼存在，又是什麼使一個人願意站在一間斗室內對抗魔鬼。

身爲平信徒，驅魔讓我驚訝的第一件事情是：熟悉這主題的神父並不多，尤其是美國神父。

美國的驅魔著作就算不是全部、也大都過時了，很多是一九七〇年代寫的。然而，在義大利卻是截然不同的風貌，我發現自己幾乎馬上就轉向義大利書籍，其中絕大多數（如弗蘭契斯柯．巴蒙特神父寫的《魔鬼附身與驅魔》和蓋布列爾．南倪神父寫的《上帝的手指和撒但的力量：驅魔術》）都是二〇〇四年之後寫成的。這些書不只提供詳細的神學分析，還有執行驅魔的第一手實況資料。我讀得愈多，就愈好奇。一旦蓋瑞神父開始參與驅魔，我就能加上他的詮釋了。但是，我也知道我如果想報導這則消息，就必須進入驅魔師的世界，唯一的作法就是親眼看見驅魔。

我第一次看到驅魔的幕後花絮，是在我開始訪談「各據一方」的驅魔師時。我會不時瞥見存在於另一邊的畫面——一群人在聖階教會的聖器收藏室外對托馬索神父緊追不捨；巴蒙特神父拭去椅子旁的一攤聖水，好讓我坐下訪談；坐在卡米內神父的等候室裡，一名女子在他的辦公室裡尖叫猛撞。或許最令人驚訝的是，這些不是在哪座山頂的修道院完成的，許多驅魔都是在位於羅馬市中心的教堂裡執行的。事實上，一邊和驅魔師說話，一邊有成群的遊客四處閒晃，對著宗教圖像照相都是司空見慣的事。爲這本書進行研究時，某一方面是相當怪異的：這兩個世界並行不悖——和魔鬼附身的受害人說話或聽聞驅魔事件，接著又融入艷陽高照和混亂不堪的羅馬街頭。

我訪談的每個驅魔師各有其獨到之處。巴蒙特神父有著蓬勃生氣的活力，南倪神父有著一張帥氣的明星臉和知性的言行舉止，阿莫爾特神父那長執輩活力和偏愛戲劇性的回答，以及卡米內神父那良善信實的謙遜態度，都讓我很有好感。無論我用不怎麼漂亮的義大利文問多少問題，他們都對我很慈祥、有耐性。

我也發現他們的坦率令人耳目一新。我讀過的許多書都把事情整理得有條有理，但這裡卻有多年經驗的驅魔師告訴我，人還是有很多無法知曉的事。

然後是受害者。就如同蓋瑞神父一樣的反應，我不但訝於他們的外觀正常，而且還發現他們是絕妙、甚至可愛的人。在我看來這些人都不是想要弄人，他們都是眞誠由衷的人，正與某種連他們也似乎茫然不解的東西在搏鬥。後來我參與驅魔時，更是強化了這個印象。

許多人都假定驅魔師就是要極力證明人被附身了；然而，就我交談過的每個驅魔師而言，情況正好相反。還有另一種概念，我認爲也是錯的，就是一味認定教會一面倒地遊說人相信靈，而世俗的世界則不然，會盡量戳破這種概念。在當地的新世紀書店閒逛，就會看到天使、「通靈」、「靈界遊歷」有多麼受歡迎，更別提無數個從事靈體釋除❶（spirit releasement）的「通靈人」和治療師。撤銷了官方任命的驅魔師，大家仍然會尋求驅魔，或付錢給「靈媒」，以擺脫家中的邪靈。從這個角度看，驅魔課程提供心理學家和這個領域中其他專家的講堂，即使只能給人某種標準❷，但用來協助訓練驅魔師也不啻是個好方法。

書寫這本書對我而言也成爲一種旅程，幫助我重新與自己的信仰聯結，這是我在開始研究驅魔時始料未及的事。在書寫和進行研究的這三年來，我見到許多不可思議的人，就像蓋瑞神父，他爲受苦的人服務奉獻，也讓我看到：當我們將自我擺在一邊、伸出手來幫助人時，能夠做多少善事。

我在寫作時，大家經常問到是否有什麼怪事發生在我身上。除了奇怪的百葉窗板在無風的一天砰砰作響，以及來的不是時候的斷電使我損失部分文稿（這兩次我都歸因爲意外事件）之外，的確有一次我無法解釋的經驗。

一天下午，訪談完一名突然進入出神狀態、又開始對牆上的馬利亞像尖叫的女子後，我正開車回家。突然間，我的車內充滿了花香味。我不假思索地想，喔，還眞不錯。是從哪兒來的啊？然後發現自己無意識地咧嘴笑了。我記得驅魔開始之前，巴蒙特神父告訴我，聖母馬利亞經常來協助女性，所以在她爆發時，我念了一小段祈禱文，請求馬利亞幫助。我當然沒有想到這個微小的表態會對她有什麼眞正的衝擊。巴蒙特神父繼續執行驅魔，那女子又尖叫了將近一個鐘頭。

當時，我模糊的記得有些人曾說過，聞到花香味和馬利亞及其他神祕經驗有關。難道我的車裡湧進的花香味和早上發生的事有關嗎？我不太確定。那味道確定不是從車外進來的（我剛好開到牧羊的農場旁，而那裡的臭味遠近馳名）。可能是從我的空調裡傳來的（但我以前從來沒聞過）。也可能是嗅覺的幻覺，只有這種可能了。但事後回想，我才發現解釋根本就離題了。即使這個經驗只維持了幾分鐘，卻深深觸動了我。這是馬利亞或哪位天使試圖要告訴我，她已經聽到一個爲了幫助同胞而用信仰奮力理解的人所發出的微弱呼求了嗎？還是我潛意識的哪個部分在用衝動餵養另一部分，好說服我自己也有超然的經歷？我猜我永遠也不得而知。但有一件事很確定，無論那是什麼，都帶給我極大的喜樂。

註釋：

❶靈體釋除的詳情見William J. Baldwin, D.D.S., Ph.D.一九九二年出版的《Spirit Releasement Therapy: A Technique Manual》。

❷已經有無數個被誤導的人將趕逐魔鬼的概念轉變爲謀殺。最近的一次是在一九九七年，來自紐約布朗克斯（Bronx）的五歲女孩在被母親和外婆強迫喝下混合阿摩尼亞、胡椒、橄欖油、醋的液體後身亡，她們兩人用防水膠帶綑綁女孩，固定她的嘴巴，企圖給魔鬼「下毒」，讓魔鬼從她身上出來。Michael Cooper所撰〈Mother and Grandmother Charged with Fatally Poisoning Girl〉，《紐約時報》一九九七年五月十九日報導。

接著在二〇〇七年十一月，在一項涉及將近四十人的儀式中，紐西蘭的一名女子在聖公會的驅魔儀式中溺斃，當時她的「醫治團體」中有一位成員將她按在水中，企圖逼出邪靈。Simon Winter所撰〈Exorcism Death Shocks Archdeacon〉，《The New Zealand Herald》二〇〇七年十一月十二日報導。

新版後記
事工持續中

——二〇〇九年十一月

蓋瑞神父的驅魔事工不但沒有減少，反而愈趨增加。其實，將稿子交給出版公司後不久，我正好和蓋瑞神父聯絡，他提到自己爲一名男子禱告，儘管對方是科學家，宣稱不相信驅魔這回事，但他在接受禱告時卻有非常強烈的反應。這個案例後來成爲蓋瑞神父擔任驅魔師所見最棘手的案例之一。

那男子是一名四十六歲的化學家，名叫道格（化名），他透過主教轄區而聽說蓋瑞神父，在不情願的狀況下與他約好碰面的時間。

事情一開始就很糟，道格幾乎是衝進教區的等候室裡發飆，質問道：「到底還要多久的時間？我還有事情要忙。」

有一長串的約和差事要辦的蓋瑞神父馬上被道格的傲慢打斷，他反駁道：「這裡是誰需要幫忙？你以爲我在這裡閒閒沒事幹嗎？」

道格的眉毛一挑，咕噥了一聲道歉，在長沙發椅上找了位子坐下。他逕自告訴蓋瑞神父自己的狀況。他是個理性、有條不紊的人，對凡事總有答案，但他的生活已經漸漸從穩定中失控，而他正奮力想要了解原因。他解釋，問題的核心在於他對妻子有種令人惶惑的冷漠感。「我已經有一段時間在情感上和她絕緣了，」他說。那種感覺最近開始滲透到他生活的其他部分，包括他和女兒的關係。

蓋瑞神父問道格是否和妻子尋求過協助。道格描述他們怎麼去看治療師，但情況卻只是變得更惡化而已。結果是治療師相信通靈，鼓勵道格和妻子嘗試去聯絡「通靈師」來幫助他們。

蓋瑞神父聽了，雖然覺得道格很真誠，卻也發現這些遭遇有點牽強。從訓練中，蓋瑞神父知道通靈的危險，特別是外傳當一個人和靈溝通時，有多麼可能因爲開放自己而被靈附身。道格最近的困難和那有關嗎？說不定。他有一種道格沒有合盤托出的感覺。

道格說完時，蓋瑞神父解釋自己沒有足夠的證據進行驅魔，卻很樂意做祝福祈禱（也有助於辨別諸靈）。同時，他建議道格去看臨床心理師（蓋瑞神父已找到另一位心理學家加入團隊），才能獲得更全面的了解。

蓋瑞神父沒料到會有什麼反應，便開始祝福，將聖水灑在道格身上。之後，他拿起滿是影印祈禱文的活頁簿說：「主耶穌，祢來醫治我們受傷紛亂的心，我懇求祢醫治使道格的心產生焦慮的折磨根源。」

令蓋瑞神父大爲吃驚的是，祈禱文立即對道格產生效果，他開始抽搐，彷彿直視太陽一般。

蓋瑞神父繼續說道：「我懇求祢，用特殊的方法，醫治這罪惡的所有根源，我懇求祢進入道格的生命醫治他在早年所遭受的心理傷害，和這一生中有過的各種傷痛。」

祈禱到一半，道格開始咳嗽，最初聽起來像是清喉嚨，但不久便嚴重到使他停不下來。

祈禱了三十分鐘後，蓋瑞神父結束了該次會程。道格立刻平靜下來，但也絕談不上是放鬆。「我不明白發生了什麼事，」他說著，便發火了。他繼續描述自己知道事態如何，他對自己的行爲失控了，那是他不太容易接受的事。「我不知道爲什麼我的咳嗽停不下來。」

蓋瑞神父深信那是千眞萬確的彰顯，卻仍想謹愼行事，並建議道格去看他之前推薦的心理師。

「你何不乾脆把這東西從我身上趕走呢？」道格問道。

「這不是說趕就能趕的。」蓋瑞神父回答，解釋這個過程需要時間。

一週後，道格回來接受祈禱。他的反應依舊猛烈，和第一次不相上下。道格再度解釋自己的意識清晰，卻無法控制自己。蓋瑞神父問祈禱文在會程外是否對他有任何影響，但道格說他眞的沒注意到有什麼特別的事。

在下次會面之前，道格去看了心理師，心理師看了他幾次，之後又向蓋瑞神父報告，說他覺得道格的問題可能在本質上就是屬靈的問題。他以自己的意見告訴蓋瑞神父，直接進行驅魔應該沒有錯。

有這項消息作爲保護，蓋瑞神父聯絡主教以取得許可，然後道格簽署釋放表格，之後便進行驅魔。蓋瑞神父決定不在堂區辦公室，而是在教會的告解室內執行驅魔，那是個八乘六呎、鋪有地毯的小房間，裡面有幾把椅子，一張放在角落的桌子，和一個用木板區隔的小房間。因爲他喜歡告解室獨有的隱私。因凱文神父不克前來，所以蓋瑞神父另外請了一位麥克神父（化名）來協助。

開始前，蓋瑞神父點燃一根蠟燭，放在桌上，然後拿起裝聖水的擠瓶祝福那個房間和麥克神父。一切就緒之後，他將注意力轉移至道格身上，麥克神父則拿著有驅魔祈禱文的活頁簿，打開放在他面前，好讓他的雙手能自由移動。

他開始用連禱文祈禱，大約到一半，道格的臉部表情開始扭曲，左半邊臉不自然地緊繃成扭曲的咆哮。這個反應和蓋瑞神父當初祝福他之時類似，但這次似乎更加猛烈。

念完連禱文後，蓋瑞神父繼續念福音書，他選擇〈路加福音〉第十章第十七至二十節，一開始就是七十二個門徒歡喜地歸來告訴耶穌，「因著你的名號，連惡魔都屈服於我們」。

念完那段經文，他很快說了幾句訓誡詞，講到信任基督事奉的重要性，又說：「我們堅決相信天主比任何邪靈或撒但本身更有權能，我們帶著極大的信心繼續，知道主與我們同在」。

緊接著，蓋瑞神父念了一段保護的祈禱文。「全能的主，我在敬畏顫驚中謙卑呼求祢的聖名，請求祢赦免祢不配的僕人所有的罪，賜給我堅定不移的信心，以及由祢威能的臂所扶持的力量，帶著信心和決心，對抗這殘酷的惡魔。」

他不尋常地念完，又繼續念驅魔祈禱文，說：「藉著我們主耶穌基督的血肉、受難、復活、升天的奧祕，藉著聖神的降臨，藉著我們的主即將施行的審判，我命令你，不潔的靈，不管你是誰，連同你所有正在攻擊這位天主僕人的爪牙，你要透過一些徵兆報上你的名字，說出你離開的日期和時間。」他說。

蓋瑞神父祈禱時，道格的雙臂和雙腿開始顫抖，他的嘴半開著僵住不動，嘴唇尾端像魚一樣往上翹。

蓋瑞神父注意到這些劇烈的變化，卻仍盡全力維持平靜穩定的聲音。「奉耶穌基督的名，我命令你將名字告訴我。」他說。

口水開始從道格的下巴淌下。他沒有任何指乾的舉動，於是蓋瑞神父就近抓了一盒面紙，敦促他把嘴擦乾淨。

蓋瑞神父再一次要求惡魔透露名字。道格繼續掙扎了幾分鐘，一邊咳嗽，一邊流著口水。

即使道格的咳嗽更趨於惡化，蓋瑞神父仍再度重複問題，直到他開始短促頻繁地乾咳，彷彿被什麼東西哽住了。

「奉耶穌基督的名，我趕逐你，不潔的靈，連同仇敵的每一個撒但的權勢，每一個地獄的幽靈，和你所有墮落的同黨。」蓋瑞神父祈禱。

忽然間，道格將雙手伸直高舉過頭，保持不可能的靜止姿勢，最後終於跌坐回椅子上。

蓋瑞神父已經祈禱了半個多鐘頭，便稍微喘口氣。除了瑪莉亞的特例之外，這是他擔任驅魔師以來看過最猛烈的反應。

道格再一次無法解釋自己何以有這麼強烈的反應。

接下來幾週，正當道格試圖將發生的事拼湊起來時，一件奇怪的事發生了。白天開始有個名字在怪異的時間浮現他的腦海，用最怪異的方式造訪他——在夢中、看報時、在他刷牙刷到一半時。那是什麼意思？

還等不到下一次驅魔，道格便向蓋瑞神父提起這個名字。蓋瑞神父說會以開放的態度在下次驅魔時嘗試看看會有什麼結果。

他們再次使用告解室，而且麥克神父也在場協助。驅魔的過程和第一次非常類似，念了連禱文和福音書，最後到了蓋瑞神父問魔鬼叫什麼名字的時候。

「藉著我們主耶穌基督的血肉、受難、復活、升天的奧祕，藉著聖神的降臨，藉著我們的主即將施行的審判，我命令你，不潔的靈，不管你是誰，連同你所有正在攻擊這位天主僕人的爪牙，你要透過一些徵兆報上你的名字。」他說。接著用道格給他的名字又加了一句：「隱士。」

道格立刻有了反應，開始大聲咳嗽、煩躁不安。

「隱士、隱士、隱士。奉主耶穌基督的名，我命令你離開。」蓋瑞神父說道。

道格的雙臂和雙腿開始搖晃，抽搐的動作也變得愈來愈誇張。對蓋瑞神父而言，彷彿有一波浪潮即將打來。

「隱士、隱士、隱士。」蓋瑞神父複述著，念出這個詞。

接著一個喉音從道格的深處發出回音：「不——。」

蓋瑞神父的精神霎時振奮起來。祈禱文發揮功效了，他心想。「古蛇，我以審判活人死人的判官、以你的創造主、以創造全宇宙的主、以有能力將你交到地獄的那一位，嚴令你立刻和你敗壞的黨羽帶著畏懼離開。」他祈禱著，繼續施加壓力。

終於，蓋瑞神父感覺逐漸增強的那股浪潮突然瓦解——道格的身體強烈振動，手臂和雙腿狂亂地抽動，之後從椅子上跌下，在地板上到處彈動。儘管有這激烈的反應，蓋瑞神父仍保持冷靜。他擔心道格可能會傷害自己，因此他不用蠻力把他抓回椅子，而是告訴麥克神父讓他躺在地上，如此他才能伸展，也比較舒服。

「離開吧，犯罪者，離開，誘惑者，充滿了謊言和詭詐、美德的仇敵、迫害無辜人的劊子手。可憎的受造物讓位，你這怪獸讓路，讓路給基督，你在他裡面是毫無所有。」蓋瑞神父祈禱。

道格的嘴巴開始僵硬成誇張的圓形，彷彿下巴的肌肉凍住了。口水再度流滿他的下顎，他沒有意思要把嘴擦乾淨。

道格蹣跚地站起來，蓋瑞神父和麥克神父扶他回到椅子上。

「不敬虔者離開，控告者離開，和你所有的魔鬼一同離開，因為天主已定下旨意，此人應該是主的殿，你為什麼還在這裡流連忘返？將榮耀歸與天主全能的父，祂是萬膝都要跪拜的神。」蓋瑞神父祈禱。

忽然間，道格的手臂和雙腿伸直出去，彷彿在架子上被拉直。這就是了，蓋瑞神父心想。「奉耶穌基督的名，離開。」蓋瑞神父複述。

「不——」那喉音尖叫，緊接著是蓋瑞神父所描述的一股從道格身上推出來的「力量」，道格在最後的階段用腳踢了幾下，最後才跌坐回椅子上。

蓋瑞神父暫停片刻，讓自己恢復清醒。房間裡很熱，大家都激動不已。

「道格，你覺得如何？」他問道。

道格花了些時間才喘過氣來。他描述有東西離開的感覺，但是他不確定。蓋瑞神父決定最好以結束驅魔來看魔鬼是否還在「隱藏」。當道格對祈禱文毫無反應時，他為驅魔下了結論，說：「全能的天主，我們懇求祢將邪靈進一步隔離，不許牠騷擾祢的僕人，將牠遠遠地隔離，再也無法回來。願我們不再懼怕任何邪惡，因為主與我們同在，祂在聖神天主的合一中，與你一同居住掌權，直到永遠，阿們。」

之後，蓋瑞神父聽取道格的報告，詢問他的印象。道格說他真的只記得驅魔的某些部分，想必是他不知道在什麼時候就失去了意識（和第一次的情況相同）。他也描述自己在那一週的負面感覺——沮喪、疲憊、模糊——如今都消失了。

接下來一個月，蓋瑞神父又爲道格祈禱了兩次，道格每一次都保持平靜，沒有任何反應——他似乎眞的得到釋放了。

對蓋瑞神父而言，道格的釋放是極度感恩的一次經驗，他對於自己的行爲並沒有那麼感恩，而是對於知道驅魔祈禱文的確能爲受苦者提供幫助而感恩。他發現耶穌使用他作爲「器皿」來醫治此人的這個概念，是一次令人極爲謙遜的經驗。

然而，儘管有這種正面的轉變，蓋瑞神父仍偏好保持好奇。他知道釋放有時可能只是暫時的，便告誡道格要繼續去望彌撒和領聖禮，否則毛病可能還會復發。

這個告誡果眞有先見之明，因爲三個月後道格的確又回來了，顯然已將蓋瑞神父的話拋諸腦後了。

蓋瑞神父責備他缺乏恆心。「看看你現在這個樣子，就是因爲你的生活一成不變。」

道格痛悔不已，如果還有一絲慰藉，那麼必定是他原有的傲慢作風已經由大爲謙卑的態度所取代。蓋瑞神父看得出來，是因爲之前道格如果無法解釋一件事，他就會很快發怒，但現在他卻願意接受有些特定的事是他無法掌控的。

滿意之餘，蓋瑞神父爲道格排定隔週再過來接受一次驅魔。

離開前，道格遞給蓋瑞神父一張紙，上面寫了一串字。

蓋瑞神父瞄了一眼。「這是什麼？」他問道。

道格解釋這些字如何像「隱士」般浮現他的腦海。這些有可能全部都是魔鬼嗎？對蓋瑞神父而言，似乎不太可能。不過，在他於驅魔儀式中嘗試這些字之前，這種事是不得而知的。至少，看來他似乎有一大堆工作得處理。有了這些訓練和經驗，他知道不管未來還有什麼，他都不會失去希望。

致謝

我對蓋瑞神父勇敢坦率的貢獻以及不倦的慷慨親切極爲感恩。說穿了，沒有他也不可能有這本書。

我非常感激在本書中提到的每一個人，特別是弗蘭契斯柯・巴蒙特神父、蓋布列爾・南倪神父與卡米內・德・斐利彼神父，他們不僅在百忙之餘回答我的疑問，也是爲我開啟驅魔世界的重要人物。也特別感謝阿莫爾特神父、布翁奈托神父、傑若米・戴維斯神父、道明會的戴爾敏神父、葛摩拉佐神父、凱文・喬伊思神父、文斯・藍柏特神父，以及提西艾諾・里裴托神父（Father Tiziano Ripetto）。

還有許多神父撥出時間與我分享他們的個人故事。其中有些被納入書中，但有許多沒有。感謝艾非里納神父（Father Avelina）、巴朗忠神父、史帝夫・畢格勒神父、波尼・布希神父（Father Bernie Bush）、蒙希格納・約翰・伊瑟夫（Father Monsignor John Esseff）、保羅・何瑞佐神父（Father Paul Hrezzo）、布蘭登・拉里神父（Father Brende Lally）、詹姆士・羅巴神父（Father James LeBar）、傑拉多・曼加卡神父（Father Gerardo Menchaca）、約翰・米契特（Father John Michet）、比爾・歐卡拉罕神父（Father Bill O'Callaghan）、道明會的瑟吉・普羅斯特神父（Father Serge

Propst）、麥可・西蒙神父（Father Mike Simone）、強納斯・史維則神父（Father Johanus Sweetzer）、麥克・湯馬塞可神父（Father Mike Tomaseck），以及安托尼爾斯・渥爾神父（Father Antonius Wall）。

道明會的巴索・科爾神父（Father Basil Cole），不僅幫助我確認阿奎那對於天使的教導，也讀了我的部分原稿並提供珍貴的意見。同樣地也要感謝傑佛瑞・葛羅布神父（Father Jeffrey Grob），他爲驅魔的《禮典》提供了極寶貴的洞見，還有道明會的法倫神父（Father A. Farren），他奉獻自己的時間與專業來爲我審稿。

另外要感謝北美學院的切奇歐閣下（Monsignor James F. Checchio）允許我進入圖書館，也謝謝蕾貝嘉修女，爲我在浩瀚書堆中穿梭，執行艱難的任務。

我要誠摯地感謝理查・蓋勒格醫師與我分享了他的知識與專業。聽到巴瑞・拜爾斯坦博士在二〇〇七年春天去世的消息，我感到十分惋惜。他在生物心理學的領域中成就斐然，我知道他將令人永感懷念。

特別要感謝的是所有願意與我分享親身故事的受害人。對一個全然陌生的人敞露自己，絕不是件容易的事，因著這些人的勇氣，我要致上最眞誠的敬意。

言語仍不足以爲我神奇的經紀人克莉斯蒂・弗蘭徹（Christy Fletcher）表達感謝之意，她在一開始接任後，就未曾動搖其決心與奉獻的精神，並以幾近禪定的冷靜態度，耐心指導我這名新手進入出版界。

也要謝謝我奇妙的編輯吉兒伊琳・瑞雷（JillEllyn Riley），她處理艱難的狀況就像在公園裡散步一樣。能與這麼才華洋溢又認眞負責的專業人士共事，實爲一大樂事。

而在雙日宗教出版公司（Doubleday Religion）中，我要感謝約翰・博可（John Burke）處理我衆多的電話與電子郵件，也要感謝文字編輯璐絲・楊格（Ruth Younger）在稿件中所付出的辛勞，特別感謝崔斯・莫斐（Trace Murphy）給我的鼓勵，與對這本書的堅定支持。

也要感謝包羅・亞雷（Paolo Alei）、羅瑞・阿姆斯壯（Lori Armstrong）、皮耶保羅・巴蘭尼（Pierpaolo Balani）、理查・布蘭納（Richard Brener）、湯尼諾・坎特米博士（Dr. Tonino Cantelmi）、茉莉莎・琴契羅（Melissa Chinchillo）、卡羅・克理梅提（Carlo Climati）、山姆・科普蘭（Sam Copeland）、馬它・菲爾科尼（Marta Falconi）、梅瑞蒂斯・芬（Merideth Finn）、比烏・弗林（Beau Flymn）、伊莉莎白・哈索倫（Elizabeth Hazelon）、娜黛莉・希京斯（Natalie S. Higgins）、瑪拉・蘭德（Mara Lander）、史瓦娜・麥克納（Swanna MacNair）、吉姆・米迦列提（Jim Michaletti）、勞瑞・蒙代尼（Lory Mondaini）、麥可・派楚尼（Michael Petroni）、諾拉・里查（Nora Reichard）、彼得・羅賓森（Peter Robinson）、霍爾・山德斯（Howard Sanders）、凱特・雪勒（Kate Scherler）、克勞第歐・維格諾齊（Claudio Vignozzi）、崔普・文森（Tripp Vinson）、勞瑞恩・華納（Lorien Warner）、克里斯多夫・溫納（Christopher Winner），以及莎拉・渥斯基（Sara Wolski）。也謝謝湯瑪斯一家人（Thomas family）

所花的時間以及許多回憶。

每位作者都需要一群支持的人。感謝史古特．里奧納（Scooter Leonard）逐步培養我對寫作的熱愛，也要感謝我亦師亦友的藍道夫．萊特（Randolph Wright），他藉著技巧與機智，在一些最初的草稿中引領我度過險境。

我欠艾瑞克．布雷翰（Eric Blehm）一個極大的人情，他的鼓勵、睿智的建議與同情心，為我開了一扇又一扇的門，並幫助我在整個過程中得以應付自如。一句簡單的「謝謝你」尚不足以表達我的感激之情。

感謝我的父母，湯姆和南茜．貝格里歐，多年來他們總是相信我也支持我。還有我所有的美裔與義裔家族們，感謝他們無條件的支持與熱心，沒有你們這些傢伙，我是無法成功的。感謝我的兒子挪亞，他持續提醒我什麼才是重要的。最後要感謝我那聰敏且多才多藝的妻子莎拉，她不僅為我大部分的面談做翻譯與記錄的工作，也忍受我長期的缺席與永無休止的懷疑。我知道這並不容易，但妳的支持從未動搖。為此以及其他的種種，我要對妳獻上永遠的愛與感激。

現代驅魔師 / 麥特・貝格里歐
（Matt Baglio）著；陳敬旻譯.
-- 初版. -- 臺北市 : 小異出版 : 大塊文化發行, 2010.10
面； 公分. -- (不在系列; 8)
譯自 : The Rite: The Making of a Modern Exorcist
ISBN 978-986-85847-4-7 (平裝)

1.神學

242.5 99015999

Trans+

Trans

Trans+

Trans+